高校事変 V

松岡圭祐

角川文庫
21997

学校のみで教育を受けた子は、教育を受けていない子

——ジョージ・サンタヤーナ（1863—1952）

1

九歳になる森沙津希《もりさつき》は、休みの日に外出したくはなかった。

とりわけ混みあう銀座《ぎんざ》のような繁華街に繰りだすのは、恐怖以外のなにものでもない。小学校の教室が揺れたあの日のことが、いまでもはっきり脳裏に焼きついている。母が迎えにきて、家に帰れたとき、沙津希は心底ほっとした。幸いにも自宅にはヒビひとつ入っていなかった。日本橋浜町《にほんばしはまちょう》の住宅街では、地震の被害も微々たるものだった。

ただし津波が襲った地域には、無残な光景がひろがっていると知らされた。沙津希はテレビの報道を通じ、日本がのっぴきならない危機に直面している、そう実感した。この世の終わりではないかと不安になった。

父はさかんに、民主党政権が悪い、そればかりを繰りかえした。小三の沙津希には意味がよくわからなかったが、どうやら政府が頼りないせいで、混乱に拍車がかかっているらしい。それが現実なのか、父の個人的見解かは不明だった。夜は停電するかもしれないときかされ、沙津希は寝る時間がくるのを恐れた。だが都心は、輪番停電なるものの対象を免れたようだった。

都心の街歩きが苦手な理由はほかにもある。ひとりっ子の沙津希が両親とでかけるとき、周りはみな大人ばかりになる。頭上を仰がねば大人たちの顔すら眺められない。人混みに埋もれるたび、視界が完全に閉ざされ、息苦しさにとらわれる。地震を恐れていればこそ、なおさら心細い。

三月十一日に起きた東日本大震災から、進級を経て、暑い夏の盛りを迎えていた。おでかけの服はいつもどおり母が選んだ。白の半袖《はんそで》ワンピースだったが、リボンのついたガーデンハットは、混雑のなかで鍔《つば》が邪魔になる。かぶりたくないとうったえたものの、沙津希の長い髪にはよく似合うから、母にそう押しきられた。

お洒落《しゃれ》にうるさいところがあっても、やさしい母が好きだった。父も会社が休みの日には、いつも沙津希を気遣ってくれた。

とはいえ銀座の買い物につきあう日だけは、やはりげんなりさせられる。母は自分のための洋服やアクセサリーを、父は仕事仲間への贈り物をさがしているらしいが、そのあいだ沙津希はずっと手持ち無沙汰《ぶさた》だった。ファッションと生活雑貨、コスメ、催事場と連れ歩かれた。いまもデパ地下の食料品売り場を長いことうろついている。

　カウンター越しに従業員とやりとりしていた母が、しゃがんで手を差し伸べてきた。指先につまんだ楊枝《ようじ》に、ひと口サイズのパンが刺さっている。母がいった。「はい、沙津希。食べてみて」

「いらない」と沙津希は答えた。

「どうして？」

「買わなきゃお店の人に悪いもん」

　両親は従業員と顔を見あわせ、苦笑ぎみに笑った。

　父が沙津希に視線を向けてきた。「いくつ買うかを迷ってるんだよ。沙津希が気にいったら、一個よぶんに買おうかと思ってたところだ」

　空腹を感じてはいないが、そのようにいわれたのでは食べざるをえない。沙津希は楊枝を受けとり、パンを口にいれた。

　母がきいた。「どう？」

「おいしい」沙津希はすなおに答えた。

「そう」母は微笑すると立ちあがり、従業員と向きあった。「じゃ三袋ください」

　従業員が目を細め、ありがとうございます、そういった。沙津希を見下ろし、またにこりとした。その表情に沙津希は救われた気がした。少なくとも人の役に立てたようだ。

まだ口のなかにまろやかさが残っている。沙津希はいった。「柔らかくて甘い」

すると従業員が包装しながらうなずいた。「北海道の別海町《べつかい》ってところの牛乳を使ってるんです」

「べっかい……牧場？」

父が笑った。「お牛さんがきれいな空気と水で育つから、それだけ牛乳の成分がいいんだよ」

やはり父は物知りだった。いつも学ぶことのたいせつさを教えてくれる。

沙津希は将来CAになりたかった。ハワイに家族旅行して以降、機内で会った客室乗務員の素敵な装い、上品な振る舞いが忘れられずにいる。CAには知識が必要にちがいない。おかげで勉強にも身が入るようになった。夢をかなえたいと思えばこそ、人混みに尻込《しりご》みしている場合ではない、そんな意識の向上にもつながってくる。

ふと複雑な感情が脳裏をよぎる。レジわきに貼られたチラシを目にした。震災復興のため寄付をお願いします、そう書いてあった。このデパートのエントランスにも、同世代の子供たちが募金箱を抱え、並んで立っているのを見た。ニュースに映しだされた、海岸沿いの廃墟《はいきょ》のような一帯。ここからどれだけ離れているのだろう。

母が財布からカードをとりだし、支払いを済ませようとしている。沙津希はぼんやりと周囲の人混みを眺めた。

そのとき妙な光景をまのあたりにした。通路を埋め尽くす客の群れのなか、スーツを着た男性が、なにやらおかしな動きをしている。つま先で立ち、両手をくねらせ、しきりに首を振る。見世物かと思ったが、どうもちがうようだ。通行人らは談笑をつづけたまま近づき、男の存在に気づいたのちも、笑いを顔に留《とど》めたまま通りすぎていく。不審げ、あるいは迷惑げな反応をしめすより早く、さっさとその場をあとにする。銀座では誰もがこうだ。大人はみな足が速い。

ところがくだんの男は、大きくのけぞったかと思うと、そのまま仰向《あおむ》けに倒れた。騒音に等しいノイズが響き渡った。さすがに周りが反応し、びくついたように後ずさった。男のぽっかりと開いた口から、汚水に似たいろの嘔吐《おうと》物が噴きあがった。

近くにいた何人かが、つづけざまに突っ伏した。床に横たわる者はみな、全身を激しく痙攣《けいれん》させている。うちひとりは高齢の婦人だった。ふいに酸っぱいにおいが充満しだした。それに悪臭。鼻の曲がるような臭さが辺りに漂う。

沙津希は言葉を失い、ただ母を見上げた。母の顔はすでに混乱に向けられていた。

父も目を瞠《みは》っている。ふたりとも立ち尽くしたままだった。

異常事態が発生しながらも、フロアはなお静寂に包まれていた。館内BGMのピアノ曲だけが優雅に流れつづける。

だがさらなる断末魔の叫びが、嘔吐に濁りながら響いた。和菓子を売っていた中年の従業員が、喉《のど》もとを掻《か》きむしりながらつんのめった。

群衆はいっせいに悲鳴を発し逃げだした。大人たちの脚がぶつかってくる。沙津希は突き飛ばされ、その場に尻餅《しりもち》をついた。痺《しび》れるような痛みがひろがる。

「沙津希!」母の声が呼びかけた。「だいじょうぶなの?」

視界に母の顔はない。あわただしく押し寄せる大人たちの脚ばかりだ。沙津希はひるんですくみあがった。しかし不安が本物になる前に、両肩を抱く手があった。その感触から父だとわかった。

「立てるか」父が身をかがめながらきいた。「沙津希、逃げろ。あっちが出口だ。走れ」

沙津希は父に突き飛ばされた。前のめりに転倒しそうになったものの、かろうじて踏みとどまった。振りかえろうにも、そんな余裕がないほど人の流れが激しかった。両親はきっとついてきてくれる、そう自分にいいきかせ、沙津希は駆けだした。

パニックが起きているという以外、状況はまったくわからない。大人たちに埋没し、ひたすら圧迫されるばかりだ。

ひどく心もとなくなり、沙津希は泣きそうになった。「お母さん。お父さん」

すると背後から父の声がきこえた。「心配するな。ここにいるよ」

沙津希が見上げると、すぐ近くに立つ母と目が合った。母の顔も緊張にひきつっていたが、そっと手を伸ばしてきて、沙津希の頭をなでながらいった。「平気だから」

誰もがマラソンのごとく先を急ぐ。通路の幅が狭まり、前後にも人が割りこんできた。両親と離れてしまったかもしれない、そう思ったものの、やはり後方を確認できない。背の低い沙津希のいる場所は、大人からは無人の隙間に見えるらしく、さかんに脚が衝突してくる。前後左右から絶えず膝蹴《ひざげ》りを受けるも同然だった。沙津希は床に突っ伏した。

母の声が響いた。「沙津希!」

父も必死に周りを制しているようだ。「娘がいるんです、どいてください」

ふたりの声はかなり遠かった。距離が開いている、そう思った。

そのとき大柄な男が見下ろしてきた。太い猪首《いくび》がセーターの上にのぞいている。屈強そうな身体つきだが、顔はさほどいかつくもなかった。男が目を丸くした。「おい。

子供が倒れてるぞ、手を貸せ」

別の男が沙津希の身体を抱きあげた。大柄な男に引き渡される。足は宙に浮いたままだった。沙津希は男に抱えられ、出口へと運ばれていった。

不安ばかりが急激に膨れあがっていく。沙津希は叫んだ。「お母さん！　お父さん！」

後方のかなり遠くから、母の声が飛んだ。「いいから。先に行って」

さらに距離がひろがっている。父の声はかすかにきこえるていどだった。「娘をお願いします。とにかく外にだしてください」

抱きあげられたおかげで、視線の高さも上昇した。走る大人たちの背が見えている。前方のようすがのぞいた。非常口のランプが確認できた。上り階段が目前に迫っている。

唐突にどよめきがあがった。近くで別の大人が怒鳴った。「防火シャッターが閉まるぞ！」

沙津希は息を呑《の》んだ。行く手にシャッターが下りてくる。どんどん狭くなる出口に、群衆は殺到しだした。誰もが先を争うなか、沙津希を抱いた男は身体ごとぶつかっていき、強引に進路を切り開いた。沙津希は頭を打ちつけたが、それでも男にしがみつきつづけた。

大人たちが続々と床に伏せ、ほとんど腹這《はらば》いになってシャッターの下をくぐり抜ける。沙津希に行動の自由はなかった。男が仲間とともに、滑りこむように隙間を突破した。

沙津希はふいに解放された。上り階段には大勢の人々がひしめきあっている。男は起きあがるやシャッターに駆け寄り、閉じきる前に引き上げるべく両手をかけた。仲間たちも加勢した。だがシャッターは静止することなく、一定の速度で下降しつづける。向こうから突きだされた何本もの腕が、救いを求めるように差し伸べられた。やがて隙間が十センチを切ると、挟まれるのを危惧《きぐ》したらしく、腕が一本二本とひっこんだ。段ボール箱が差しこまれたが、中身ごとシャッターに潰《つぶ》されていった。

男たちは最後までシャッターを持ちあげるべく抗《あらが》っていたが、ついに手を放した。耳に響く金属音を残し、シャッターが閉じきった。

上り階段につづくスペースと、地階の食料品売り場とのあいだが、防火シャッターで遮られてしまった。群衆はシャッターのわきにあるガラス壁に押し寄せた。誰もがさかんにこぶしで叩《たた》きつづける。向こう側も同様だった。閉じこめられた人々が両手をガラスに這わせ、苦しげに喘《あえ》いでいる。みな顔面蒼白《そうはく》で、激しく咳《せ》きこんでいた。

嘔吐がとまらないようだった。

ひっきりなしに名前を呼ぶ声が反響する。家族と離ればなれになったらしい。沙津希も必死で伸びあがり、辺りを見まわした。両親の姿をさがしたものの、いっこうに目につかない。

「どけ！」ひとりの男が、金属製のゴミ箱を振りあげるや、ガラスに叩きつけた。けれどもガラスはびくともしなかった。

沙津希ははっとした。ガラスの向こう、救いを求め殺到する瀕死《ひんし》の人々のなかに、両親を見つけた。思わず叫んだ。「お母さん！　お父さん！」

母の顔は見たこともないほど血の気がひき、すっかり青ざめていた。表情は凍りつき、ただ茫然《ぼうぜん》とこちらを眺める。額や頬に血管が浮きあがっている。黒目が異常なほど小さくなり、ほとんど点と化していた。食料品売り場に居残る大人たちの全員がそうだった。父も例外ではなかった。ただし縮小した黒目は、まっすぐ沙津希に向けられていた。唇が動き、なにかを喋《しゃべ》った。この喧噪《けんそう》のなかではききとれない。

直後、父は激しくむせた。母のほうも咳《せき》がとまらないようだった。やがてガラスに寄りかかるようにして吐血した。苦痛に満ちた母の顔がガラス越しにある。大粒の涙を流していた。沙津希は人混みを掻き分け、ガラスに迫った。手を伸ばしても触れられない。胸の張り裂けそうな思いとともに、沙津希は呼びかけた。「お母さん!」

母の血走った目のなかで、いっそう縮むばかりの瞳孔《どうこう》が泳いだ。咳がひどくなり、ガラスに赤い液体が繰りかえし噴きつけられた。母の顔はずるずるとおちていき、座りこんで弛緩《しかん》しきった。片頬がガラスに張りついている。瞬《まばた》きもなく、虚空を眺めたまま固まった。消えいりそうなほど小さな黒目だけが残っていた。

ガラス越しにも人々の阿鼻叫喚《あびきょうかん》はきこえてきた。折り重なって倒れた大人たちのなかに、父の顔があった。咳きこみながら叫びつづけていた。だがしだいに苦悶《くもん》の表情すら薄らぎ、脱力して動かなくなった。

怒濤《どとう》のような悲哀が押し寄せ、沙津希はひたすら声を発した。視野が涙でぼやけ、ほとんどなにも見えなくなっても、なお泣きわめいた。

永遠の別離にちがいない。なのに、さよならさえ告げられない。声はもう届かない。ずっと一緒にいてくれた。いまはもうちがう。ガラスの向こうで、母は鼻孔と口から血液を滴らせ、見るに耐えない顔のまま ぐったりとしている。父は仰向《あおむ》けになり、呼吸が途絶えていた。襟もとが胃の内容物にまみれている。

咳はガラスの手前からもきこえた。周りの大人たちがうずくまり、ひざまずいてむせだした。そういえばなんだか息苦しい。あの悪臭が鼻をついた。

頭が割れるように痛い。沙津希は倒れこんだ。階段を駆け下りてくる青い服の集団が見える。救急隊のようだ。けれども視野は急速にかすれていき、やがてなにも見えなくなった。自然に目が閉じたのか、すべてが闇に覆われていった。

2

優莉《ゆうり》結衣《ゆい》は小学校に通っていない。幼稚園に通ったこともなかった。それでも自分の歳はわきまえている。九歳だった。

六本木《ろっぽんぎ》七丁目のバーやクラブがひしめく一帯は日中、営業する店もなく閑散としている。ただし父の経営する店舗、オズヴァルドのなかは別世界の様相を呈する。とりわけきょうは異様なほど賑《にぎ》わっていた。父は不在だが、その仲間たちが方々から詰めかけているからだ。

結衣は喧噪から離れ、バックヤードのさらに裏、勝手口の外にいた。ビルの狭間《はざま》は薄汚く湿った暗がりにすぎない。ゴミ袋の山には蠅がたかっている。それでも段ボールを敷き、妹の小さな身体を横たえられる場所となると、ここしかなかった。

兄弟姉妹の誰もがげっそり痩《や》せ細っている。なかでも七歳の詠美《えみ》は、見るも無惨に衰弱しきっていた。骨格が皮膚に浮きだし、顔は痣《あざ》だらけで、服もすり切れている。栄養失調のせいか髪も薄くなっていた。長いこと食事抜きで、折檻《せっかん》ばかりがつづいた。そんな日々を送った結果、こんなありさまになった。

詠美の目は虚《うつ》ろで、呼吸も弱々しかった。外にだしとけ、大人たちはそういった。結衣は言いつけを守った。すぐ店内に戻らねばならない。でもいまはそんな気になれなかった。ずっと詠美に寄り添っていたかった。

結衣は詠美のすぐそばに座り、黙ってその顔を眺めた。静寂のなか、キャバクラの働き手を勧誘する宣伝カーの音が、遠くからきこえてくる。ほんのりと生ゴミのにおいが漂っていた。

やがて詠美が嗄《か》れた声でささやいた。「結衣姉ちゃん」

「なに」結衣はきいた。

「ごめんね。うまくできなかった」

三週間も万引きのノルマを達成できずにいる。そんな子は兄弟姉妹のなかで詠美だけだった。彼女は不器用にちがいない。体力がなく、運動神経もいいとはいえない。かつて赤石《あかいし》山脈でジャンプできなかった、あのとき以上の過酷な体罰を受けてしまった。腹部に連続して大人の膝蹴《ひざげ》りを浴びた。疲弊しきった詠美の身体に、致命傷となったのはあきらかだった。たぶん内臓破裂か、それに近い状態だろう。

結衣は小声でつぶやいた。「謝らなくていい」

「だけど、結衣姉ちゃんが……」

「気にしないで。自分のせいだし」

詠美をかばおうとして、結衣も折檻を受ける羽目になった。そのことを申しわけなく思っているようだ。詠美が悪いのではない、ここにいるのは、そう伝えたかったからでもある。

「ねえ」詠美が力なくいった。「詠美、死ぬの?」

「誰でも死ぬよ」

「なんで死ぬの」

「さあ。なんで生きてるかもわかんない」

「なんか、おフトンが重い」

「フトンなんかかけてない」

頼りなげな呼吸だけがきこえる。詠美は沈黙したのち、いっそう弱々しい声でささやいた。「ランドセルってさ。重い?」

「それもわからない。持ってないし」

「お父さんとか、お母さんを、パパとかママとか、呼ぶ子がいるの？」

「たぶん」

「みんなでおでかけしたり、ご飯食べたりとかするの？」

「そういう子もいるんでしょ」

「うちはちがうよね」

「ちがう」

「なんで？」

結衣はため息をついた。ここが世のなかのすべてではない、そんな認識が芽生えたのは、たしか六歳か七歳のころだ。七歳になった詠美も、結衣と同じことに気づいたのだろう。

何度となく自分の胸に問いかけた疑念を、結衣は口にした。「ほかの家に生まれたかった？」

「ほかの家」詠美がささやきを漏らした。「リカちゃん家《ち》みたいな家があるなら」

人形遊びだけは許されている。あとはときどきテレビで観るアニメが、結衣たちにとって唯一の情報源だった。いつも笑っている両親と、洒落《しやれ》た服で着飾る娘、その友達。ただしどこまでが真実なのか判然としない。アニメにでてくる女の子の髪は赤や緑いろだが、実在するとはとても思えない。

それでも六本木近辺で見かける同世代の子らは、小学校という場所に通っているようだ。馬鹿で才能のない子だけが学校に行かされる、うちはちがうと父がいっていた。九歳にもなると詭弁《きべん》とわかる。裕福な家庭に育つ子はたしかにいる。自由な時間や、それにともなう幸せも、現実の世界に存在するのだろう。外で見かける、よその子供たちの顔に痣はない。両親が子供を殴るとき、顔だけは避けてくれるのだろうか。

吐息に似た詠美の声が、結衣の耳に届いた。「怖い。寒い」

死が目前に迫ると、誰でもこんな反応をしめす。まのあたりにしたのは初めてではない。結衣はそっと詠美の手を握った。「一緒にいてあげるから」

「結衣姉ちゃん」詠美が怯《おび》えたように、かすかに頬筋をひきつらせた。しかしそれは数秒に過ぎず、ただひとことつぶやいた。「見えない……」

焦点の合わないまなざしが、閉じる瞼《まぶた》の奥に消える。呼吸が途絶えた。気づけば詠美の肌は真っ白に染まっていた。

冷静に手首の脈をとる。そうするよう教わっていたからだった。詠美は死んでいた。なにも感じない。誰かが部屋をでていくのと同じだ。ここにはいなくなった。兄弟姉妹がまたひとり減った。でも死ぬのは子供ばかりではない。大人も大勢死ぬ。赤石山脈にでかける一行は、帰るまでに半減するのが常だった。死が悪いことには思えない。あらゆる束縛から逃れられる。魂が宇宙に解き放たれる。絵に描いたような神様など存在せず、天国も地獄もありはしないのだろうが、たぶん想像を絶する別世界に旅立つのだろう。そう信じればこそ、詠美がうらやましい。

男の荒っぽい声がきこえてきた。「ビールだよ、ビール。さっさと用意しろ。コナと一緒に持ってこいっていったろ」

別の男の声がつづく。「ったく、いつまでまたせやがるんだ。焼いて捨てちまうぞ」

結衣は立ちあがった。抜け殻となった詠美をもういちど眺める。ここにいてもなにも始まらない。勝手口のなかに入った。

店のバックヤードは倉庫然とした一室と、夜間にホステスの待機所になる応接間のふたつに分かれる。正確にはもうひと部屋、厨房《ちゅうぼう》とは別の小規模なキッチンスペースがあった。床の半分ほどをメッシュのベビーフェンスが囲んでいる。敷かれたカーペットはぼろぼろで、掛けブトンがわりの毛布が散乱する。古い玩具《おもちゃ》も置いてあるが、いまはそれで遊ぶ姿はない。下は三歳、上は八歳の子供たちが、ひとかたまりになって身を寄せあう。みな怯えきった顔をしていた。詠美がひどく折檻された直後だけに、萎縮《いしゅく》するのも無理はない。

冷蔵庫の近くに立つ大人ふたりは、どちらも光沢のあるスーツを着ている。三十代後半の口髭《くちひげ》は、出琵婁《デビル》の幹部タキ。二十代の筋肉質は首都連合のコウイチだった。苗字《みょうじ》は記憶していない。タキ兄ちゃん、コウイチ兄ちゃんと呼ぶのがふつうだ。

六歳の健斗《けんと》がびくつきながら、冷蔵庫のなかをのぞきこみ、手を伸ばしてはひっこめている。なにをどうすればいいのか、いっこうに要領を得ないようすだった。

いまこの場にいる子供のなかでは、結衣が年長者になる。結衣は歩み寄り、健斗をうながした。「戻って。わたしがやるから」

健斗とのあいだには諍《いさか》いがある。声をかけたのもひさしぶりだ。見かえしてくれるのをひそかに期待したが、健斗は黙って目を逸《そ》らし、フェンスの向こうへと駆けていった。兄弟姉妹らの群れには加わらず、少し離れて腰を下ろす。

あいかわらず塞《ふさ》ぎこんでいるようだ。原因をつくったのは結衣だった。そう思うと罪悪感にさいなまれる。

結衣はトレーを手にし、冷蔵庫に向き直った。缶ビールをいくつかトレーの上に並べる。

ところがコウイチがトレーを蹴りあげた。結衣は体勢を崩し、その場につんのめった。缶ビールが床のあちこちに転がる。

室内は静まりかえっていた。こちらを見つめる弟や妹たちも、恐怖にひたすら沈黙している。

コウイチががなり立てた。「銘柄がちがうんだよ。なんで冷やしてねえんだ」

「よせ」タキがコウイチを制した。「冷えてねえのを、すぐに冷やせってのは無理がある」

痛みをこらえながら、結衣は黙って缶を拾い集めた。トレーに載せて立ちあがり、一本ずつ水で洗う。タオルで拭《ふ》いてから、またトレーの上に並べていく。

タキがいった。「結衣。このあいだの課題な、できるようになったか」

「課題」コウイチが鼻を鳴らした。「親父さんも無駄なことを仕込もうとしてるぜ。ナイフの捌《さば》き方なんて、年端もいかねえガキに習得できるわけが……」

すかさず引き出しを開け、結衣は包丁をつかみだした。長男はすでにクリアしていた課題だったが、むろん結衣も練習を怠らなかった。柄の部分を親指と人差し指、中指、薬指のあいだで次々と回転させ、刃で激しく宙を切る。軽く放り投げてから逆手に握った。人を刺すための極意、下方向垂直ストロークのためのボトム・グリップだった。体重を左腕にかけ、満身の力をこめながら、包丁をまな板の上に勢いよく突き立てた。

コウイチが目を丸くし、絶句する反応をしめした。

タキのほうは落ち着いた声を響かせた。「小せえ手なのに、たいしたもんだ。左利きなのも買えるな」

「へっ」コウイチが多少の狼狽《ろうばい》をしめしながらつぶやいた。「こんな非力じゃ魚の背開きもできねえよ」

「子供と張りあう気かよ。結衣は優秀だぜ？　パイプ爆弾はおまえよりうまく作れる」

「指が細くて、パイプの奥まで突っこめるだけだろ」

「ほかの子供より器用だ」

なおもコウイチは不満げな顔で、鼻息荒く話しかけてきた。「結衣。さっきのくたばり損《ぞこ》ない、なんて名前だったかな。ああ、詠美だ。どうなった？」

「死にました」結衣は応じた。

「なんだよ。報告しろよ」

「ついさっきだったので」

「どこに置いてある？　裏か？」

「はい」

「やれやれだ。ゴミがひとつ増えた。トシオたちに片付けさせなきゃな」

別の引き出しを開ける。結衣はコカインの瓶をとりだした。白い粉を紙の上に少量ずつ盛り、やはりトレーに並べる。作業の手を休めることなく結衣はいった。「すぐ持っていきます」

「頼むぜ」タキが踵《きびす》をかえした。「テレビ観戦、いいところが終わっちまうんでな」

コウイチは警戒のまなざしを結衣に向けていた。そのうち包丁に手を伸ばしかけた。結衣はすばやく反応し、先に包丁の柄をひったくった。

一瞬だけ苦い顔をしたものの、コウイチは嘲《あざけ》るような目つきに転じ、ぶらりと立ち去っていった。

結衣は油断なくコウイチの背を見送った。包丁を引き出しにしまいこむ。コカイン吸引用のストローを十本、トレーの上に添えた。大人も全員が麻薬をやるわけではない。これだけ用意すれば充分だろう。よほど恍惚《こうこつ》とした気分に浸れるらしいが、子供はもちろん吸わせてもらえない。むろん望んでもいない。シャブ漬けで廃人になったホステスなら、これまでにも大勢見てきた。

妹のひとりが立ちあがり駆け寄ってくる。結衣の腰にまとわりついた。不安げな表情の丸顔が見上げてくる。六歳の凜香《りんか》だった。よほど怖かったのか、震えながらすがりつく。結衣は凜香の頰をそっと撫《な》でた。

大きく見開いた凜香の目は、父に似ている。一方で結衣との共通項がないとも感じる。兄弟姉妹はみなそうだ。父は同じでも母がちがう。しかもほとんどの子は、母親が誰なのか知らない。たぶん遠くにいるのだろう。もう戻らないのかもしれない。会えなくてもいっこうにかまわない。子供好きのホステスが何人かいて、それなりにやさしくしてくれる。

母の異なる兄弟姉妹に対し、特に親しみは持てない。物心ついたら、みな一緒にここにいた。だから共に過ごしている、それだけのことだ。ときどき喧嘩《けんか》はあるものの、大人から折檻《せっかん》を受けるのを恐れ、共存の道を選ばざるをえない。日々の競争にも駆り立てられる。課題を早くこなさなければ、やはり懲罰の対象となってしまう。詠美もその犠牲者だった。

トレーを持ちあげると、結衣は凜香にささやいた。「みんなのところに戻って。これを運ばなきゃいけないから」

凜香は抵抗の素振りをしめしたが、ついていくのは無理だと悟ったらしい。寂しげな一瞥《いちべつ》を投げかけると、ためらいがちに離れていった。

いつもこんなふうに子供たちが陰気なわけではない。はしゃぎまわっていることがほとんどだ。死者がでるとわかっていても、青木ヶ原《あおきがはら》樹海や赤石山脈への旅行は、常に楽しみで仕方ない。大人が笑顔で接してくれるのはやはり嬉《うれ》しい。父ですら上機嫌なときには一緒に遊んでくれる。

理不尽な暴力を振るう大人たちに対し、嫌悪感を抱くものの、親しみの感情のほうが勝る。過酷な課題をこなし、父に褒めてもらえる瞬間を切望している。

たぶんほかの家の子には理解しがたいことだろう。どうやらよその父親は、鉄棒で鼻柱をへし折るコツや、喉頭《こうとう》の押し潰《つぶ》し方を、子供に教えてはいないらしい。それら以外の習いごとにどんな喜びがあるのか、九歳の結衣には想像もつかなかった。

バックヤードから暗い通路を抜け、扉を押し開ける。結衣はオズヴァルドの店内に入った。昼は地明かりにするのがふつうだが、いまは営業時のように天井の照明を絞っている。代わりにブラックライトが灯《とも》り、テーブルを青白く発光させている。柱や梁《はり》を縁どるネオンの鮮やかさも際立っていた。

タバコの煙が濃霧のごとく充満する。席がすべて埋まっているばかりか、いたるところに人が立つ。七つの半グレ集団から、おもな顔ぶれが集結している以上、この混雑ぶりも当然といえる。

カジュアルなファッションの二十代から四十代が大半を占めていた。男が八割、残る二割の女のうち、ほとんどがホステスだった。全員がモニターを眺め、さかんに歓声をあげている。サッカー観戦のような熱狂ぶりだが、映しだされているのはニュース特番でしかない。

結衣はモニターに目を向けなかった。缶ビールとコカインを配るのが優先する。というより、わざわざ視聴したくない。きょうが決行の日なのは承知済みだった。

それでも音声が耳に入ってくる。リポーターの声は悲痛な響きを帯びていた。「繰りかえし現場からお伝えします。銀座四丁目のデパ地下で異臭騒ぎが発生し、交差点付近は消防車や救急車、パトカーなどが入り乱れ、にわかに騒然としています。このような事態は平成七年の地下鉄サリン事件以来で、さまざまな状況が当時に酷似しています。現在のところ詳細は不明ですが、これまでに病院に運ばれた人は数百人にのぼるとみられ……」

男のひきつったような甲高い声が、近くのテーブルからあがった。「死者が数百人だろうが。数千人かもな」

別の声が怪訝《けげん》そうにきいた。「なんで発表されないんだ?」

「びびってんだよ。事件が起きたばっかりだぜ? 累々と横たわる死体に腰を抜かしちまってるんだ。サツのやつら、いい気味だぜ」

下っ端にちがいない、結衣はそう思った。さっきのコウイチもそうだが、鼻息が荒いばかりの手合いは幹部クラスではない。

コウイチのいるテーブルへと向かった。結衣が缶ビールを置くと、コウイチの顔から笑いが消えた。ただちに缶をひったくり、激しく上下に振った。コウイチが缶を結衣に向け、プルトップを開けた。結衣は噴出したビールをまともに浴びた。

結衣は即座にトレーを抱えこんだ。残りのコカインを溶かすわけにいかないからだ。

「おっと」コウイチがビールを結衣の頭にかけてきた。「すまねえな。どうせならビール漬けになっとけ」

冷えきった液体が全身の服に沁《し》みる。前髪から雫《しずく》がさかんに滴下した。それでも結衣はトレーを濡《ぬ》らすまいと、前屈姿勢で抱えつづけた。

タキが咎《とが》めるようにいった。「コウイチ。それぐれえにしとけ」

「はいよ」コウイチはなにごともなかったかのように、平然とモニターに向き直った。

会話はそれきりだった。結衣は黙ってテーブルを立ち去った。

七つの半グレ集団はいずれも、統率者である優莉匡太《きょうた》の強烈なカリスマ性によって維持されている。ただし優莉の子供にまでへりくだる者はいない。父が奔放な女性づきあいにより、あちこちに子供を作った事実は、むしろ幹部らにとって軽蔑《けいべつ》の対象だった。とりわけ昨今のように、警察の追及が厳しくなると、メンバーらは優莉の子に不満をぶつけるようになった。とりわけ父が不在のとき、その傾向に拍車がかかる。結衣は大人に刃向かったりはしなかった。ここで生きていくためには当然のことだ。妹や弟に八つ当たりされたくもない。

テーブルをまわりつづける。残る缶は一本、コカインもひと山。届ける先はエントランスのすぐわきになる。結衣はレジカウンターへと歩いていった。

テレビの音声が耳に届く。「新たに情報が入ってきました。デパ地下でなんらかの毒性を持つ気体を吸引し、嘔吐《おうと》などの症状にみまわれた人は、千人前後にのぼるとのことです。現場で応急処置に追われる医師に確認したところ、縮瞳《しゅくどう》、すなわち瞳孔《どうこう》が過度に縮小する現象が多く見られ、この点でもかつての地下鉄サリン事件と同じ症状……」

店内がざわついた。クロッセスが集《つど》うテーブルから声があがった。「妙じゃねえか？　いつになったら死人の発表があるんだよ」

「気にすんな」別の声が鼻で笑った。「震災に引きつづき、都心でも大量の死者がでたとあっちゃ、サツもなかなかいいだせねえんだろ」

レジに待機する長髪のスーツはテツといった。夜の営業時間中もレジ番をすることが多い。オズヴァルドの従業員のなかでは若手の部類に入る。テツは結衣を一瞥《いちべつ》し、眉《まゆ》をひそめながらいった。「なんだよ。ずぶ濡れじゃねえか」

結衣は黙って缶ビールとコカイン、ストローをレジカウンターに置いた。テツのわきにある小さなモニターに、外のようすが映っている。通りを挟んだ向かいに、機動隊が集結していた。先週にくらべ、規模が倍以上に膨れあがったようだ。

不穏な空気が漂う。明日《あした》には店の外にでられるのではなかったのか。こんな状況では父も店に帰れない。結衣はテツにきいた。「紺いろの制服、半分に減るんじゃなかったんですか」

テツが顔をしかめた。「子供がいらない心配をするんじゃねえよ。さあ行った行った」

そのときテレビのリポーターが、ひときわ甲高い声を響かせた。「速報です。警視庁の発表によりますと、現在までに判明した死者は九人、負傷者は八百二十人にのぼるとのことです」

ざわっとした反応が店内にひろがった。歓喜とはまるで正反対の、失意に満ちた嘆きがこだました。

テーブル席のひとりが吐き捨てた。「こんなに時間をかけて九人だ？　大量死にゃほど遠いじゃねえか」

「まったくだぜ」別の声も同意をしめした。「どう見ても千人が死んだ現場じゃねえ」

「防火シャッターを閉め忘れたんじゃねえのか？」

「馬鹿いうな！」技術工作員らしき青年が憤然と立ちあがった。「八か所の出入り口をぜんぶ閉鎖してある。シャッターの危害防止機構も無効にしといた」

「そうはいってもよ。消防署員が駆けつけて、強化ガラスが割られるまでに、充分な死者がでるはずじゃなかったのかよ」

「D5の開発班はどこだ！」青年が店内を見まわした。「地下の密閉空間で精製済みのサリンを撒《ま》いたら、一瞬でおだぶつって話だった。それが九人だなんて、どっかのカルト教団のヘマと変わりゃしない！」

結衣は画面に見いっていた。警官や消防士、救急救命士が右往左往するなか、白いワンピース姿の少女がふらふらと歩きつづける。結衣と同じぐらいの年齢に思えた。顔を真っ赤にして泣き叫んでいた。音声はきこえないが、お母さん、お父さん、そういっているようだ。駆けつけた救急救命士が、少女の保護にかかった。

これまでに経験したことのない感傷が、結衣の心を激しく掻《か》き乱す。うろたえざるをえない、そんな心境におちいった。

計画は知っていた。だがいまになって、ようやく具体的になにが起きたかを悟った、そんな気がした。

タキがボックス席からレジに呼びかけた。「おいテツ。外のようすは?」

テツは硬い顔でモニターを眺め、首を横に振った。「撤収の動きはない」

クロッセスの幹部のひとりが、タバコを吹かしながらいった。「そりゃそうだろ。千人が犠牲になる大惨事となりゃ、連中も銀座に飛んでくだろうが、九人だぜ? みごと目論見《もくろみ》が外れたってわけだ」

栗いろの髪のホステスが不安顔でつぶやいた。「むしろここを叩《たた》きにくるんじゃなくて?」

「ありうるぜ」別の幹部クラスが真顔でうなずいた。「九人がくたばったただけなら、サツにも充分な余力が残ってる。緊急事態とかいいだして、令状なしで突入してくるってことも……」

ふいにテツが緊迫した声を響かせた。「ヤバい。機動隊が動きだした。こっちにきやがる」

一瞬の静寂があった。直後、全員が弾《はじ》けるように立ちあがった。みなテーブルや椅子を持ちあげると、エントランスに殺到し、ドアの内側へ投げつける。たちまちバリケードが築かれていった。女たちが悲鳴とともに退避していく。結衣はその場に立ちすくんだままだった。

テツの切羽詰まった顔が結衣を一瞥した。「なにしてる、早く裏へ行けよ！　ナオミ、結衣を連れてけ」

馴染《なじ》みのホステスが結衣の腕をつかんだ。ほとんどひきずられるように、結衣は店の奥へと連行されていった。死ね死ね隊が迎撃準備に入っている。拳銃《けんじゅう》やアサルトライフルをかまえる。月一の予行演習どおりの戦闘配置についた。

結衣が扉に達するより早く、エントランスに怒号が飛びこんできた。透明の盾が無数になだれこむ。紺のヘルメットと制服の一群が、勢いまかせにバリケードを突き崩しにかかる。タバコとは異なる種類の煙が充満しだした。催涙弾が投げこまれたようだ。死ね死ね隊は鉄板を内蔵する手すりに身を潜め、侵入者に対し一斉射撃を開始した。

けたたましい銃声が店を揺るがす。山奥の試し撃ちできいたときより、はるかに騒々しかった。鼓膜が破れるかと思えるほどだ。ナオミが悲鳴を発し、あたふたと取り乱しながら床に伏せた。結衣は立ったまま両耳をふさいだ。銃火が放つ閃光《せんこう》が、視界を激しく明滅させる。コマ送りのように見える動作のなかで、ふたつの勢力が激闘を繰りひろげた。飛散する血飛沫《ちしぶき》が鮮明に浮かびあがる。倒れていくのは半グレばかりではない、機動隊もそこかしこで突っ伏す。とはいえ死ね死ね隊の劣勢はあきらかだった。店内はもはや修羅場と化していた。催涙弾のせいか、あるいは空中に散乱する極小の木片が原因か、結衣の目はひどく痛みだした。火薬のにおいが充満している。起きあがったナオミが、結衣を抱きかかえると、扉のなかに飛びこんだ。通路を一気に駆け抜け、たちまちバックヤードに至る。妹や弟らと目が合った。みな不安顔で抱きあっている。結衣は咳《せ》きこみながら、凜香に寄り添うように座った。

銃声と打撃音、あらゆる叫び声、怒鳴り声。両耳をふさいでいても遮断しきれない。結衣は恐怖のなか、ひたすら震えるしかなかった。いつかこんな日がくると思っていた。その瞬間を迎えた。きっと殺される。警察は無慈悲だ、子供を真っ先に八つ裂きにする。大人は逮捕しても、子供はけっして生かしておかない。妹も弟も、誰も助からない。詠美と同じ運命をたどる。

いまにも目の前が真っ暗になる。意識がなくなる。それ以降はどうなるのだろう。光ひとつない空間を、ひとりぼっちで永遠に漂うのかもしれない。怖い。でももう逃れられない。父とも離ればなれになる。この世のあらゆるものと決別する。そうなりたいと心から願っていた。なのにどうして怯《おび》えるのだろう。なぜこんなに悲しいのだろう。

3

四十一歳になる藤沢訓正《ふじさわくにまさ》医学博士の研究分野は、小児発達学と小児精神神経学、それに社会融合脳科学になる。特殊な事情を持つ子供のカウンセリングを依頼されることも少なくない。とはいえ今回ほど急な呼びだしは、これまでに経験がなかった。

港区西新橋《みなとくにししんばし》にある児童発達研究センターの廊下を、藤沢は発達支援研究部門の吉川《よしかわ》聡明《としあき》教授と並んで歩いた。吉川は藤沢の独立以前、上司にあたる存在だった。彼の頼みとなれば駆けつけないわけにいかない。

歩を進めながら吉川が告げてきた。「警視庁から報告を受けた。銀座デパート事件の最終的な被害者数は、死亡十八名、負傷が約七千名」

藤沢は歩調を合わせながら、渡された書類に目を通した。「目的はなんだったんですか」

「優莉匡太の半グレ同盟が、拠点にしていた六本木の店を機動隊に包囲されたため、捜査の攪乱《かくらん》を狙ってサリンを散布。逮捕された幹部連中の自供によれば、そんな話でな」

「幹部……」藤沢は腑《ふ》に落ちないものを感じた。「半グレ集団に幹部がいたんですか」

「元暴走族や学生サークルの不良たちが、仲間意識の延長でつながっただけという認識は、どうやら過去のものらしい。半グレ集団の定義は幅広い。強大な組織の場合、やはり上下関係がしっかり構築されてる。優莉匡太はよほどの尊敬と忠誠心を集めていたようだ」

「いまも逃走中だとか」

「オズヴァルドの店内にはいなかった。子供たちを見捨てて逃げたんだ」

「長男と次男、長女も不在と報道されてましたが」

「銀座に出向いた実行犯に連れられて外出中だった。これまでも優莉の一派は、犯行の下見などに子供を同行させていたようだ。親子連れだと思われれば怪しまれずに済むからな」

　捜査に関する報告書に目を通しながら、藤沢はため息をついた。「緊急事態と解釈し、警察官職務執行法の第五、六条に基づき、令状なしに突入したとあります。連中のいう捜査の攪乱なんて、もともと無理だったんでしょう」

「そうでもない。実行犯は千人単位の死者数を想定してた。地下の閉ざされた空間でサリンを散布すれば、そうなってもおかしくない。ましてやつらは防火シャッターに細工し、すべての出入り口を塞《ふさ》いだんだからな。何千人も死ぬ地獄絵図となれば、機動隊もほかで油を売ってるわけにいかなくなる」

「でも地下鉄サリン事件の死者も、たしか十三人だったと記憶してますが」

「きみも私も毒物の専門家じゃないから、警察の説明を受けいれるしかない。サリンってのは巨大な工場設備《プラント》で精製する必要がある。だが地下鉄サリン事件において教団は、警察による本部への内偵を受けプラントを稼働できず、純度の低い混合液体をそのまま使わざるをえなかった」

「ああ。そういえば、液体の入ったビニール袋を傘の先でつついて破ったとか、当時そんな報道がありましたね」

「優莉匡太半グレ同盟は、社会から爪弾《つまはじ》きにされた者たちの受け皿にもなってる。教団の元研究員がD5に加入してたそうだ」

「本当ですか？」藤沢は驚いた。「なら今回のサリン製造は、旧教団譲りの技術だったんですか」

「ああ。教団の反省を踏まえ、精製済みのサリンを改造加湿器にいれて持ちこみ、デパ地下にしかけた。カバンのなかに隠してあって、時限装置でサリンを撒《ま》き散らす仕組みだったとか」

「なのにどうして、犠牲者数が十八人に留《とど》まったんですか」

「あのデパートは震災を受け、地階の換気システムを更新したばかりだった。排煙装置の威力が充分にあり、従業員がとっさの機転で作動させたと」

「不幸中の幸いでしたね」

「まったくだ。デパートの経営陣は新たな換気システムを、オーバークオリティの金食い虫と揶揄《やゆ》していたらしいが、結果的にそれが大勢の人命を救ったんだからな」

被害が最小限に留まったため、オズヴァルドを包囲する機動隊にも、銀座への転進命令は下らなかった。代わりに突入の指示が発せられた。半グレ同盟にしてみれば、まさに因果応報といえる結末だった。

吉川が険しい顔でいった。「店内から救出された子供は大勢いる。ほとんどの母親は不明だが、親権はすべて優莉匡太が持ち、戸籍上も優莉の子となってる。きみをまってるのは四枚目の書類だ。優莉結衣、九歳。確認されてるなかでは次女にあたる」

生年月日と身長、体重。極端に痩《や》せ細っている、わかるのはそれぐらいだった。なにを話しかけても無反応、そんなメモも添えてある。

藤沢は唸《うな》った。「親子関係の解消を求める意味で、推定相続人の廃除を家裁に訴える権利もあるでしょう」

「むろん弁護士が相談に乗る。でもいま必要とされるのは、まともな会話だよ」

「意思の疎通が困難なんですか」

「優莉の子はみな、警察がくれば殺されると信じてたらしい。少年法で児童は無罪になるから、警官はそうさせまいと現場で抹殺を謀る。そう父親に吹きこまれたらしくてな」

「とんでもない親ですね」

「ああ。嘘に育児放棄、折檻《せっかん》。虐待の最たるものだ」吉川が行く手のドアを指さしていった。「その部屋だ。しっかり頼む」

引き継ぎもあっさりとしたものだった。心の準備が整わなくても、もう躊躇《ちゅうちょ》している場合ではなかった。藤沢はドアの前に立ち、軽くノックした。

なかからドアを開けたのは、制服姿の女性警察官だった。藤沢は一礼して足を踏みいれた。

事務机の向こうに、小さな身体が座っている。髪の長い、ほっそりとした身体つきの少女。ニットソーとスカート、靴は支援団体からの提供ときいている。

優莉結衣は立ちあがると、深々とおじぎをした。目鼻だちの整った小顔は、年齢よりいくらか上に見える。礼儀正しい態度のせいかもしれない。

藤沢はほっとした。会った瞬間に物を投げつけられる、あるいは部屋の隅でいじけるばかり、そんな対面を少なからず経験してきた。少なくとも今回は幸先《さいさき》がいい。

と同時に、奇妙な思いにとらわれる。藤沢は書類を一瞥《いちべつ》した。なにを話しかけても無反応。これまでの担当者は彼女をそう評している。とてもそんなふうには思えないのだが。

「座って」藤沢は結衣に指示し、みずからも腰かけた。「さて、結衣さん……」

結衣が椅子におさまりながら応じた。「優莉です」

かすかに戸惑いが生じる。藤沢はきいた。「苗字《みょうじ》で呼んでほしいのかな？」

「はい」

「どうして？」

「それがわたしの苗字なので」

いま世間で優莉ときけば、誰もが優莉匡太を連想する。社会的にどれだけのマイナス作用が働くか、この子はまだ理解できていないようだ。

藤沢は書類の束から、小学一年向けの国語のドリルをとりだした。結衣の前に置きながら説明する。「解けるところだけでいいから、試してくれないかな」

結衣が困惑のいろを浮かべた。「あのう」

「なにかな」

「わたし、九歳です。小学校に通ってたら、三年生です」

「三年のドリルがいいのか？」藤沢は書類のなかをさがした。「ええと。三年向けとなると、算数しかないな。これだよ」

ふたたび紙を結衣に差しだす。分数の足し算や引き算、時間と長さ、余りのある割り算。

九歳の少女である以上、義務教育にしたがわねばならない。結衣は小学校に入学する必要がある。けれども全国の学校や保護者会からの反発を受け、こうして一か月の観察期間に入っている。精神鑑定やＭＲＩによる脳検査は、カウンセリングと並行して進められていた。問題がないと判明すれば、結衣も通学開始となる。

これまで幼稚園にも小学校にも通わなかった結衣が、どのていどの学力を有するか、まるで未知数だった。独学で勉強していたかどうかも不明だ。まずはそこを調査する必要があった。

藤沢は鉛筆と消しゴムを問題用紙のわきに添えた。「どれだけ時間がかかってもいいからね」

結衣が鉛筆を手にとる。左利きだとわかった。焦点のさだまらない目で、ただ文面を眺める。

やはり小三の問題など理解できないのかもしれない。藤沢はいった。「答えを考えながらでいい、算数以外の質問にも答えてくれるかな。お父さんのことだけど」

視線はあがらなかった。結衣はささやくような声で応じた。「やさしかった」

「やさしかった?」意外な答えだと藤沢は思った。「お父さんが?」

「ほかの大人たちも」

虐待を受ける身でありながら、親への愛情をしめす子供は多い。実際、親のほうにも虐待の自覚がなく、気まぐれに心を通じあったりする。子供はそれを親のやさしさだと信じる。殴られたり罵《ののし》られたりしようとも、ほかの家の子がどう暮らしているか知らない以上、そんなものだと受けいれてしまう。結衣もきっとその例に当てはまるのだろう。

藤沢はほかの書類にも目を通した。結衣だけでなく兄弟姉妹のほとんどが、不幸な環境に育ったとは思わない、そう回答している。

ゆくゆくは父が凶悪犯だった事実を理解し、受けいれていく必要がある。優莉匡太はおそらく極刑に処せられるだろうが、執行日に向け、身内には心構えも求められる。だが現時点では、児童虐待による影響が顕在化していないことを、むしろ喜ぶべきかもしれない。父が起こした恐るべき犯罪の意味も、おそらくわかってはいまい。

そう思いながら藤沢は視線をあげた。「ふだんお父さんとは、どんな話を……」

ふいに言葉を失った。結衣は無表情のまま鉛筆を握りこんでいた。妙な持ち方だ。こぶしのなか、中指と薬指のあいだに、鉛筆を突きださせる。

次の瞬間、結衣の左腕はすばやく水平に振られた。鉛筆の尖端《せんたん》を彼女自身の首に突き刺した。

信じがたい衝撃的な光景だった。結衣は白目を剝《む》き、ぐったりと弛緩《しかん》し天井を仰いだ。喉《のど》のわきに深々と刺さった鉛筆。噴霧のごとく鮮血がほとばしった。

藤沢は跳ね起きるも同然に立ちあがった。「なんてことを！」

女性警察官も駆け寄ってきた。椅子から転落しかけた結衣を、ふたりの手で支えた。だが結衣の身体は激しく痙攣《けいれん》し、椅子の背もたれに委《ゆだ》ねられない。藤沢は結衣を床に横たわらせた。なおもおびただしい量の血液が噴出しつづける。

「ガーゼ！」藤沢は怒鳴った。「救急箱を、早く！」

赤い液体にまみれた女性警察官の顔が、驚愕《きょうがく》とともに見かえした。すぐに立ちあがり、戸口へと駆けていった。

開いたドアの向こうから、吉川が緊迫した声を響かせた。「どうしたんだ、いったい」

答えている暇はない。藤沢は結衣の真っ青な顔に話しかけた。「心配ないよ。意識をしっかり持つんだ」

止血のためにはまず鉛筆を抜かねばならない。医師ではあっても外科医ではなかった。鉛筆を握る手が震える。無事な血管まで傷つけたらどうする、そんな不安がよぎる。とはいえ迷ってはいられない。このままでは出血多量で死ぬ。

藤沢は意を決し、鉛筆をしっかり握りこむと、力をこめ一気に引き抜いた。

4

冬の夜明けは遅い。ようやく空が赤みを帯びだした。凍《い》てつくような寒さのなか、けさも吐息が白く染まるのを目にする。

丸子橋《まるこばし》付近の多摩《たま》川沿い、河川敷にひとけはなかった。広々とした一帯に生い茂る雑草が微風に波立つ。静かだった。ときおり橋を駆け抜けるタイヤの音だけが、厳かに響いては、また無音のなかに沈んでいく。

十七歳の結衣は、草むらの斜面に腰を下ろしていた。指先で首すじに触れる。喉のわずかに右、小さな窪《くぼ》みが残っている。九歳以来、いっこうに消えない傷痕《きずあと》だった。もっともいまはあまり気にならない。あちこちに治りかけの擦り傷が少なからずある。清墨《きよずみ》学園での抗争の激しさを思えば、このていどで済んだことを喜ぶべきかもしれない。

川面《かわも》からわずかに視線をあげた。対岸に新丸子《しんまるこ》の街並みがひろがる。武蔵小杉《むさしこすぎ》高校の校舎ものぞく。半ば廃墟《はいきょ》と化していた。外壁が黒く焦げ、縦横に亀裂《きれつ》が走り、窓ガラスがことごとく割れている。

結衣はつぶやいた。「死のうと思ったことある?」

視界の端にずっと、男子生徒のたたずむ姿をとらえていた。チェックのズボンが包みこむ細く長い脚がある。紺のカーディガンからは、たくましい二の腕が浮きあがっていた。ネクタイをきちんと締めた着こなし。バドミントンの貴公子という呼び名にふさわしい。

初めて会ったときには、東南アジア系の目鼻立ちが印象に残った。帰化したのちの日本名とともに、いまは違和感なく受けいれられる。

旧名グエン・ヴァン・チェット、田代勇次《たしろゆうじ》は両手をポケットにいれ、川面を眺めていた。「死のうと思ったことか。なんでそんなことをきく?」

結衣は黙ったまま、首に残る古い傷痕をさすりつづけた。

頸動脈《けいどうみゃく》の位置はわかっている。幼少のころから教えを叩《たた》きこまれた。まず自分の身体で急所を把握し、その知識を敵への攻撃時にも当てはめる。むろんみずからの命を絶つときにも有効だ、父がそういっていた。

けれどもあのとき、結衣は外してしまった。自殺し損ねた。わずかに傷が浅かった。理由はあきらかだった。ただ死を恐れた。健斗にできたことが、結衣にはできなかった。

臆病者《おくびょう》にすぎなかったのだろうか。あるいは生きたいと願うなんらかの理由があったのか。いまとなってはわからない。九歳までの記憶もしだいに薄らいできている。この歳になるまで、いろんなことがありすぎた。

勇次が距離を詰めてきて、結衣の隣りに腰を下ろした。

どういうつもりか理解しかねる。遠目にはカップルに見えるかもしれない。有名人の勇次にとっては、元死刑囚の次女とのつきあいを噂されるなど、ゴシップ誌ネタにしかなりえないだろう。

だが勇次は素知らぬ顔で川面を眺めた。「死にたいと思ったことなんてないな。毎日がとにかく充実してるし」

「バドミントンの話？」結衣はきいた。「それとも在日ベトナムマフィアの跡継ぎとして？」

「ベトナムマフィアとは人聞きが悪いな」勇次は快活に笑った。日本人にはあまり見かけない、やたら屈託のない笑いだった。「父はまともな実業家だよ」

「よくいう」

「なんで？」勇次がきいた。

「パグェのほか、複数の半グレ集団の指導者を務めてるんでしょ。あなたが小さかったころ、祖国で闇市場の摘発から逃れてた。ようするに犯罪者一家だった」

「帰化できるはずがないって？　そうだな。経歴は偽ってるよ。いろいろとね」

爆弾発言も勇次が口にすると、洒落《しゃれ》た会話のごとく耳に届く。結衣はただ鼻を鳴らした。「お父さんはクーデターの後ろ盾だった資金調達網にも関与してる。シビックだっけ」

「よく知らないけど、そうだってね。資本家のいるシンガポール、インド、ベトナム、イスラエル、中国の頭文字をとってシビック。英語圏じゃサイビックって発音するらしいよ。ホンダのクルマとちがって、Sで始まるからね」

アジアにおける犯罪界の大物なのはまちがいない。結衣はいった。「田代槙人《まきと》は、あなたを後継者に育ててる」

「きみのお父さん、優莉匡太が成し遂げたかったことと同じ。僕らは似たものどうしだね」

「父はもう死んだ。九歳までしか育てられてない」

「でも教えは継いでるんだろ？　その後も自主トレを積まなきゃ、あんなに大勢殺せやしないよ」

ふいに風が強さを増した。河川敷の裸木が枝を揺らした。ざわめく緑葉を持たないせいだろう、なんの音もきこえなかった。一方で橋から響くロードノイズに、微妙な変化を感じる。

ふたりの境遇はたしかに似ていた。けれども決定的なちがいがある。結衣は半グレ集団のリーダーの座など望んでいない。勇次のほうは前向きに思える。

結衣はささやいた。「ここで会ったのは偶然じゃないでしょ」

「そりゃそうだよ」勇次が軽い口調で応じた。「父の半グレ集団のひとつが、この近辺を縄張りにしてる。多摩川駅前のマンションをナスにしてて、バルコニーに監視カメラをしかけてる」

「わたしが現れたって連絡があった？」

勇次がうなずいた。「でかける準備をしてたら、見張り役がラインで報《しら》せてきた。びっくりして飛びだしたよ。会えてよかった」

どこへ行こうと目をつけられる。公安のみならず、ほかの半グレ集団までが注視してくる。結衣はため息をついた。「パグェの仇討《かたきう》ちをしてこいって、お父さんにいわれた？」

「まさか。父は知らないよ。僕の独断で出向いてきた。通学路からちょっと外れてるけど、朝の部活までは時間があるし」

「どこの学校に編入されたか知らないけど、バドミントン部って大所帯」

「いや。田園調布西《でんえんちょうふにし》高校のバドミントン部で、朝練にでるのは僕ひとりだよ」勇次はさも嬉《うれ》しそうな顔になった。「ああ、そういう意味か。すごいな。背後に目があるみたいだ」

大勢の仲間を引き連れていることぐらい察しがついていた。さっき丸子橋のロードノイズが微妙に変化したのは、音を跳ねかえす壁ができたせいだ。

結衣は後方を振りかえった。土手に屈強そうなスーツの一群が居並ぶ。男ばかり二十人以上。年齢は三十歳前後。凄味《すごみ》をきかせる態度から、ひと目で半グレとわかる。

また川のほうに向き直り、結衣はつぶやいた。「護衛が大げさすぎ」

「きみと会うといったら、みんな心配してついてきちゃったんだよ」勇次が遠くを眺める目になった。「戦跡がそのまま残ってる。なつかしいね」

武蔵小杉高校のことだった。結衣は視線を追う気になれなかった。「生徒や先生の半分が死んだのは、あなたのせいでしょ」

「僕は父の手助けをしただけだよ」

「田代槇人は金儲《かねもう》けのためだけにクーデターに加担したって。あなたの人気を利用して、武装勢力から溝鹿《みぞしか》先生まで、大勢を意のままに操った」

「高校事変の影響は深刻だよね」勇次は世間話のようにいった。「あれ以来、武蔵小杉駅前を訪ねたことは？　ないだろうな。自衛隊ヘリが墜落したのは住宅街だったけど、爆発の衝撃波が遠くまでおよんでね。東急《とうきゅう》線南口のセンターロードの看板が割れちゃって」

「飲み屋街の黄いろい看板のことなら、古くさくて再開発の景色から浮いてた」

「そうでもない。味があったんだよ。あれ以来、白地に青い文字の新しい看板に変わったんだけど、評判が悪くて」

「武蔵小杉が水害に見舞われたとき、戦々恐々としたでしょ」

勇次の表情がふいにこわばった。ふたりのあいだに沈黙が降りてきた。背後の半グレたちが、不穏な空気を感じとったらしく、いっせいに身がまえたのがわかる。

令和元年の台風十九号は、関東全域に豪雨を降らせた。武蔵小杉でも大規模な浸水が発生した。そのため多摩川に通じる地下放水路について、機能がさかんに報じられた。高校事変で田代勇次が脱出した抜け道、そんなふうに言及する記事も多かった。

新聞やネットニュースに図面が載るたび、勇次たちは肝を冷やしただろう。放水路に分岐が複数あろうと、武装勢力の百五十人とサバゲーチームの二十余人が校舎に突入せんと潜伏する以上、ほぼすべての通路が塞《ふさ》がっていたと考えられる。なのに勇次は誰にも見つからず、悠々と自転車でひとり脱出を果たしたことになる。

クーデターが成功していれば、すべてはうやむやになるはずだった。だが高校事変の全容解明が進むなか、勇次が気楽でいられるはずもない。週刊誌の記者あたりが矛盾に気づきだしたら、バドミントンの貴公子にとって大きな痛手になるだろう。疑惑は一瞬にして国民的人気を霧散させうる。

勇次の目つきが変わった。尖《とが》ったまなざしが見つめてきた。「きみが告げ口したら諸刃《もろは》の剣だよ。わかるだろ?」

結衣の大量殺戮《さつりく》を立証する手段は、勇次の側にいくらでもある。現場に居合わせた生徒らを締めあげ、白状させるのは容易にちがいない。パグェの凶悪さを思えば、田代槇人が躊躇《ちゅうちょ》するとも思えない。

だが動揺はなかった。結衣はしらけた気分とともにつぶやいた。「水害以来、河川敷の監視カメラも増えてる」

この場で暴力行為など許されない、そういう意味だった。勇次は正確に解釈したらしい。また穏やかな表情になった。

勇次は結衣の手もとを眺めた。「それ、弟さんが作った？」

石粉粘土でできたオカリナだった。表層に塗った絵の具は剝《は》げ落ちているが、ちゃんと音がでる。

「貸してよ」と勇次がいった。

抵抗があったものの、結衣はオカリナを手渡した。勇次が左右の四本指で穴を押さえる。正確な持ち方だった。軽く息を吹きこみ、両手の指を優雅に動かす。耳におぼえのあるメロディーを奏でた。武蔵小杉高校の校歌だった。

田代勇次のファンは全国に数多《あまた》いる。こんな姿を目にしたら、きっと心酔するにちがいない。素性を知らなければ、おそらく魅力的に感じられる澄まし顔で、勇次はオカリナを吹きつづけた。

やがて演奏が終わると、河川敷にまた静寂が戻った。

結衣は後方をちらと振りかえった。「あいつら拍手しないの」

「だからって殺さないでくれよな」勇次が笑いながらオカリナを返してきた。「いい音《ね》いろだ。弟さんは惜しいことをした。心からお悔やみを申しあげるよ」

「パグェのせいなのに?」

「猟銃とガソリンを密売してたからって、僕らのせいだなんてお門ちがいだろ。きみのお父さんも、共和って半グレ集団に同じ商売をさせてたじゃないか。売上がきみの養育費にあてられてたかも」

「武蔵小杉高校の犠牲者も、仕方ないのひとことで済ませる気?」

「クーデターだったからね。あるていどの死者は避けられなかった。すべてが終わったいまは、生存者にできるかぎり尽くすつもりだよ」

笑う気にもなれない。結衣はいっそう醒《さ》めた気分で勇次を眺めた。「冗談でしょ」

「冗談なもんか」勇次の黒々とした目が見かえした。「僕が高校事変被害者救済基金のCMにでてることは知ってるよね?」

「まさか半グレの活動資金に……」

「なるわけがない。基金の管理と運用は川崎市《かわさき》にまかせてるんだ。僕はボランティアだよ」勇次が真顔になった。「生存した生徒たちも散りぢりになってる。周辺の高校に編入された子もいるけど、ほとんどは別の地域に移っててね。武蔵小杉の地価はまだ下落傾向にない。でもタワマンに数年住んだだけの元住民は、引っ越し後もローンが残ってたりする。購入時にめちゃくちゃ高かったから、もとの値段では売れないらしくて」

それでも離れたいと切望する家庭が多かったのだろう。無理もなかった。武蔵小杉高校事変で犠牲になった生徒は四百四十二名にのぼる。あの校舎を眺めるだけで苦痛を感じる元生徒もいるはずだ。

勇次がいった。「KNS免除は知ってるだろ？　学費免除だけを理由に、武蔵小杉高校の元生徒が編入先に工業高校や農業高校、商業高校を選ぶケースが増えてる」

「それらに行きたい子もいるでしょ」

「もちろん。でも普通科を志望してるのに、そっちを選ばざるをえない生徒が多くて。家庭の事情だろうけど、やりきれないね」

「まるで他人《ひと》ごと」

「いや。僕はみんなのために、なんとかしてあげたいと思ってるんだよ。きみはどうなんだ。ほっといても平気なのか」

「あなたがいなきゃ矢幡《やはた》総理も来なかった。みんな死なずに済んだ」

「いったろ。クーデターの成否にかかわらず、生存者の今後は尊重しなきゃならない。PTSDに苦しんでる元生徒もいる」

「自首してすべてを告白したら？　責任をとる気があるなら」

「きみのほうこそ」勇次は言葉を切り、ため息まじりに告げてきた。「一緒にやってくれると助かるんだけど」

「なにを？」

「戦後の後始末だよ。元生徒たちの救済。ほかにも先生たちへの支援だとか、学校再建のための努力だとか、やるべきことはたくさんある」

「本気でそう思うのなら、お父さんの悪事で稼いだ資産を、一円残らず注ぎこめばいい」

「わかってないな」勇次がじれったそうにいった。「敵対せず、協力しあえないかと提案してるんだよ」

結衣は川面《かわも》に向き直った。「ひょっとして勧誘？」

「僕は父の跡を継ぐ。半グレ集団という呼び方は不本意だけど、現在の社会常識では非合法事業というだけだ。きみも同じ立場だったのに母体を失った。なら僕らのファミリーに迎えるのも、悪くないと思ってね」

「必要ない」

「息をするように人を殺してまわってるのに？　後ろ盾があったほうが楽じゃないか」

「そんなの求めてない」結衣は腰を浮かせた。「あなたたちは罪もない生徒を大勢殺した。首を洗ってまってたほうがいい」

勇次がやれやれという表情で立ちあがった。「頑固だね。きみを殺したくないといってるのに」

「心遣いには感謝するけど、これっきりにして」

「でなきゃ返り討ちにするって？　父にもそんなふうに反発したそうだね。やっぱり人殺しの快感が忘れられないのかな」

「どうとでも」

「特技だと自覚してるだろうし、たびたびその能力を発揮して悦に入《い》りたいんだよね？　そのためには社会の虫けらを標的にしたほうが、良心の呵責《かしゃく》もない」

結衣は黙っていた。勇次の顔には笑いがあった。だがさっきまでの笑顔とはどこか異なる。瞳孔《どうこう》に妖《あや》しい光が宿って見える。

勇次の口調は父親に似ていた。興奮を自制するかのように、勇次が低くつぶやいた。

「僕もそうなんだ。刀剣で人を殺《あや》めるには、大腿《だいたい》四頭筋と二頭筋、広背筋を鍛えなきゃいけないだろ。そのためにスクワットとランジと懸垂を繰りかえしたら、筋肉が発達しすぎて悪目立ちしてきた。だからカモフラージュする必要に迫られてね。バドミントンなら違和感がない」

たしかにバドミントンのスマッシュは、刀法の切っ先返しに似ている。手首を使ったり、体重をかけて振り下ろしたり、使う筋肉も共通する。高二にしてバドミントンの強豪選手という表の顔は、あくまで隠《かく》れ蓑《みの》にすぎない、勇次はそう告白したも同然だった。

結衣は静かにきいた。「いままで何人殺した？」

「たぶんきみと同じぐらいは」

「ベトナムで？」

「まあね。日本にきてからもそれなりに」

「よく国民的アイドルが務まる」

「役割演技としちゃ気にいってるよ。正業あっての半グレだし」

半グレ。その言葉が意味する範囲は広い。暴対法の取り締まり対象外となる犯罪グループは、すべて半グレ集団と呼ばれる。たんなる不良の集まりも半グレ集団とされる。問題は暴力団も同然の強大な組織力を誇りながら、命令系統を隠蔽《いんぺい》し活動する非合法団体だ。尼崎《あまがさき》で抗争する暴力団員がM16自動小銃を用いたように、凶悪な半グレ集団も殺傷兵器を密輸し武装する。田代槇人はそんな半グレ集団を率いている。優莉匡太もそうだった。

勇次はふいに落ち着きをとり戻した。「兄にきいたよ。落ちこぼれの生徒たちですら、きみに銃の撃ち方を習って、立派なゲリラ部隊に変貌《へんぼう》してたって」

「お兄さんには会ってない」

「兄は近いうち帰化するよ。グエン・ヴァン・ハンでなく、田代勇太《ゆうた》として」

「もちろん経歴を捏造《ねつぞう》したうえで」

「当然だね」勇次は同情するような目を向けてきた。「なあ。このままいけば、きみは忠誠を誓う信奉者をどんどん増やしてくことになる。やがてみんな高校をでて、立派な半グレ集団を形成する。その先はきみのお父さんと同じだよ」

「同じって？」

「警察に追い詰められる。捜査の攪乱《かくらん》を図って、無駄な犠牲者を生む」

一瞬だけ心がぐらつきかけたものの、すぐに抑制をきかせた。結衣は勇次を見つめた。「お兄さんが日本にくるときが楽しみ」

「返事はいますぐじゃなくていい。考えといて」勇次は顔を近づけてくると、結衣の耳もとでささやいた。「頼む。僕はきみが好きだ。殺させないでくれ」

息がかかるほど距離が詰まった時点で、すべての神経を防御のために備えさせている。よって結衣のなかに、よけいな感情や思考など生じようがなかった。傍目《はため》には、結衣がただ突っ立っているだけに見えるかもしれない。だが実際には勇次の目の動きを観察し、突然の襲撃を警戒しつづけていた。

むろん勇次も同様にちがいない。片足をなにげなく、結衣の両足のあいだに置いている。ボビナムというベトナムの総合武術、ドンチャンなる技をかけるための構《かま》えだった。気を抜けば一瞬で引き倒される。

勇次は結衣を見つめたまま、ゆっくりと後ずさった。間合いが充分に広がると、ようやく表情を和らげた。地面に置いてあったスポーツバッグを拾い、軽々と肩にかける。勇次は愛想よくいった。「そのうちバドミントンの試合を見にきてくれないかな。きみの住んでる施設に連絡をいれておくよ」

会話はそれきりだった。勇次は背を向け、さっさと立ち去っていった。

土手に居並ぶ護衛たちが散っていく。勇次が遊歩道を上ると、黄いろい声があがった。別の学校の女子高生が三人、はしゃぎながら勇次を迎える。勇次は軽く片手をあげ声援に応《こた》えた。

もう早朝の通学が始まっている。結衣は川面に目を戻した。ずいぶん明るくなったと感じる。手にしたオカリナをリュックにしまいこんだ。

田代槙人がカフェテラスに招いたのも、あれで息子と同じく、結衣を誘っているつもりだったのだろう。拒絶されたと知ったとたん、その場で結衣の暗殺を図ろうとしてきた。きっと勇次との関係も似た展開をたどる。

特になにも思わなかった。ただなにかが心にひっかかる。勇次にいわれたことのなかに、憂いを感じる一瞬がたしかにあった。けれども具体的に想起する気になれない。

後方を振りかえると、もう誰もいなかった。結衣は歩きだした。きょうも優莉匡太の娘として、周囲に敬遠されるばかりの学校に向かう。それが終われば児童福祉施設の狭い部屋に帰る。日常はなにも変わらない。

5

六十四歳の矢幡嘉寿郎《かずお》総理大臣は、このところ渋谷《しぶや》区松濤《しょうとう》にある私邸には帰らずにいた。五十五歳になる妻の美咲《みさき》も、永田町《ながたちょう》二丁目の総理公邸に出向いてきている。公邸は官邸の敷地内にあり、建物も隣り合っていた。心が安まらないと公邸を毛嫌いしてきたが、一定の期間泊まってみると、やはり便利だと感じるようになる。子供がいたら気苦労も多いだろうが、夫婦ふたりきりの人生には利点もあった。

公邸から官邸までの一分足らずの移動にも、わざわざクルマを用いる。三階の正面玄関を入ると、毎朝のように居並ぶ記者にあいさつする。わずか五分後に官房長官や法務大臣と面会。さらに三十五分後には千葉県知事と会い、二十七分後に外務省官僚らとの会合をこなした。

官邸執務室に六人の秘書らと籠《こ》もり、訪ねてきた臼井《うすい》庄司《しょうじ》文部科学大臣の報告を受ける。

五十四歳の臼井は老眼鏡をかけ、書類に目をおとした。「KNS免除制度ですが、現行の工業、農業、商業高校だけでなく、今後は水産、家庭、介護、情報、福祉まで適用範囲を拡大できないかと思います」

経済産業省から出向した四十三歳の星野《ほしの》淑子《としこ》秘書官がうなずいた。「賛成です。それら高卒の就職を前提とした学校は、即戦力を生みだすのに有効な反面、入学希望者数の減少に悩んでいます。成績優秀者への授業料の免除は、状況の改善に役立つかと」

口髭《くちひげ》を生やした五十五歳、財務省出向の倉松《くらまつ》直紀《なおき》秘書官が難色をしめした。「農業高校にしても、卒業後に農業で生計を立てる者は少ないときいてます。地方では市役所や病院、福祉施設に就職したり、民間企業の営業職に就いたりするのが大半とか。授業料の免除は、その専門分野に就職する場合にかぎると、条件を設定すべきではないですか」

矢幡は議論に耳を傾けながら、頭の片隅でぼんやりと思った。武蔵小杉高校の査察をきめたときにも、こんなふうに文科大臣を迎えていた。政務秘書官は、高校事変で命をおとした池崎芳雄《いけざきよしお》だった。享年三十八か。

卓上電話が鳴った。池崎に代わって政務秘書官になった四十歳、丸顔に眼鏡をかけた弓田《ゆみだ》久志《ひさし》が受話器をとりあげる。会話の妨げにならない声量で応答した。

臼井が矢幡を見つめてきた。「総理のご意見は？」

考えごとをしていても、会話の内容はきちんと把握できている。矢幡はいった。「就職先まで縛るのは感心しない。工業高校卒なのに工場に勤めなかった場合、免除されてきた授業料を払えというのか？　現実的でないし、よけいに職業学科を志す者が減るよ。制度適用の範囲拡大には賛成だが、条件つきの免除は論外だ」

弓田が受話器を置いていった。「失礼します。駒島《こまじま》大臣が緊急にお会いしたいと」

「いまか？」矢幡は弓田を見つめた。「行政改革担当大臣としての報告なら、午後に会ったときにきくが」

「いえ。国家公安委員会委員長として、是非お耳にいれたいことがあるとのことです」

矢幡は臼井に目を移した。「いいかな?」

不服そうな顔をしたものの、臼井が同意をしめした。「私のほうからは、申しあげることは以上ですので」

「よし」矢幡はいった。「通してくれ」

弓田がドアを開けにいく。臼井が退室するのと入れ替わりに、灰いろの太眉《ふとまゆ》の五十六歳、駒島淳三《じゅんぞう》大臣が姿を現した。

一緒に入室してきたのは、四十近い角刈りのスーツ、SPの錦織清孝《にしきおりきよたか》警部だった。官邸内で馴染《なじ》みの大臣と会うだけであっても、予定外の接見には居合わせる規則になっている。民主党政権時代、当時の総理と外務大臣がつかみあいの喧嘩《けんか》になって以降、そのように定められたときく。

駒島が深刻そうに頭をさげた。「急に申しわけありません。警察庁長官から報告がありまして、けさ早く優莉結衣が田代勇次と接触を持ったと」

矢幡は星野淑子に目を向けた。淑子も硬い顔で矢幡を見かえした。

思わずため息が漏れる。矢幡はデスクの上で両手を組みあわせた。「国家公安委員会は内閣府の外局として、警察庁を管理する立場にすぎんだろう。巷《ちまた》の高校生ふたりが会ったという事実を、私のスケジュールを乱してまで伝えたかったのかな」

警察庁から内閣官房に出向中の事務秘書官、五十一歳の飯岡哲治《いいおかてつじ》が身を乗りだした。「総理。アンダマン海のラムッカ島での騒動以来、優莉結衣は第二機密の要警戒人物です」

「ええ」駒島もうなずいた。「彼女は許可なく目黒《めぐろ》区をでられない立場ですが、勝手に多摩川付近まで移動したようです。田代勇次と会ったのも、偶然では片付けられないのですが」

錦織が妙な顔をした。「公安警察が監視しているはずでしょう」

駒島は錦織に向き直り、苦い表情でつぶやいた。「四六時中見張ってるわけではない。現場の監視要員は第二機密を知らず、せいぜい優莉匡太の子供に目を光らせるていどの認識だからな」

「ではなぜ田代勇次に会ったことが判明したのですか」

「多摩川のカメラ映像だ。武装勢力が地下放水路から武蔵小杉高校に侵入して以来、あの川沿いは公安の監視対象になっとる」

複雑な気分にならざるをえない。矢幡は視線をおとし唸《うな》った。

塚越《つかごし》学園の角間良治《かくまりょうじ》学園長の取り調べは、公安警察でも刑事警察でもなく、法務省の外局である公安調査庁が進めている。ラムッカ島におけるチュオニアン騒動は、閣僚と一部の官僚のみが知る極秘事項だった。

チュオニアン騒動は重大な国際問題となり、いまだ収束していない。少年少女七百人の救出作戦を展開したのが、空母ロナルド・レーガンだったため、アメリカに対する補償交渉が最重要課題になった。トップシークレットとして扱うよう要請したせいで、いっそう高くつくと予想された。このところ貿易面で大幅に譲歩せざるをえなかったのも、じつはその一環だった。

ミャンマーに対しても、先端医療施設建設や航空管制システムの整備に、巨額の無償援助を予定している。中国や韓国がさかんに疑惑の目を向けてくる昨今だが、日本の未成年者らが海外で銃をとり交戦したという事実は、なんとしても伏せておかねばならない。

帰国した少年少女らは、専門家の分析によると、きわめて理想的な脳の状態だという。だが敵兵を大勢射殺したという事実を考慮すれば、おおいに問題がある結論だった。公安警察には事情を伝えないまま、それら生徒児童らの監視をつづけさせている。現場の刑事らは、チュオニアン騒動についてなにひとつ知らない。四人の過失致死をだし閉鎖された塚越学園、そこに通っていた生徒児童たちにすぎない、そう信じている。

けれども現実問題として、戦闘を経験した少年少女が国内に多数存在することに、総理として危機感を抱かないわけにはいかない。

子供たちはみな異口同音に、優莉結衣からはなにも教わっていないと証言している。鵜呑《うの》みにできるはずもない。矢幡は結衣について知っていた。武蔵小杉高校事変で、彼女の類《たぐ》い希《まれ》な身体能力の高さをまのあたりにした。

「総理」駒島が咳《せき》ばらいをした。「田代勇次はいまや全国高校生の健全さの象徴的存在です。そんな彼に接触した優莉結衣に警戒心を抱くのは、けっして心配しすぎではありますまい」

外務省から出向中の四十五歳、辰山茂樹《たつやましげき》秘書官が神経質そうにいった。「私もそう思います。わが国はベトナムとのあいだに密接な経済協力関係を築いてきました。中国の接近を許すわけにいきません。田代勇次は日越《にちえつ》の架け橋となる存在です。彼の父親も日本で実業家として成功しており、経済外交に尽力してくれています」

矢幡はため息をついてみせた。「優莉結衣と田代勇次は初対面でもないんだろ？勘ぐりすぎじゃないのか」

駒島が心外だというように顔面を紅潮させた。「なにをおっしゃいますか。証拠こそなくとも、優莉結衣はあなどれない存在です。ラムッカ島で少年ゲリラ部隊を指揮したのは彼女でしょう。武蔵小杉高校事変でも……」

「私も現場にいたが、優莉結衣は終始おとなしくしていた」矢幡はとぼけたうえで、星野淑子に目を向けた。「きみはどうだ？」

淑子が当惑ぎみに応じた。「彼女に会ったのは、なにもかもが終わって、校舎をでてからなので」

そうだろう。淑子は柚木《ゆき》若菜《わかな》大臣とともに現地入りしたが、すぐに薬物による失神状態におちいったため、なんら内情を把握していない。すべてを承知のうえで、矢幡はあえてたずねたのだった。

駒島はもどかしそうな顔で押し黙った。辰山や飯岡も不満げな面持ちをしている。無理もなかった。優莉結衣に疑惑を持たないはずがない。総理は真相をご存じなのでは、誰もがそんなふうにたずねたがっている。矢幡が明確に否定済みのため、閣僚や秘書官としては問題を蒸しかえせず、口をつぐむしかない。

「あのう」駒島がいいにくそうに告げてきた。「総理。いまだ優莉結衣の犯行があきらかでないのは、彼女に接した未成年者から大人までが、証言を控えているからと考えられます。優莉結衣を神格化し、彼女の立場を守らんとしているのであれば、これは優莉匡太が半グレ同盟を拡大していったときと同じ……」

「私もそのひとりに該当するというのか」

気まずそうな沈黙が生じた。駒島が言葉を濁した。「失礼しました。けっしてそういう意味ではないのですが」

矢幡はあえてさばさばとした態度で、手もとの書類をまとめにかかった。「次の予定は？」

弓田が腕時計に目をおとした。「米インド太平洋軍司令官による表敬です。記者が入りますので、当然ながらチュオニアン騒動への言及はお控えください。四階の特別応接室で、七分後の開始です」

「先に行ってくれ。私は錦織君とあとで追いかける」

駒島はなにかいいたげな顔になったが、秘書官らが黙々と退室していき、踏みとどまれないと悟ったらしい。さも不服そうに一礼すると、戸口へと立ち去った。

ドアが閉まり、錦織とふたりきりになった。矢幡は椅子の背にもたれかかり、天井を仰いだ。

錦織が神妙につぶやいた。「不穏な空気が漂ってますね」

「ああ」矢幡は重苦しい気分で応じた。「考えてみれば異常な事態だ。私もきみも、閣僚に重要なことを隠してる」

ひとりを刺殺、七人を連続して射殺。それが矢幡と錦織の前に現れた、優莉結衣の初めてとった行動だった。彼女は瞬く間に武装勢力の命を次々と奪っていった。

「総理」錦織が見つめてきた。「息子は打ち明けたがりませんが、チュオニアン騒動で生徒児童らが無事脱出できたのは、やはり優莉結衣の働きによるものでしょう。端的にいって、彼女が人の殺し方を教えたんです。それまで銃に触れたこともなかった十代の問題児たちに」

半グレ同盟再結成の布石ともとれる。駒島の懸念は妥当ということか。矢幡は小声でいった。「へたをすると足を掬《すく》われるかもな」

「どうかお気をつけを。秘書官すら真実を知ったら、どちらの立場につくかわかりません。あるいは……」

「なんだ」

「総理の許可なしに動く者がでる可能性も」

たしかに否定しきれない。矢幡は黙りこんだ。

アメリカとイスラエル、イランは国家による暗殺行為を公にしている。ＩＳの指導者の殺害に成功したことを、米大統領は誇らしげにツイートする。ほかの国々でも、わざわざ告知しないだけで、非合法な手段の行使はある。矢幡政権では相談を持ちかけられたことさえないが、昭和の内閣においては日本国内の過激派を排除するため、内密に決定が下されたと語り継がれる。公安警察の刑事が秘密裏に暗殺を実行したらしい。

けっして尻尾《しっぽ》をつかませない優莉結衣に対し、業を煮やした駒島のような男が暴走しないといいきれるだろうか。

どうにも気が鬱《うつ》する。矢幡は首を横に振った。「あちこちで大規模犯罪が多発してる。武蔵小杉高校のほか、練馬《ねりま》区では指定暴力団牛頭《ごず》組が内部抗争で全滅。豊島《としま》区の私立清墨学園で不良生徒が大量死。いずれも現場は血なまぐさい戦場と化していたそうだが」

今度は錦織がため息をついた。「練馬区と豊島区の件に、優莉結衣が絡んでいるとは思いたくないですが」

証拠があるとの報告はあがってきていない。だが優莉結衣の関与が噂されているのはたしかだった。

物騒な世のなかになった。矢幡は小声でささやいた。「万が一にも暗殺実行の許可を求められたら、むろん私は拒否する。だが政府内に不満が鬱積《うっせき》するだろう」

「総理の権威を失墜させず、断りきれるかどうか。優莉匡太は銀座デパート事件だけでも、十八人の命を奪っています。結衣に関し、怪しむべきは法を曲げてでも排除すべきと考える向きがあっても、まったくふしぎではないでしょう」

銀座デパート事件か。地下鉄サリン事件以来の惨劇だった。殺人化学兵器が一般犯罪に使われた国は日本だけだ。きわめて不名誉な記録にちがいない。優莉という苗字《みょうじ》に脅威を感じる閣僚も多くて当然だった。

ふと疑念が脳裏をかすめる。優莉結衣が永遠にあのときのままだと確信できるだろうか。罪なき国民の生命を奪う存在にならないと、本当に断言できるのか。彼女はまだ十七歳だ。

熟考するには時間が足りない。矢幡は立ちあがった。「行こう。秘書官たちに苦言を呈されたくないからな」

行く手で錦織がドアを開けた。「公務にはいくつもの顔が必要ですね」

そのとおりだと矢幡は歩きながら思った。願わくは優莉結衣には、絶対にそうであってほしくないのだが。

6

結衣の現在の住まい、目黒区の児童養護施設は、職員が少なく人手が足りていなかった。よって結衣は日用品の買いだしを頼まれるのが常だった。放課後、安く品物がそろう台東区《たいとう》のホームセンターに向かった。

散水ノズルをさがしていると、従業員のセールストークにつかまってしまった。女子高生相手だからか、若干なれなれしいタメ口だった。「散水と高圧洗浄の両方に使えるんだよ。ガーデニング用物置小屋の外壁にかけられるユニット付きでね。地区条例で二〇一三年以降に建ったビルに、屋上緑化が義務づけられたところもあって、これの普及率がナンバーワン……」

結衣は静かにきいた。「どこの地区条例ですか」

「いや」従業員は言葉に詰まった。「まあね、いまのところは、渋谷区神宮前《じんぐうまえ》だけだったかな……」

都内の一等地、高級住宅街の話だった。会話が途絶え、やっと売り場を抜けだせた。散水ノズルを買うのは次の機会にした。

冬の日没は早い。買った商品すべての配送手続きを終え、店外にでると、もう辺りは真っ暗になっていた。雲が厚いせいもあるだろう。予報によればじきに雨が降るらしい。たしかにそんな空模様に見える。傘は持っていない。早く帰る必要があった。

緑地公園沿いにあるバス停は、辺りにひとけもなくひっそりとしている。街路灯以外、付近に明かりひとつ見えない。歩道のわきは木立だった。車道に目を転じても、クルマの往来がほとんどなかった。年季の入った公衆電話ボックスは落書きだらけで、ガードレールも歪《ゆが》んだまま補修されていない。道路の向かいに見える雑居ビル群は、どれもひどく老朽化している。一階の店舗は軒並みシャッターが閉じたきり、看板ひとつでていない。

この界隈《かいわい》は奥谷町《うおたにまち》といい、都営住宅や保証人不要のアパートが多いことで知られる。安売りホームセンターがあるのも、住民のニーズを反映してのことといえる。治安はあまりよくない。

ただし貧困はこの地域にかぎったことではなかった。目黒区でも児童福祉施設の予算は厳しい。こうしてわざわざ遠出してまで、日々の節約が必要になる。

格差が顕著な世のなかだった。結衣も人権派の支援団体が集めた募金から提供を受け、細々と暮らしている。高級住宅街、屋上緑化か。まるで縁のない別世界の話にきこえる。

結衣はバス停から少し離れて立った。バス停にはベンチがあるが、わざわざ人目につく場所にいたくはない。荷物のリュックも肩から下ろさなかった。いつものことではある。どこに身を置こうと警戒は解かない。

夜になって冷えこんできた。制服にハーフコートを羽織り、マフラーを首に巻いていても、なお寒さが沁《し》みいってくる。とはいえ雨が雪に変わるほどのことはなさそうだ。

小学校低学年とおぼしき少女が、戸惑いがちに歩道をうろついていた。ダウンジャケットにカバンと水筒をたすき掛けにしている。スマホから顔をあげ、つぶらな瞳《ひとみ》で結衣をじっと見つめた。

服にしろ持ち物にしろ、どれも不ぞろいで、あり合わせだとひと目でわかる。裕福な家庭の子には思えない。ただし家出ではなさそうだった。ホームセンターの袋を提げているからには、結衣と同様よそから買い物にきたにちがいない。ひとりでお使いを頼まれたのだろうか。遠出に慣れていないのはたしかだった。

少女は結衣に話しかけたがっているようだったが、結衣が見かえすと、びくついたように視線を逸《そ》らした。人見知りかもしれない。バス停のベンチにもひとり、コートを着た茶髪の女が座っている。少女はそちらに歩いていった。

「あのう」少女のささやくような声がきこえた。

ベンチの女は、やたら濃いギャル系のメイクをしているものの、年齢は二十代後半に思えた。どこか病的な痩《や》せ方に見える。頰骨が浮きあがり、アイラインはまるで不眠に生じがちなくまのようだった。血色の悪さを化粧でごまかそうとしている。うっすらと痣《あざ》らしきものも見える。耳には大きめのピアス。いろの派手なダウンを着て、指先は安っぽいネイル。社会人なら声をかけるのを敬遠しそうだが、少女は結衣よりもその女を選んだ。わきにベビーカーを置いていて、赤ん坊のぐずる声がかすかにきこえる。母親に悪い人間はいない、少女はそう判断したのだろう。

「すみません」少女がおずおずといった。「東陽町《とうようちょう》駅へ行くバスはここですか」

ベンチの女は迷惑そうな顔で少女を見かえし、次いで結衣のほうに目を向けてきた。話しかけるのはあちらにしてほしい、そんな表情を浮かべている。女は渋々ながら少女にうなずいた。

すると少女がまたきいた。「ここにくるバス、ぜんぶ東陽町駅に行きますか」

「ちがうけど」女が煩わしげにため息をついた。「わたしも土井富《といふ》に行くから、同じバス。一緒に乗ればいいから」

「ありがとうございます」少女はおじぎをした。ベンチに座ろうとして、ためらうような仕草をする。結衣に視線を向けた。なおもベンチと結衣をかわるがわる見てから、また結衣のもとに駆けてきた。

少女が白い息を弾ませながら、素朴なまなざしで見上げた。「椅子、あいてますよ」

結衣は小声で応じた。「ありがとう。でもいいから」

座らないんですか、目がそう問いかけている。結衣を立たせたまま、自分が座るのは悪い。そんなふうに思っているらしい。

本質的にはいい子なのだろう。親の躾《しつ》けを守り、見ず知らずの大人に対しても、絶えず気を遣う。けれどもコミュニケーションがうまいほうではない。こういう子は悪気がないのに、いじめられがちだったりする。学校で友達が多そうにも見えない。もし親しい友達が複数いれば、この服装はない。

幼少のころの妹や弟を連想させる。かまうのは苦手だった。結衣は木立のほうに立ち去った。そのように振る舞わないと、少女がいつまでもベンチに戻らないからだ。

背を向けてほどなく、少女の靴音がためらいがちに遠ざかった。結衣はほっとしたものの、バスに乗る以上さほど離れるわけにいかない。木陰に身を隠し、ひとり幹にもたれかかった。

バス停のようすをうかがう。少女が肩からカバンを下ろし、ベンチの端に腰かけた。

しばらく沈黙していたものの、会話をしないのは失礼にあたると思ったのか、少女はギャルメイクの女にいった。「あのう、可愛い赤ちゃんですね」

女が当惑ぎみに少女を一瞥《いちべつ》した。「どうも」

「赤ちゃんの名前はなんですか」

「芽依《めい》」

わずかに女の態度が和らいだように思えた。結衣はバス停の観察を切りあげた。ひとり木陰に身を隠したまま、ぼんやりと虚空を眺める。

ずっと拒絶してきた思考がある。健斗のことだった。弟は結衣と同じく、父の商売を知っていた。ガソリンと猟銃の販売も承知済みだった。

健斗が自殺した本当の理由は、父の商売に責任を感じたからだ。クラスメイトたちが焼き殺されそうになった。ガソリンの密売あってのことだった。放火を助長する危険物の売上を、一部でも幼少期の糧としてきた、そんな自分に耐えきれなくなった。

そういう考えが正しくないと、どうしていえるだろう。結衣が九歳になるまでの生活費は、ほとんど父たちの犯罪によって稼ぎだされた金だったのに。

少女の声がたずねた。「バス、何時にきますか」

「さあ」ギャルメイクの女が応じた。「時刻表見ないと」

結衣は木陰からベンチを眺めた。少女が立ちあがり、バス停の看板に添えてある時刻表へ歩み寄る。

ふいに女が辺りを見まわした。結衣の視線には気づいていないらしい。

少女はカバンをベンチに置き去りにしている。そのカバンを女がまさぐりだした。サイフをとりだし、自分の懐におさめた。少女は背を向けたまま、なにも気づかないようすで時刻表を眺めている。

やがて少女がベンチに戻ってきた。「もうすぐみたいです」

「そう」女がひきつった笑いを浮かべた。

あの女。結衣は木陰から歩みでようとした。ところがそのとき、靴音が近づいてきた。

「カケちゃん」ギャルメイクの女が立ちあがり、そちらに歩いていった。

歩道を向かってくるのは、スタジャンを着た大柄な男だった。髪は短めに刈りあげ、剃《そ》りこみをいれている。四角いフレームの眼鏡をかけ、三重顎《あご》に髭《ひげ》を生やしていた。女に会ったとたん苛立《いらだ》ちをあらわにする。ふたりは知りあいのようだった。夫婦かもしれない。

カケと呼んだ男に、女がぼそぼそと話しかけた。ベンチの少女を振りかえる。サイフを奪った、そう報告しているのはあきらかだった。カケも少女を一瞥したが、少女のほうは同じバスに乗るだけと思っているらしく、おじぎしてあいさつした。

ヘッドライトの光が辺りを白く照らした。路線バスが滑りこんでくる。サイドウィンドウのなかには、数人の乗客が見えるだけだった。女がベンチに駆け戻り、ベビーカーを押した。少女もカバンを肩にかけ立ちあがった。

バスが停車し、側面のドアが横滑りに開いた。女は両手でベビーカーを持ちあげ、ステップを上っていった。カケは手伝おうともせず、ただ後につづこうとしている。

少女がスマホをいじりながらバスに近づいた。するとカケが振りかえった。少女の前に立ちふさがり乗車を妨害する。困惑顔の少女が避けようとすると、カケは少女を押し戻した。

凄味《すごみ》をきかせながらカケがいった。「このバスじゃねえんだ」

「でも」少女がいっそうの戸惑いをしめした。「さっきの女の人が……」

「これじゃねえってんだよ」カケは少女をベンチに座らせると、スマホをつかみ、力ずくで奪いとろうとした。「よこせ」

手慣れたやり方だと結衣は思った。カケはバスの運転席に背を向け、小競り合いを目撃させまいとしている。女のほうは運転手に、もうひとり乗車すると告げたらしい。バスは発進せず待機していた。

少女はあわてた声を発しながら、必死で抵抗している。スマホを両手で抱えこんだ。カケは業を煮やし、悪態をつくと、少女の頰を強く張った。強引にスマホをひったくり、バスへと歩きだした。

すると少女は泣きじゃくりながら大声でうったえた。「写真！　ママの写真」

カケはちらと振りかえったものの、かまわず車内に消えていった。戸口にさっきの女が顔をのぞかせた。当惑の表情を浮かべながら、少女から盗んだサイフをまさぐった。写真らしきものがないかさがしているようだ。

だがカケがじれったそうに急《せ》かした。「エミカ、早くしねえか」

少女のいった写真とは、スマホに記録された画像のことかもしれない。だがエミカという女はそこまで想像がおよばないらしく、サイフのなかのカード類を歩道にぶちまけた。エミカは少女を見つめ、ごめんなさい、そうつぶやいた。しかしサイフはしっかり奪ったままだった。ブザーとともにドアが閉まった。

あたふたと少女がベンチを離れ、昇降口に駆け寄ろうとしたが、バスは発進していった。少女は茫然《ぼうぜん》と見送ったのち、歩道にうずくまった。散らばったカードやレシートを拾い集める。押し殺した泣き声が静寂に響く。辺りに通行人の姿はない。

結衣がただちに動かなかったのは、バスの運転手や乗客に目撃されまいとしたからだった。いまはもうそのかぎりではない。結衣は木陰から飛びだし、歩道を全力疾走した。ガードレールを乗り越え、車道を突っきるや、向かいの雑居ビルの狭間《はざま》に飛びこんだ。

バスは交差点を折れる。追いつくためには路地を斜めに抜ける必要がある。時間差は読めなかった。バスが信号にひっかかるか否かで大きく変わってくる。

路地を走りつつ、背負ったリュックからビニールの小袋をつかみだした。中身は通販で買ったロッククライミング用のアイテム、金属製の指サック十個だった。走りながら両手の十本指に嵌《は》めていく。内側には滑り止めに松ヤニを塗っておいた。触れた物に指紋がつかないと同時に、指先が硬い武器になる。

行く手を鉄格子のフェンスが阻んだ。結衣は猛然と駆けていき、左足で踏みきって跳躍した。パルクールのスピードヴォルト、暇さえあれば公安の目を盗んで練習してきた技だった。左手でフェンスの上端をつかみ、下半身を前方へと飛ばす。左足で着地することで即座に体勢を戻せる。一秒のロスタイムもなく、結衣は路地を疾走しつづけた。

洗濯ロープをくぐり、ゴミ袋の山を飛び越える。いくつかの十字路やT字路を進行方向へと折れ、なおも駆けていく。

だがその先は行き止まりだった。マンションの裏手らしきドアに突きあたっている。見上げると十階ほどの高さがあるビルだった。わりと新しい造りに思える。表通りに面している可能性が高い。この向こうをバスが走る。路地を戻って迂回《うかい》する時間はない。エントランスを観察した。防犯カメラは見あたらないが、オートロックで施錠されている。

結衣はオートロックのテンキーを押した。901。902。903。なるべく支障のない上層階を呼びだす。やがて応答のノイズがきこえた。

マンション住民の声が応じる。「はい」

インターホンのカメラから顔をそむけながら、結衣はぼそりといった。「お届け物です」

狙いどおり解錠の音がきこえた。結衣はドアを開け、マンション内に突入した。

ロビーに向かえば防犯カメラに映る。そんなつもりはなかった。ただちに外階段を駆け上る。踊り場が表通りに面していた。救助の際、はしご車が届くようにするための設計だった。片側二車線の道路がすぐ近くに見えている。車両の通行量はごく少ない。バスがまだ通過していないと信じるしかなかった。結衣は全力で階段を上った。二階と三階のあいだ、踊り場で立ちどまると、ふたたび路上に目を向けた。きた。路線バスが走ってくるのがわかる。東陽町行きの表示がでていた。速度と距離を目で測った。

結衣は踊り場の後方ぎりぎりまで下がり、助走をつけ跳躍した。手すりに足をかけ、さらに高く跳んだ。風圧が全身に押し寄せる。バスが予想より早く到達すると気づき、身体を丸めて抵抗を小さくした。落下速度がわずかに速まり、結衣は全身をバスの屋根に叩《たた》きつけた。転落しないよう突起物にしがみつく。

車内にも音が響いたはずだ。結衣は急停車に備えた。だが運転手はミラーを一瞥《いちべつ》しただけで済ませたらしい、かなりの速度を維持したまま、バスは走りつづけた。

このまま天井に這《は》っているわけにはいかない。信号ごとに道路を見下ろすカメラが設置されている。結衣はバスの後方へ身体を滑らせ、足を後方にかけた。後続のクルマは見あたらない。いまのうちに位置を変えるしかない。

リュックを腹のほうに移動させた。身体ごとずり落ちるようにして、バスの背面に貼りつく。いったんウィンカーランプに足をかけ、さらに下がりリアバンパーに降り立った。リアウィンドウから車内がのぞけた。カケが座席にふんぞりかえっている。

エミカは立ったままベビーカーに手をかけていた。

じっとしていれば運転手がミラーを見たとたん気づく。ここからが難題だった。結衣はそこからより下をめざした。足が路面に接触しないよう注意しながら、靴のつま先でバスの底面をまさぐった。

車内の床が低い路線バスは、フレームメンバ上に車体フレームを架装した構造を持つ。補強の関係で、バスの底面には横根太がいくつも剝《む》きだしになっている。それらに足をかけながら、結衣は仰向《あおむ》けになりつつ、車体底面と路面のあいだに潜りこみだした。うっかりすると背中を路面に削られる。あるていど浮かしながら、慎重に底面に貼りつき、両腕両脚を突っ張らせ身体を支えた。

騒音と振動がひどい。速度が変化するたび手足に力がこもる。だが乗客に配慮した運転は、急停車や急発進を極力抑える。唐突な慣性の作用に振り落とされる可能性は低い。ただしスカートの裾《すそ》を路面にひきずるのは避けられない。裾の磨耗《まもう》が最小限に留《とど》まるのを祈るしかなかった。

額に汗がにじんでくる。背面にアスファルトの表層が猛スピードで流れる。排ガスで息苦しくなり、思わずむせそうになった。なかなか狂気じみた試みだが、これが初めてではない。中二以降、公安の監視から逃れるとき何度か試した。

周囲から別の走行音が響いてくる。交通量が増えてきたとわかる。バスがゆっくりと停車した。赤信号らしい。路面に背を下ろし休みたいところだが、結衣はそうしなかった。ここからでは信号が確認できない。発進するタイミングもわからない。

ふたたびバスが走りだした。馬鹿げた行為なのは承知のうえだった。それでもアドレナリンが過剰に分泌されるのを感じる。こういう興奮はやみつきになる。乗りかかったが最後、際限なく刺激を求めてしまう。

金属製指サックはいま、指先の皮膚の保護に役立っていた。滑りやすくなるように思えるが、実際にはこんな局面において、てのひらに滲《にじ》む汗ほど危険なものはない。湿った指先よりはしっかりと横根太をつかんでいられる。

何度かバス停や信号で停車しながら、なおもバスは走行しつづけた。東陽町駅はまだ遠いものの、どうせそこまでは行かない。少女がベンチに荷物を置き去りにする前に、エミカは土井富で下車するといった。あの時点ではまだ盗みの意思をしめしていなかった。土井富なる発言はでたらめに思えない。三つ目のバス停のはずだ。

やがてバスがまた停車した。ステップから路上に降り立ったスニーカーが見える。ベビーカーが下ろされた。ここが土井富だった。

結衣は両手両足をバス底面から放した。路面に背中ごと落ちた。仰向けに寝たまま、急ぎ路側帯のほうへと移動していく。ブザーがきこえた。ドアが閉まる音がする。じきに発進してしまう。ぐずぐずしているとタイヤに轢《ひ》かれる。

バスが動きだした。間一髪、結衣は路側帯に転がりでた。後続のクルマが妙に思ったのか、すぐわきを徐行していくが、結衣は顔をそむけた。リュックを腹から下ろし背負い直すと、首に巻いたマフラーを整えた。

辺りは殺風景な住宅街だった。コンビニの明かりは見あたらない。古びた木造アパートや、道端に放置されたリヤカーが目につく。ひっそりと静まりかえった一帯に、ベビーカーを押す音が響いていた。ブロック塀の狭間の路地に、くだんのふたりは消えたようだ。

カケの声がきこえてきた。「ショジ」

「おう」別の男の声がいった。「カケか。遅かったな」

結衣は路地の入り口に立った。クルマも乗りいれられないほど狭い道幅の奥、切れかかった街路灯の下に、カケとエミカの姿が浮かんでいる。ふたりを迎えたのは、カケよりは若く見える革ジャンの男だった。やはり髭面《ひげづら》で、眉《まゆ》を剃《そ》っているのがわかる。動くたび耳障りな金属音が響くのは、腰に鍵束《かぎたば》をさげているからだった。

カケがショジという男にいった。「飲みにいくぞ。臨時収入があってな」

「マジか」ショジがさも嬉《うれ》しそうに応じた。「女でもナンパするか」

「馬鹿。きょうは嫁と子連れだよ」

「こんなやつらなんか家に置いとけ。で、いくらあるんだ」

「そう期待すんな。どうせガキの小遣いていどだ」

エミカは暗い顔でうつむいた。カケがエミカを振りかえり、催促するように手を差し伸べる。エミカがためらうような反応をしめした。生活費に充てたがっているのかもしれない。カケが憤然としだした。エミカは暴力を振るわれる気配を感じたのか、怯《おび》えた顔で懐をまさぐった。

サイフごと渡そうとするからには、まだ現金を抜いていない、そう確認できた。結衣はゆっくりと歩み寄った。「さっき子供から盗んだ物でしょ。返してくれる?」

びくっとした反応をしめし、エミカが振りかえった。

ショジが妙な目つきで睨《にら》みながら歩いてきた。「なんだこいつ。なにほざいてやがる。俺たちにやってほしいのかよ、ドブスのクソ田舎小娘」

間合いが詰まるや、ショジがつかみかかってきた。結衣は瞬時に側面へとまわると、ショジの腰に手を伸ばした。金具のストッパーを外し、鍵束をもぎとる。それを左のこぶしに握りこみ、一本の鍵のみを中指と薬指のあいだから突きださせた。結衣は満身の力をこめショジの首すじを殴打した。鍵の尖端《せんたん》が頸動脈《けいどうみゃく》に深々と刺さった。裏がえったようなショジの呻《うめ》き声が響いた。噴出する血液が描く放物線を、結衣は身を退《ひ》いて避けた。ショジがばったりと倒れた。

エミカが甲高い悲鳴を発した。その声に赤ん坊も驚いたらしく、激しく泣きだした。カケの四角い眼鏡の奥で、恐怖のいろが目に浮かんでいた。さかんに瞬《まばた》きした。だが臆《おく》してばかりもいられないと悟ったのか、怒りをあらわにして迫ってきた。「このゴミ女」

伸びてきた両手が結衣の首に絡みついた。まっすぐ向かい合いながら、カケは結衣の首を絞めあげた。握力がこもり気管を圧迫する。本気で窒息死させようとしているのはあきらかだった。

だが結衣はなんとも思わなかった。息苦しくなり意識を失うまで一分もかかる。そのあいだ敵の両手はふさがっている。それが致命的なミスと気づかないのは愚かしい。

結衣は両手をカケの左右の頰に這わせた。鉄製の指サックで固めた両親指で、カケの眼鏡を上方にずらす。両親指の先をカケの両目に突っこみ、力ずくで抉《えぐ》りだした。カケの発する断末魔の絶叫が耳をつんざいた。

エミカにとっては想像を絶するおぞましい光景にちがいない。悲鳴がひときわ高くなった。赤ん坊の泣き声もそれに同調した。

両親指を深々と奥まで突き刺す。手前に引き、さらに外側へと抉ることで、眼球を頭から剥《は》ぎとる。生じた隙間にふたたび両親指を突っこむと、指先が豆腐のような半固体の脳に達した感触があった。

カケの両手の握力は、ほどなく弱まっていった。両腕がだらんと垂れ下がる。結衣が身を退くと、カケはただの肉塊と化し、薄汚い路面に崩れ落ちた。

結衣はカケのポケットをまさぐり、少女のスマホを回収すると、エミカに向き直った。エミカは必死の形相で泣きじゃくりながら、なにやら声を発した。命乞《いのちご》いをしているつもりらしい。

だが結衣は容赦なくエミカの顔をこぶしで殴った。一発だけでエミカは鼻血を噴き、ぐったりと弛緩《しかん》した。さらに何発も殴ってから結衣はいった。「こいつらふたりが殺しあった。あんたはDV被害者。それ以外のことを警察に喋《しゃべ》ったら死ぬ」

無意味な暴力ではない。エミカの顔にはもともと痣《あざ》があった。より殴打された痕《あと》をはっきりさせておけば、カケのDV被害に遭っていたことが立証される。行政から育児のための各種手当を受けられる。この女のためではない、子供のためだった。

なおも赤ん坊の泣き声がこだまするなか、結衣はエミカの懐に手をいれ、サイフを引き抜いた。ただちにエミカを突き飛ばした。倒れこんだエミカの嗚咽《おえつ》をききながら、結衣はひとり路地をひきかえした。

父から習った殺し方を実践した。だが父とはちがう。優莉匡太ならエミカの目の前で赤ん坊を焼き殺す。エミカを仲間全員でレイプしてから八つ裂きにし、この近くの隅田《すみだ》川に捨てる。へどがでる大人たちの所業にくらべれば、これでもずいぶんマイルドだった。

表通りに戻ると、結衣は道路を横ぎり、反対側のバス停に向かった。路線バスの到着をまちながら、リュックからウェットティッシュをとりだし、指サックに付着した血を拭《ふ》きとる。少女のサイフとスマホもきれいにする。サイフに現金が入っているのを確認した。八千円と小銭だった。少女にとっては有り金のすべてにちがいない。

手鏡で返り血がないのをたしかめる。スカートの裾《すそ》にも触れてみたが、折り返しが数センチにわたりほころびただけだった。帰ればすぐ手直しできる。

やがてバスがきた。後方に顔をそむけながら乗車する。座席は半分ほど埋まっていた。

車内防犯カメラには死角がある。結衣は右寄りの座席におさまった。カメラはおもに左に向けられている。乗車してくる客の顔と容姿を、できるだけ正面近くからとらえるためだ。リアウィンドウの外は、車内用カメラに映らない。行きのバスで車体背面にしがみついた姿も記録されていない。

結衣は少女のスマホをいじった。指サックは導電性のため、嵌めたままタッチパネルの操作が可能だった。ロックはかかっていなかった。スマホの電話番号が判明した。

カメラアプリを開くと、画像がいくつも現れた。年配の婦人とのツーショットが多い。少女の顔によく似ていた。おそらく祖母だろう。雑然と物にあふれた狭い部屋は、貧困生活につきものの光景だが、ふたりは笑顔で記念撮影している。卓袱台《ちゃぶだい》に小さなショートケーキがぽつんと置いてあった。複数の蠟燭《ろうそく》が立ててあるからには、それが少女のバースデーケーキなのだろう。

やがて中年女性の顔が現れた。幸せそうに目を細めている。これが少女の守りたがっていた母親の写真か。抱きつく少女はまだ幼い。なにがあったかはわからないが、母親はもう少女のもとにいない。でなければあんなに必死に、この画像を求めたりはしない。

結衣は長いこと画像を眺めていた。母親と一緒に暮らせていれば、こんなまなざしを向けてくれる日もあっただろうか。

アナウンスが流れた。次は奥谷町、奥谷町です。ボタンを押さないうちにブザーが鳴った。ほかにも降りる乗客がいるようだ。

やがてバスが停車した。乗客の列にまぎれながら車外にでる。さっきとはちがい、通行人の姿もそれなりにあった。

道路の反対側を眺めた。少女がベンチでうつむき、しきりに涙を拭《ぬぐ》っている。けれどもひとりではなかった。初老の警備員がしゃがんで、慰めるように話しかけている。ほかにロングコート姿の婦人もいた。こちらも通りすがりかもしれない。たぶん警察には通報済みだろう。間もなく警察官がくるにちがいない。

結衣は道路を横断し、なにげなくバス停に近づいた。

警備員の声がきこえる。「そのふたりが、おサイフとスマホを持ってっちゃったの？　バスに乗ったんだね？」

婦人もやさしくたずねた。「サイフの中身は八千円ちょっとでまちがいない？　ほかに重要な物、入ってなかった？」

車道から歩道にあがる寸前、結衣は一瞬だけ身をかがめ、縁石の陰にサイフとスマホを置いた。まっすぐ公衆電話ボックスに向かう。受話器をとり、十円硬貨を投入した。さっき確認した番号をダイヤルする。

静寂にスマホの着信音が響いた。警備員が反応した。「おや」

受話器を戻し、結衣は足ばやに立ち去りだした。

背後で婦人の声がする。「ああ！　ほら見て、これ」

警備員の声も弾んでいた。「こんなところに落ちてた！　たぶん泥棒が投げ捨てていったんだな。お嬢ちゃんのかい？　よかった、サイフにお金が入ってる。ほら、確認してごらん」

結衣は振りかえらず歩きつづけた。少女のスマホの位置情報記録を、携帯キャリアが分刻みで確認すれば、たしかにいちど盗まれたと判明する。殺人事件のあった土井富まで往復した事実も割りだされる。バスに乗り降りした優莉結衣らしき映像に気づく捜査員がいたとすれば、警察もまだまだ捨てたものではない。

けれども例によって決定的証拠はなにもない。指紋はひとつも検出されない。殺人現場に髪の毛や汗が残っている可能性はあるだろう。しかし問題にならない。なぜなら……。

顔に冷たいものがぽつんとあたった。たちまち雨足が強まりだした。

指サックを一本ずつ外し、背負ったリュックに投げこむ。全身ずぶ濡《ぬ》れになりながら結衣は歩いた。なにもかも洗い流される。ひとときの興奮も鎮まっていく。

人殺しの衝動には逆らえない。そこにしか己れの存在意義を感じない。ただこんな生き方は自分ひとりだけでいい。仲間を巻きこんだりはしない。半グレ集団の再結成など、永久にありえない。父とはちがう。最低の人生でも、分別のひとつぐらいあっていい。

7

濱林澪《はまばやしみお》は十七歳だが、学年をきかれると困惑するしかなかった。高二と答えていいかどうか迷う。武蔵小杉高校からの編入先が、いまだ確定していないからだ。

ここしばらくのあいだに体重が激減した。しかし学校に通っているわけでない以上、痩《や》せたねと笑顔を向けてくれるクラスメイトはいない。美容目的に減量したわけでもなかった。

あの高校事変と名付けられたできごとの直後には、すでに予想できていた。やはり食べ物が喉《のど》を通らなくなった。とりわけ肉や魚は、おぞましい死体が連想されるばかりで、たちまち吐き気に結びついてしまう。心配した両親により、澪は病院に連れていかれた。医師は拒食症と診断した。それ以来ずっとサプリメントと野菜、豆類だけで過ごしている。

夜になって眠る時間が訪れるのが怖かった。悪夢にうなされるとか、そんな生やさしいものではない。寝入りばな、部屋に人が入ってきて、飛びかかってくる幻覚を目にする。銃声が頭のなかに鳴り響くこともある。澪はそのたび跳ね起きた。冬だというのに全身汗だくになり、喉が渇ききっているのが常だった。

両親は中丸子《なかまるこ》にあった美容室を畳んだ。千葉の富津《ふっつ》に引っ越す、澪は母からそうきかされた。

自然豊かな田舎で暮らすのも悪くないでしょう、医師が両親にそう告げていたのを思いだした。高校事変被害者救済基金からも助言を受けたらしい。

小高い山の上に、白亜の巨大観音が灯台のように立っているのが、遠目に見える。辺りは雑木林や畑ばかりで、そこかしこに昔ながらの古民家集落と、新規の分譲住宅地が点在する。自転車で十五分も走れば東京湾が見えてくる。とにかく静かで、住民ものんびりとしていて、店の看板があるたび潰《つぶ》れているとわかる。澪の新たな生活環境はそんなところだった。

七階建てのマンションは、この辺りではいちばん高い建物になる。五階の3LDKに入居し、あるていどの日数が過ぎていた。

平日の昼下がり、澪はベッドの上で目覚めた。ゆっくりと起きあがる。パジャマを着たきりの日が多い。もはや部屋着と変わらなかった。

フローリングの床が真新しい光沢を放つ。六畳の自室にはベッドを除き、家具といえる物がない。着替えがカーテンレールにだらしなく吊《つ》り下がる。いまだ一着もクローゼットにしまっていない。開梱《かいこん》をまつ段ボール箱の山も長いこと放置してある。

水流の音がきこえた。澪はベッドを離れると、ドアを開け廊下にでた。リビングルームに入る。ここにも富津のアウトレットで買ったソファがあるにすぎない。前の自宅にあった家具類は、トランクルームに預けっぱなしだった。武蔵小杉にいたころを思いださせるインテリアを、両親は部屋に置きたがらない。テレビもなかった。誰も観やしない。

隣接するダイニングルームには、四人掛けのテーブルのみがある。三人家族のため使わない椅子一脚に、洗剤やティッシュの箱が山積みになっている。その向こうのキッチンに、母の後ろ姿があった。洗いものの最中だった。

澪は歩み寄って声をかけた。「おはよ」

母の菜子《なこ》がびくっとして振りかえった。驚きのいろとともに笑みが浮かぶ。「ああ、起きたの、澪。ご飯食べる?」

「いらない」澪は菜子の手もとを眺めた。洗っているのはひとりぶんの箸《はし》と皿だった。

母だけで食事を終えたらしい。からになったレトルトパックが置いてあった。肉料理だとわかる。澪の目に触れさせまいとしたのだろう。

自分が食べるのでなければ嘔吐《おうと》感も生じない。澪はきいた。「お父さんは？」

「お店のほう。開店準備で忙しいでしょ、朝からずっとバタバタしてて」

クルマで十分ほどかかる距離だった。別のマンションの一階にあるテナントを間借りし、新たに美容室を開く。被害者への支援金を受け、開業資金がいくらか減額できたときいた。

それでもかなりの出費にちがいない。澪は話しかけた。「お母さん。あのさ」

「なに？」

「お店、あんな場所で、お客さんがくるの？」

菜子が苦笑した。「心配しなくてもだいじょうぶ。そりゃ武蔵……前のお店みたいにはいかないだろうけど、近所の人が興味をしめして声をかけてくれてるし」

周辺にはお年寄りが多い。客にはちがいないだろうが、父のようにプライドの高い美容師に、この地域の仕事が務まるだろうか。

食器を洗い終え、菜子が手を拭《ふ》きながらきいた。「澪はどうなの。バイトしたいっていってなかった？」

澪は思わず言葉に詰まった。バイト募集の件数も武蔵小杉周辺とは比較にならない。自転車で遠出し、やっと見つけたファミリーレストランで、通学先をたずねられ途方に暮れた。結局なにも答えられず、その場をあとにするしかなかった。

母に心配をかけたくない。澪は嘘をついた。「いくつか候補があるけど、そろそろきめなきゃ」

菜子が複雑な表情になった。「ヴァランティーヌのスタッフになってもいいのよ。バイト代はちゃんと払うから」

ヴァランティーヌ。両親がオープンする美容室の名だった。立地を考えれば、高齢者にわかりやすい店名にすべきだろう。澪はそう思ったものの、濱林美容室という看板を連想して以来、提案を控えてきた。

澪は笑いながら首を横に振った。「ちゃんとほかで働くから」

母の気遣いはあきらかだった。バイト先の候補があまりないのも、とっくに見透かしているのだろう。

「そう」菜子は深く追及してこなかった。「お父さんの手伝いにいかなきゃ。澪はどうする？　お留守番？」

まだ眠いから、そういって自室に引きあげる。いつもならそのようにする。けれどもきょうはそんな気になれなかった。澪はたずねた。「一緒に行っていい？」

「ほんと？」菜子がまた驚いた顔になった。「お店にきてくれるの？」

「バイトするってきめたわけじゃないけどね」澪は歩きだした。「まってて。着替えてくる」

廊下を自室に向かいながら、自分に嫌気がさしてきた。なぜあんなことをいってしまったのだろう。本当は外出したい気分ではないと自覚する。依然として憂鬱《ゆううつ》でしかない。なのに家をでるのはいましかない、そんな衝動にも駆られる。

両親以外の身内と、長いこと顔を合わせていない。父方のいとこ、実《みのる》とも疎遠になって久しい。同い年の実との会話すら途絶え、いまの高二の流行にはすっかり疎くなった。

部屋で私服に着替える。ベレー帽とカーディガンのいろを合わせたコーデ、去年の冬に原宿《はらじゅく》で買った服だった。武蔵小杉なら古臭いと馬鹿にされただろう。

母とともにマンションをでた。広々とした平面駐車場があるのも、地方ならではといえる。日産《にっさん》ノートの助手席に乗った。母の運転で、交通量の少ない道路に繰りだした。

クルマを走らせながら母がいった。「ねえ澪。バイトもいいけど、ほかのことはどうなの」

「ほかって？」澪はとぼけた。

「だから……」

「あー。高校だよね」

「せっかく秋まで問題なく通学してたんだし、辞めちゃうのはもったいないんじゃない？」

武蔵小杉高校の元生徒には、家庭学習のみでも年度末までの単位を認める、そんな特別措置が施されている。ただしそれは編入先の高校がきまったうえでのことだ。澪はずっとその決定を保留にしていた。希望の学校名すらまだ答えていない。

転居先の公立高校であれば、たいてい問題なく受けいれてくれる、そうきかされていた。けれども安易にはきめられない。学費の問題がある。

両親は引っ越しだけでなく、中丸子の店を閉め、富津での新規開店を目前にしている。公的な援助を受けても、出費が大幅にうわまわったはずだ。借金しているのはあきらかだった。澪のせいで濱林家は貧困になった。だから安易にまた高校に行きたいとはいいだせない。

しかし父はきっと経済的な問題を否定するだろう。困窮していないと主張してくるのなら、澪のほうもわがままを押し通したくなる。現状を無視し、自分の希望を優先したい、そんな思いにも駆られる。だがどうせ実現しない。いっても無駄にちがいない。ずっと対話を避け、ひとりふさぎこんできた。

それでも両親はしきりに澪の復学を気にかける。だんだん黙っているのが苦痛になってきた。きょうこそ本音をぶつけたい。

畑のなかに延びる畦道《あぜみち》に等しい道路を、日産ノートは走っていった。ぽつんと建つ低層マンションの一階、パン屋と文房具店に挟まれたテナントひとつが、美容室ヴァランティーヌだった。シャッターは半開きになっている。

店の前に充分な駐車スペースがあるのも、地方ならではにちがいない。澪はクルマを降り、母とともに店のなかに入った。

照明は灯《とも》っていた。店内は狭いが小綺麗《こぎれい》で、すでに設備が整いつつある。椅子が三つ並び、それぞれの前に鏡が据えられていた。シャンプー台、デジタルパーマ用機器、ローラーボール、それにワゴン。床に敷かれた布には、これから整頓《せいとん》される備品が無数に並んでいた。ドライヤーやヘアアイロン、縮毛矯正アイロン。ハケ、パーマ剤容器、スプレイヤー、パーマロッド。ほかにイヤーキャップやパーマゴム、タオル、コットンのような消耗品も山ほどある。

段ボール箱と格闘しているのは、白のワイシャツに黒のスラックスの父、宏孝《ひろたか》だった。髪はオールバックにし、口髭《くちひげ》をたくわえた四十代。父はもともと痩身《そうしん》だが、澪もこのところ父に似てきた、自撮り画像を見るたびそう感じる。父親似の女子は可愛いといわれるが、自分の場合は微妙に思えた。

宏孝が顔をあげた。菜子になにかいおうとして、その目が澪に向けられる。とたんに宏孝は笑顔になった。「澪！　よくきてくれた」

「手伝うことない？」澪はきいた。「バイトするって意味じゃないけど」

「だいじょうぶ、まだ座る場所がないけど、どうかくつろいでくれ。開店準備が整ったら、最初のお客さんになってくれないかな。カットモデルからお代は受けとらないよ」

社交的な態度は接客業に欠かせない。父の表情は明るかったが、意識的にそうしているだけにも見えてくる。

内装はよくいえばシンプル、悪くいえば地味だった。コストをぎりぎりまで切り詰めたのだろう。いま父がひとり忙しく立ち働いているのを見ても、やはり余裕がありそうには思えない。

ワゴンの上に、美容室と関係のなさそうなパンフが置いてあった。牧場らしき草原に牛、つなぎの作業着が数人写っている。澪は歩み寄って手にとった。KNS免除制度、タイトルにはそうあった。作業着姿は高校生のようだ。

宏孝がつかつかとやってきて、澪の手からパンフをひったくった。ワゴンごと部屋の隅に押しやる。とり繕ったような笑いを浮かべると、宏孝がいった。「コーヒーでもいれよう」

澪は黙ってうつむいた。暗澹《あんたん》たる気持ちになる。いまのが両親の行き着いた解決策なのか。

KNS免除のことは澪も知っていた。Kは工業高校、Nは農業高校、Sは商業高校。両親はやはり、授業料免除への希望を捨てきれなかったのだろう。

宏孝は電気ポットの湯をコーヒーカップに注ぎいれた。「澪も外出に積極的になってくれたか。お父さんも嬉《うれ》しいよ。お医者さんがいったとおり、自然豊かな土地は気分を変えるんだな」

自然豊かな土地。やはりそちらへ話を持っていこうとしている。澪の心は沈みがちになった。「あのさ、お父さん」

「なんだ?」

「高校中退にはなりたくない。だけど、普通科の高校へ行きたいっていうか……」

母の表情が曇りだした。父は黙ってコーヒーカップを運んできた。澪がコーヒーカップを受けとると、宏孝は段ボール箱へ戻っていった。

ゴム手袋の束をとりだしながら宏孝がいった。「ここから普通科のある高校は、ちょっと遠くてな」

わかっている。両親はそのつもりでここに引っ越したのだろう。またも転居するなど現実的ではない。けれども自分の希望をたずねられた以上は、すなおに答えたい。澪はつぶやいた。「都内がいい」

菜子が不安げな面持ちできいた。「都内って、どこ？」

「葛飾東《かつしかひがし》。とか……」

しばし沈黙があった。宏孝は手を休めずつぶやいた。「葛飾東？　偏差値はどれぐらいだろうな」

すると菜子が宏孝を見つめた。「あれじゃなかった？　優莉さんが編入された……」

「ああ。そうか。どっかできいたと思ったら。優莉結衣が柴又《しばまた》の児童養護施設に移されて、その地元の高校に通うことになったとか。たしか保護者会で説明があったな」

父はとぼけている。母もすぐには気づかないふりをした。ふたりの態度から察するに、澪の発言を予期していたのだろう。いつかはいいだす、そんな心構えがあったように感じられる。

「でも」菜子が浮かない顔でいった。「もうそこにはいないって」

「えっ」澪は思わず声を発した。

菜子も備品をとりだす作業を手伝いだした。「また面倒を起こしたかなにかで、塚越学園ってとこに送られたそうよ。矯正施設の」

宏孝がうなずいた。「よっぽどの問題児だけが行くところだな。やっぱ、いろいろあったんだろう」

冷やかな空気が漂いだした。澪はささやいた。「お父さん。あのね……」

「まてよ」宏孝がなにかを思いだしたような顔になった。「塚越学園は閉鎖されただろ。生徒四人の過失致死で、学園長が責任を問われて」

「ふうん」菜子の視線はあがらなかった。「じゃいまはどうなってるかわからないのね」

「高校中退のまま辞めちまったかもな」

話を片付けようとしている。というより父母は以前にも、同じ会話を交わしたことがあるのだろう。優莉結衣の動向についても、いろいろ調べていたふしがある。澪が真意を口にする前に、発言を封じたがっていた。

これ以上まわりくどい言い方をしても始まらない。澪は意を決していった。「もし結衣の……優莉さんの転校先がわかったら、そこに行けないかなと思って」

気まずさに満ちた沈黙がひろがった。宏孝は立ちあがり、シャンプーとトリートメントの容器を床に並べだした。「澪。そんなのはな、不可能だ」

「なんで？」

宏孝が苦笑しかけた。「なんでって、うちはもう富津に住んでるじゃないか」

「自然豊かな場所で過ごせば、外出する気になるって話だったでしょ。もうそうなった。だから通いたい学校に通わせてほしい」

「ここを見ろ。お父さんもお母さんも辛《つら》いけどな、富津で最初からやり直そうときめたんだ。準備も進めてるし、お金も……。まあ金のことはいいが、澪のためを思って引っ越したんだよ」

「わたしのためなら……」

「また引っ越すとか、そんなのは現実問題として無理だ。知ってるだろ」

澪は苛立《いらだ》たしさを嚙《か》みしめた。両親の本音はわかっている。転居したのは澪のためというが、じつは両親こそ武蔵小杉を離れたがっていた。娘が優莉結衣の友達だったとささやかれた。近所の陰口や嫌がらせに耐えかね、父母は店を移したいと願うようになった。

菜子が憔悴《しょうすい》のいろをのぞかせた。「澪。どうして優莉さんがいる学校に行きたいなんていうの？」

澪は菜子を見かえした。「なぜ行っちゃいけないの？」

「なぜって。わかるでしょ」

「わかんない」

宏孝の眉間《みけん》に皺《しわ》が寄った。「いいか、澪。うちに何度も刑事さんがきたのは知ってるな？　それも公安警察だ。公安ってのは国家を脅かすような団体の取り締まりに動いてる人たちだ」

「だけど」澪は反論した。「なにも証拠がなかったんでしょ？　優莉さんが逮捕されたなんて話きかないもん」

「優莉さん優莉さんって、そんな大きい声でいうな」宏孝が声をひそめた。「隣りに丸聞こえじゃないか。優莉っていえば優莉匡太だぞ」

「それがなに？　武装集団とは無関係だったって、警察も発表したじゃん。わたしも一緒にいたけど、結衣はなにもしなかった」

菜子が辛そうな表情になった。「澪。もうあの日の話なんて……」

澪のなかに戸惑いが生じた。なにも思いだしたくないのはわかる。母を苦しめたくはない。

宏孝がつぶやいた。「いちばん辛いのは澪だろう。お父さんもお母さんも、そのことはよくわかってるつもりだ。でもな、わざわざ優莉匡太の娘と同じ学校に通う必要はないだろう」

澪には納得できなかった。「だから、なんでよ。お父さんたちの世代は、優莉匡太って名前にアレルギーがあるかもしれないけど、わたしにはなんでもない」

「危険な目に遭わせたくないんだ！　高校事変の前にも警察沙汰《ざた》があっただろう。お父さんたちがどれだけ心配したか、澪にはわからないのか」

釈然としない不快感がこみあげる。その話をいま持ちだすのか。

父のいう警察沙汰とは、下校途中のできごとだった。いじめっ子の新沼亮子《にいぬまりようこ》が、澪をしきりにからかってきた。結衣に対しても激しく罵倒《ばとう》した。ところがその直後、亮子は口から泡を吹き卒倒した。

優莉といえば銀座デパート事件。父母の世代はそんな畏怖《いふ》にとらわれるらしい。亮子の症状をきき、サリンという化学兵器を連想し、両親は激しく動揺したという。

ただしそれは翌日のことだった。澪は不満をぶつけた。「お父さんもお母さんも、学校から連絡がいったのに、病院にきてくれなかった」

両親は当惑をしめした。宏孝がため息まじりにつぶやいた。「澪は無事だときいた。たまたま店が混んでて、どうしても手が離せなかった。心配してたのは本当だ。詳細をきかされてから、ことの重大さを知った」

そもそも結衣が転校してくるときまった時点で、武蔵小杉高校のPTAは大荒れだったときく。やがて武装勢力による占拠という一大事まで発生した。警察がいかに否定しようと、結衣への不信感を募らせる保護者は、いまだかなりの数にのぼるはずだ。

菜子が澪を見つめてきた。「優莉さんと同じ学校に通って、どうするつもりなの。なぜまた会いたいの?」

核心に近づくほど歯切れが悪くなる。自分でも理由がよくわかっていないからかもしれない。澪は思いのままを口にした。「友達だから……」

宏孝が食ってかかってきた。「そんなことはいうな。何度も注意したじゃないか」

澪は語気を強めた。「ほら! すぐそういう言い方をする。お父さんたちみたいな大人ばっかりだからこそ、わたしは友達だって結衣にいってあげたいの。無実の罪なのに、死刑囚の娘ってだけで、みんなから敬遠され恐れられる。ひとりじゃないって結衣にいいたいの!」

嘘をついた。結衣が無実のはずがない。亮子が泡を吹いたのも、武装勢力が全滅したのも、すべて結衣のしわざだ。結衣の握った刃物がなんのためらいもなく、大の男の首すじを刺し貫く瞬間を、澪はまのあたりにした。おびただしい量の血飛沫《ちしぶき》が噴出するのを間近に見た。最初のひとりは衝撃的だった。ふたりめからは当然のように思えてきた。

無残な殺戮《さつりく》死体が頭に浮かぶたび、嘔吐《おうと》の衝動に駆られる。だが結衣に対して嫌悪をおぼえるかといえば、それはちがう。

むしろ同情心が募る。あんな恐ろしい行為にとらわれている結衣が不憫《ふびん》で仕方ない。誰かがやらなければいけなかった。でなれば澪は殺されていた。ほかの生徒たちも、矢幡首相もだ。人の殺し方を教わっていようと、なにも起きなければ平穏に過ごせたかもしれない。なのに澪をいじめっ子から守るため、結衣は一線を越えた。武装勢力に対しても抗戦を余儀なくされた。すべてのきっかけは自分だと澪は思った。

吹奏楽部に誘ったのをきっかけに、結衣と打ち解けだした。澪を友達とみなしたからこそ、結衣は極端な行動に走った。澪の心がいじめに屈しないほど強くあれば、結衣を追いこまずに済んだ。

澪はただ、いまも孤独でいるにちがいない結衣に、友達でいようといいたかった。

ただそのひとことを伝えたかった。

菜子がこわばった顔を向けてきた。「澪。まさか……。優莉さんと連絡をとりあったりしてないわよね?」

感情に相反する問いかけが、澪の神経を逆なでした。「メールも電話も通じなくなった。知ってるでしょ」

本当は音信不通ではない。結衣はラインのアカウントを削除していないようだ。万が一にも親にばれないように、彼女の表示名を〝吹奏楽部 佐藤《さとう》さん〟にしてあったが、とにかくライン上のトークは可能だろう。ただし澪はいちども送信できずにいた。既読がつくのをまつばかりになるのが怖い。

宏孝は腰に手をやって室内をうろついていたが、やがて澪に向き直った。「友達は選ばなきゃいけないんだ。犯罪者だなんて極端な例じゃなくとも、親は子供のつきあう相手を吟味する。ぜんぶ澪のためだ。澪、悪いことはいわん。優莉結衣のことは忘れろ」

「また高校に通う気があるなら、わたしの好きにさせてくれるっていったでしょ?」

「事情が変わったんだよ」宏孝は口ごもった。「そのう、澪の健康のこととか、いろいろ考えてここを選んだんだし」

澪のなかに憤りがこみあげた。「わたしのためを思ってるとか、そんな詭弁《きべん》で煙《けむ》に巻かないでよ！　お金じゃん。お金が足りないから都内にも住めないし、自由に高校も選べないんでしょ。授業料の免除なんて、ぜんぶお父さんたちの事情じゃん！」

心にさざ波が立ち、ふいに落ち着かない気分になった。母が指先を目もとにやった、その姿を視界の端にとらえたからだった。涙をしきりに拭《ぬぐ》っている。

身勝手だと痛感する。両親が引っ越さざるをえなかったのは、澪が結衣と友達だったからだ。親をどんなに責めたところで、発端は自分でしかなかった。

宏孝が怒鳴った。「勝手ばかりいうな！　高校に通う気になったから、もうここにいる必要がないってのか。どこまでわがままなんだ。拒食症は治ってないんだろ。いまだに肉も魚も食えないんだろ。なら医者の指示にしたがえ。ここにいるべきだ！」

尖《とが》った物が胸に深々と刺さった気がした。澪は絶句した。

菜子も衝撃を受けたように目を丸くし、首を横に振った。すると宏孝も暴言を自覚したのか、気まずそうに口をつぐんだ。

だが澪の心が負った傷は深かった。痛みを堪《こら》えようとすればさらなる激痛につながる。呼吸することさえ苦しい。

澪は怒りにまかせ、足もとの備品を蹴《け》り飛ばした。騒音が響くなか、澪は身を翻し、ドアの外へと飛びだした。

空と、小高い山と、緑地しかない。すべて自分のために用意された環境だった。だからこそよけいに悔しい。どこに憤りをぶつけていいかわからない。澪は誰もいない道の途中で膝《ひざ》をつき、その場にうずくまった。声をあげて泣いた。

高校事変ののち、澪のなかでなにかが欠けた。それをとり戻したいだけだ。なのにどうして理解されない。なぜ誰もわかってくれないのだろう。

8

冬の早朝、まだ外は闇に包まれている。気温も極端に低い。作業服にネックウォーマー、耳を温められるニット帽は必須《ひっす》だった。ゴム手袋とゴムの長靴は、季節に関係なく身につける。

十七歳の梶《かじ》沙津希は、干し草を固めた大きな円筒、乾草ロールを転がしながら牛舎のなかに入った。馴染《なじ》みの乳牛たちに声をかける。「おはよう、ミイコ。ハルヒ、ユメ」

喋《しゃべ》るだけで吐息が白く染まる。かつては鼻をつまんでばかりいたにおいも、いまでは乳牛たちの健康状態を知るための重要な手がかりになっていた。けさも問題なさそうだ。

身体に白黒の模様が入った乳牛は、みなホルスタインだった。寒さに強い品種だ。沙津希が乾草ロールを運んできただけで、もう元気に首を上下させる。

沙津希は笑った。「わかったから、そう急《せ》かさないで」

スコップに似た形状の専用カッターを片手に、ロールの上に登る。垂直方向にカッターを突き刺し、少しずつ干し草を切りとっていく。

乳牛たちの興奮はやや控えめで、サイレージという好物の餌があたえられる朝ほどではない。栄養を偏らせないためにも日替わりメニューが用意される。きのうの朝は配合飼料、けさは乾草ロールだった。

バラした干し草の山を、乳牛たちの前に積んでいく。小さな一輪手押し車を用いた。まんべんなく行き渡らせるのはひと苦労だった。沙津希はひたすら駆けずりまわった。もう寒さなどまるで感じなかった。

ひとしきりするとようやく作業が終わった。耳に黄いろい個体識別票をつけた乳牛たちが、黙々と草を食べつづける。沙津希はそのようすを眺めた。食欲旺盛《おうせい》な乳牛を見ているだけで、こちらも元気をもらえる気がする。

通用口の扉が開く音がした。ポロコートにマフラーを巻いた白髪の五十歳、梶洋介《ようすけ》が入ってきた。肥満体型に見えるのは着膨れのせいだった。洋介は笑っていった。

「やってるな。もうすっかり牧場の子みたいだ」

「お父さん」沙津希は笑いかえした。「なかに入るなんてめずらしい。クルマでまっててくれればいいのに」

「ああ。でもお母さんが沙津希の働きぶりを見たいっていうから」

母の千鶴子《ちづこ》も通用口をくぐってきた。やはりチェスターコートが丸々と膨れあがっている。きちんと髪にウェーブをかけ、メイクも仕上げている。沙津希を高校に送ったその足で出勤するからだ。千鶴子は乳牛に慣れていないせいか、距離を置いて立った。微笑もこわばりがちだった。「朝からよく食べるのね。これぜんぶ草？」

沙津希はうなずいた。「刈り取った牧草を天日干しにしてあるの」

「へえ。この時間は沙津希ひとりで世話するの？」

「もうすぐ飼育員さんたちがくる。一緒に掃除して、とりあえず朝の仕事は終わり」

「そう。偉いのね。ちゃんと働いてて」

洋介も同意をしめした。「牧場もおおいに助かってるってきいたよ。沙津希がこんなに牛の世話が好きになるなんて予想もしてなかった」

両親は隅に置いてある小さな椅子に腰かけた。乳牛たちが草を食べるのを黙って見守る。沙津希も乳牛に目を戻し、干し草の減りぐあいを観察した。いつもどおりみるみるうちになくなっていく。

初めて牧場を訪ねたのは中一のころだった。それ以前の小学校高学年では、ろくに友達もできず、精神科医とスクールカウンセラーの世話になってばかりいた。私立中学の受験に合格したのち、父は部活の代わりに、知りあいの牧場での手伝いを勧めてきた。対人関係に苦しむ沙津希を見かねてのことにちがいない。

澄みきった青空のひろがる昼下がりだった。高原の芝生が微風に波打っていた。のどかに放牧された羊を目にしたとき、沙津希は心が浄化されていくのを実感した。牛舎のにおいには面食らったものの、乳牛のつぶらな瞳《ひとみ》にたちまち魅せられてしまった。働くなら牛の世話がしたい、沙津希はそう申しでた。

重労働だよ、と飼育員に忠告されたものの、沙津希は譲らなかった。たしかに大変な作業の連続だったものの、沙津希は夢中で努力しつづけ、中三のころにはほぼ一人前というお墨付きをもらった。

もともと都会の雑踏が嫌いだった。人混みに押しこめられると、たちまちめまいをおぼえてしまう。実のところ満員電車に乗るだけでも立ちくらみを起こした。小学校でも授業中は問題なかったが、休み時間の賑《にぎ》わいは苦痛でしかなかった。

理由は医師に指摘されるまでもなかった。九歳のころ経験した恐怖が、いまも頭の片隅で疼《うず》きつづける。あまりに衝撃が強すぎたせいか、前後の記憶が曖昧《あいまい》になっていた。両親の葬儀はおぼえている。被害者の合同慰霊祭も計画されたが、大勢が集まる場所を恐れる生存者らの抗議により、とりやめになった。沙津希と同じ症状を抱える大人も少なからずいる、そんな事実に気づかされた。

児童養護施設では、男の子たちが走りまわって暴れるたび、沙津希はびくついてばかりいた。理不尽ないじめにも遭った。男の子たちの言いぶんによれば、里親に引きとられるのは女の子ばかり、それも見た目で選ばれるとのことだった。沙津希はどうせすぐにでていく、そうきめつけた男の子たちが、絶えず嫌がらせをしてきた。長いこと施設暮らしがつづいている女の子たちも加勢した。いつも大人のいないタイミングを見計らっていじめられる。沙津希はひとり泣くしかなかった。

ほどなく梶夫妻が施設を訪ねてきた。何度か顔を合わせたのち、新しいお父さんとお母さんだと紹介された。沙津希は尻込《しりご》みした。周りがいっていたとおり、ほかの子を差し置いて、自分だけが引きとられる日がきた。その事実に罪悪感ばかりが募った。

けれども夫妻は笑顔で沙津希を迎えてくれた。見たこともないほど立派な洋風の家に連れていかれ、広々とした自室をあたえられた。梶洋介は貿易会社の経営者だった。幼少のころとは比較にならない贅沢《ぜいたく》な暮らしを送った。梶夫妻は沙津希を気にいったらしく、ほどなく養子縁組もきまった。沙津希は正式に梶家のひとり娘になった。

ただし沙津希は生活環境の激変に順応しきれなかった。新しい両親にもなかなか話しかけられずにいた。小学校での成績は優秀なほうだったが、友達はごく少数に留《とど》まった。長いこと部活もおこなわなかった。教師らが無理強いしてくることもない。みな沙津希の過去を知っているからだった。

同情心に満ちたやさしさは、常にありがたいと感じる。けれども腫《は》れ物に触るような態度ばかりでは、かえって孤独を意識せざるをえなくなる。誰もすなおな心で接してはくれない。幼少のころを思いだしては悲嘆に暮れる。沙津希は中一まで、そんな憂いの日々を過ごしてきた。

乳牛たちは届く範囲の干し草を、ほぼ食べ尽くしつつあった。沙津希はピッチフォークを両手でつかみ、残る干し草の山を乳牛たちに押しやった。「お父さんには感謝してる。お母さんにも。ここで働かせてくれて」

千鶴子は微笑したものの、なぜかうつむいた。沙津希は妙に思った。気分でも悪いのだろうか。

洋介が真顔になった。「沙津希、仕事をつづけながらでいいから、きいてくれないか。もう沙津希も高二だ。そろそろ進路というか、将来を考えなきゃいかんな」

ふと空虚な思いが生じた。両親の物言いには敏感だった。どんな感情を抱いているか、手にとるようにわかる。

沙津希は笑ってみせた。軽はずみな発言だと承知しながらいった。「高校を卒業したら、このまま牧場で働くのも悪くないかなって」

両親が戸惑ったような反応をしめした。千鶴子がうわずりがちな声を響かせた。「せっかく成績がいいのに」

「ここだと心が安まるもん。適職だとお母さんも思うでしょ」

千鶴子が洋介を見つめた。洋介も当惑顔で千鶴子を見かえした。

ピッチフォークで干し草をかき集める。胸の奥にじわりとひろがる哀感を、沙津希は笑いに紛らわせようとした。

本当は大学に行きたい。沙津希が通うのは中高大一貫校だった。航空会社への就職率が極めて高いことでも知られる。客室乗務員になるのが夢だった。

人混みが苦手では、CAになるのも困難にちがいない。それでも望みを捨てきれなかった。

だが決断のときがきたのかもしれない。こうなることはわかっていた、いまになってそう思う。

中学生のころ、銀座デパート事件の犯人らの実刑が確定した、そんな報《しら》せをきいた。首謀者の優莉匡太と半グレ集団幹部らは、死刑に処せられることになった。だが全員ではなかった。幹部の何人かは取り調べにすなおに応じ、証言が捜査に役立つと認められ、更生の意思ありとして減刑された。

うちひとりの自白によれば、優莉匡太半グレ同盟は武器密輸のための法人を立ちあげていた。表向き不自然に思われないよう、複数の企業と合法的に取引をしたことも明かした。その企業のなかに、梶洋介が代表取締役を務める貿易会社が含まれていた。

父にしてみれば、自社の取引相手のひとつが半グレ同盟とは知りようがなかった。犯罪ともまるで無縁の取引だった。にもかかわらず報道を受け、会社の株価は大幅に下落した。その後も業績は回復せず、やがて倒産の憂き目にあった。

梶家の自宅は売られ、賃貸マンションへの転居を余儀なくされた。洋介は任意整理に追われながら、知りあいの世話を受け、サラリーマンとして働きだした。千鶴子のほうも事務職に就いている。

ふたりが事情を詳しく語りたがらないのは、沙津希を気遣ってのことだろう。そうにちがいないと沙津希は思った。優莉匡太の名を、梶夫妻は絶対に口にしようとはしない。

経緯はどうあれ、沙津希の通う私立高校の学費は、両親にとって重荷になっている。沙津希も薄々勘づいてはいた。

沙津希は干し草を片付けながらいった。「農業高校に転校しようかなぁ」

空気の質が変化したように感じられた。千鶴子がきいた。「ほんとに?」

その声は弾んでいた。千鶴子の思いの反映にちがいなかった。洋介はばつの悪そうな顔になった。千鶴子の本音がのぞいたことを、好ましく思わなかったらしい。

洋介はあくまで冷静さをとり繕っていた。「本気か、沙津希」

胸のなかに暗雲が満ちていく。いままで曖昧なままにしてきた両親の真意が、突如として浮き彫りになった。いや、両親ではない。父と母ではない。あくまで親切な養父と養母、梶夫妻の顔がそこにあった。

「ええ」沙津希は作業をつづけた。「農業高校に行きたい」

KNS免除制度はネットニュースで知った。せめて高校は卒業させてやりたい、そんなふたりの思いがあってのことだろう。否定的にとらえるべきではない。

とはいえ自分の口をついてでた発言は、けっして本音ではなかった。ただの強がりに等しかった。先んじて私立を辞めると宣言すれば、梶夫妻は沙津希を気の毒に思い、将来について考え直してくれるのではないか。そんな淡い期待が捨てきれずにいた。

沈黙ののち、洋介がぼそりといった。「すまない、沙津希」

心が寒々と冷えていく気がした。ふたりはやはり本当の両親ではない、その事実を痛感した。

裕福でゆとりがあったからこそ里親になってくれた。養子縁組も結ばれた。いまは事情が変わった。愛情が状況により変化する。形式だけの親子関係には、そんな思いがけないルールが潜んでいた。

よそう。これまで育ててくれたのに、そういう見方はまちがっている。心から感謝すべきだ。いまも精いっぱい気遣っているではないか、実の子でもないのに。

沙津希は震えがちな声を抑えながらいった。「もう少し時間がかかるから、クルマに戻ってて」

しばらくのあいだ、ふたりは無言で椅子に腰かけていた。やがて洋介が立ちあがり、妙に愛想よく応じた。「わかった。じゃ外でクルマを待機させとくよ」

当たり前のことをわざわざ口にした。それだけいうべき言葉が見つからないのだろう。千鶴子も同じらしい。黙って立ちあがると、洋介につづき牛舎からでていった。

ピッチフォークの柄にしがみつき、沙津希は目を閉じてうつむいた。

また本当の両親の顔が浮かんでくる。思わずすがりつきたくなる。そんな衝動は胸が苦しくなるだけだ。頭《かぶり》を振って拒絶した。なにもかも過去でしかない。

うっすらと目を開いた。光がぼやけて仕方がない。涙のせいだとわかる。やがて焦点が合ってきた。乳牛たちの黒々とした瞳《ひとみ》が、あどけなく見あげてくる。沙津希はとりとめのない寂しさのなかで微笑した。

いいこともたくさんあった。すべてを受けいれよう。本当の両親が生きたいと望んだ未来を、自分は生きているのだから。

9

濱林澪は富津市櫻部《さくらべ》にある、与野木《よのき》農業高校の第六校舎を訪ねた。指示にしたがい、ひさしぶりに武蔵小杉高校のブレザーを着たものの、体重が激減したせいで妙にだぶついている。ガラスに映りこんだ姿を見て、高一の新入生のようだと感じる。

ここは市内に点在する特別教室のみの校舎らしい。鉄筋コンクリートの三階建てだが、実習用の施設はなかった。本校舎は二キロ離れた山間部の盆地に建つ。そちらへはまだ足を運んでいない。

平日の午後だが、第六校舎では授業がないようだった。昇降口にも静けさが漂っている。職員室に声をかけると、二階の端の教室へ行くよう告げられた。澪はひとり階段を上りながら、手鏡で顔をチェックした。ゆうべ泣き腫《は》らした目が気になったが、いまはもう充血していなかった。

廊下を歩くうち、なんとなく高校生の日常に戻っていくような気がした。農業高校への抵抗も徐々に和らいでいった。肥やしのにおいを覚悟していたが、第六校舎は無臭だった。普通科と同じ授業もおこなわれる。むしろ自然のなかでの実習は、いままでにない開放的な気分に浸れるかもしれない。

無理やり前向きになろうとしている、そんな自覚はあったものの、澪は迷いを吹っきろうとした。まだ正式にきまったわけではない。そう思いながら引き戸を開けた。

がらんとした教室内に、ひとりの女子生徒が座っている。白の丸襟にノーカラーブレザー、チェックのスカート姿だった。洒落《しゃれ》た制服は私立かもしれない。痩身《そうしん》で色白の顔はやや不健康そうだが、鼻すじが通っていて美形にはちがいない。肩にかかる長さの黒髪にも清楚《せいそ》な印象が漂う。席に座ったまま軽く頭をさげた。しぐさにも育ちのよさが感じられる。

「あ、あの」澪はいった。「わたし、濱林澪といいます。高二です」

女子生徒は微笑した。「梶沙津希です。同じく二年です。よろしくお願いします」

「どうも」澪は歩み寄った。「隣りに座っていい？」

沙津希のたずねかえすような目が見つめてきた。

澪はせき立てられるように喋《しゃべ》りつづけた。「ええとね、こういうときってあいさつが終わると、それぞれ離れて座るでしょ。たいてい先に座っている人の斜め後方、三つか四つぐらい机を挟んだ席についたりする。そうすると沈黙が訪れるよね。でもそれって、せっかく言葉を交わしたのに損じゃないかって思うの。いったん疎遠になって、また仲良くなろうと努力するなんて、よけいにエネルギーを使うし」

そういえば自分はお喋りな性格だった。優莉結衣が眉《まゆ》をひそめて見かえしたのを思いだす。しかしつれない態度をとられようと、友達との距離を詰めたい、いつもそんな気持ちが優先する。

ふしぎなものだ。家に引きこもってからは、無口な自分を当然のように感じていた。なのに制服を着て教室に身を置いたとたん、なにもかも以前に戻ったような気がする。

沙津希が笑顔になった。「わたしもそう思ってました」

「よかった」澪はほっとして、沙津希の隣りの席に座った。リュックを机に載せ、筆記具をとりだす。「きょうどんな人たちと会うか不安で。ひとりかもしれないとも思ったけど、それはそれでまた心配だったし」

「同じです」沙津希がうなずいた。「ちょっと遠かったし、電車で無事に着けるかどうかもわからなくて」

前方の引き戸が開いた。三十代とおぼしきスーツの男性が入ってきた。表情といい態度といい、学校の先生そのものだと感じる。妙な懐かしさがこみあげてきた。

男性は一礼すると、大判の封筒を教卓に置いた。「教員の杉村《すぎむら》です。えー、これは試験ではありませんが、ＫＮＳ免除制度を受けられるかどうかの指標となる学力測定です。いまから配るプリントは、文科省が一律にさだめた問題用紙になります」

与野木農業高校への編入を正式に求める前に、ＫＮＳ免除適用の可否を決定する機会がある。きょうがその当日だった。授業料の免除が確約されてから願書を提出すればいい。制度が受けられないとわかれば、編入をとりやめる自由もある。きわめて良心的な規定だった。

わざと本気をださずにおいて、ＫＮＳ免除を不合格に終わらせる手もある。そういうよこしまな考えが、澪にとってむしろ心の支えになってきた。ところがいまになって、なんとなく後ろめたさを感じだした。

教員の杉村がきいた。「なにか質問はあるかな？」

沙津希が片手をあげた。「牧畜の実習はどんなふうにおこなわれますか」

「ああ。女子なら気になって当然だな。においがつく心配はないよ。農業科じゃなく生活科だろうし」

「いえ……。実習の内容を詳しく知りたいんですけど」

「へえ」杉村は意外そうな顔になった。「あなたが梶さん？　名門私立からの編入なのに、生活科を希望しないつもりか？　女子ではめずらしいよ」

「牧場でバイトしてたので」

澪は思わず反応した。「すごい」

沙津希が控えめに笑った。「見習いていどの雑用係だったけど」

杉村は事務的な口調でいった。「四週にいちどのローテーションで実習当番になる。本校舎で牛や豚を飼育してるね。牛の搾乳や鶏の採卵、豚舎の清掃。月曜から金曜まで毎日、朝と放課後におこなう。五分で実習着に着替えないとペナルティがつく。生活科のほうがいいんじゃないか？」

「お気遣いありがとうございます」沙津希が礼儀正しく応じた。「でも学校に通うことになってからきめます」

「賢明な答えだ。うちにそんな受け答えができる生徒はいないよ」杉村が封筒からプリントをとりだした。「では学力測定に入る」

澪は沙津希にささやいた。「本当はどうなの？　においがつかない？」

「牛舎と豚舎と鶏舎でにおいは全然ちがうの。いちばん臭いのは鶏舎で、次が豚舎。それらにくらべると牛舎はほどほどって感じ」

「なら清掃は牛舎がいい」

「でもにおいの落ちやすさは逆。牛舎のにおいは強くないけど重みがあって、全身にまとわりつくの。終わったあとは念いりに身体を洗わなきゃ」

「重みがある臭さって、ちょっと想像つかない」

「いちど牛舎を経験すればわかると思う。でもそんなに悪くない。乳牛は可愛いし」

杉村が近くに立って見下ろした。「濱林澪さん、だね？　編入希望を撤回するならいまだよ」

澪は苦笑した。「いえ。とにかくそのう、学力測定は受けます」

三人がそれぞれに笑いあった。プリントが配布されるあいだに、澪は沙津希に目を向けた。沙津希の澄んだまなざしも澪をとらえた。互いに笑みが浮かんだ。ごく自然にそうなった。

予想もしていなかったが、沙津希のような友達ができるなら、農業高校も悪くないと思えてくる。全身が学校生活を求めている気がする。孤独は嫌だ。女子高生でいられるのも、あと一年少々になった。休息ならもう充分にとった。喋り好きで人恋しい性格を自覚する。やはり不登校には向いていない。

10

三十七歳の竹又充嗣《たけまたみつつぐ》は、実年齢より老けた外見の自覚があった。ヤクザにもよくまちがわれる。防犯警戒の職質も受けそうになる。公安の者だと竹又が名乗っても、所轄署員は信じない。身分証を提示し、照会がおこなわれたのち、ようやくあわてたようすの敬礼を受ける。

竹又自身、以前は生活安全課の刑事だった。公安警察に異動になって久しい。警察庁直轄の特別な組織で、予算も国庫から下りる。いわば警察内でも治外法権のごとく振る舞える、それが公安に属する者の特権だと知った。

いわゆる公安警察は、警察庁警備局公安課が指揮するが、そちらには実働要員の刑事はいない。警視庁公安部と、道府県警の警備部公安課こそ、世のなかを這《は》いまわって情報収集するドブネズミの役割を演じる。竹又もそのなかのひとりだった。個人責任の原則が重視されるため、調査の名目で好き勝手に動きまわれる。国家を脅かす組織犯罪への監視、そんな大義名分さえ立てば、経費でなにをしようと自由だった。

秘密裏に動くのが日常のため、不正もきわめて発覚しづらい。マッチポンプは公安に生きる者の基本だった。真面目にやっている連中が大半だが、竹又の同胞も少なからず存在する。

ノルマを稼ぐためには、まず敵をつくる。ここ一年ほども、吉祥寺《きちじょうじ》の不良少年グループをそそのかし、振り込め詐欺を実行させてきた。素人のガキどもをそれなりの半グレ集団に育ててあげた。むろん竹又はメンバーと直接会っていない。メールでターゲットを指定、段取りを詳細に指示し、上前をはねるだけだ。あとは半グレ集団を内偵中と分室に報告し、折をみて組織の全容を解明したと主任に伝えればいい。逮捕状請求などの面倒な手続きは、すべて刑事警察の所轄署がやってくれる。

ところが思いがけず、厄介な状況に直面したりもする。あれは武蔵小杉高校事変より前、初夏を迎えたころだった。主任によれば、半グレ集団なら知能犯のリーダーがいるはずだという。報告書にはリーダーの存在が欠けている、そんなふうに指摘された。むろんリーダーとして竹又自身の名を報告書に記せるはずがない。

いなければでっちあげればいい。竹又は西荻窪《にしおぎくぼ》に住む生活保護受給者を訪ねた。以前に振り込め詐欺のカモにした、永保稔彦《ながやすとしひこ》という四十二歳の無職だった。三十九歳の妻郁恵《いくえ》とともに、ちっぽけな借家に住んでいる。

詐欺被害に遭って以来、竹又は調査の名目で夫婦に接触していた。貧困家庭にありがちな散らかり放題の居間で、竹又は卓袱台《ちゃぶだい》を挟んで永保と向きあった。

夏の暑い盛りの日だった。風鈴の音がいまでも耳に残っている。

永保は気後れしたようすながらも、表情を和らがせていった。「わざわざお越しくださいまして……。竹又さんには感謝してもしきれません。心から感謝しております」

「いえ」竹又は脚を崩し、座布団の上に座っていた。「奥さんも元気でよかった」

郁恵は夫の隣りに座り、茶をいれている。微笑しながら会釈した。

竹又は郁恵に笑いかえすと、永保に向き直った。「少ない生活保護費をひそかに貯めてたのに、詐欺で奪われて気の毒だった」

「でも」永保が恐縮したように頭をさげた。「公安のかたに援助していただけるなんて、本当にありがたかったです」

「そう。月々十万、たしかに振りこんだ」竹又は永保を見つめた。「でもな。それはまずかったんだよ」

永保が顔をあげた。困惑の表情とともに見つめてくる。「といいますと？」

「生活保護を受給しながら、別途仕送りを受けてたとあってはね。しかもどこから振りこまれたかわからない金だ。不正受給。犯罪になるよ」

夫婦にとって不穏な空気がひろがったにちがいない。郁恵が夫に目を向けた。心配そうな表情を浮かべている。

「あのう」永保はこわばった顔できいた。「犯罪って、それはどういう……。親切に援助してくださったとばかり……」

貧乏人にありがちな勘の鈍さだった。だからこそカモに選んだ。竹又はぞんざいにいった。「月々金が振り込まれてた証拠が残ってる。ほかにも現金を取っ払いで受けとってた物証も、家から見つかる。振り込め詐欺のリーダーと証明される」

「なんのことだか、よくわからないんですが」

「入っていいぞ」竹又は外に呼びかけた。

玄関のドアが開いた。竹又の同僚ふたりが踏みこんできた。痩《や》せぎみの三十三歳は幹迫耕史《みきさここうじ》。薄笑いを浮かべながらスマホカメラで室内を撮影している。肥満で丸顔の三十五歳は熊江《くまえ》省吾《しょうご》といった。ロープの束をふたつ、畳の上に放りだす。

竹又は永保に目を戻した。「金を受けとったのは事実だな？」

「でもあの……」

「受けとったかどうかだけをきいてる」

「はい。あのう、受けとりましたけど……」永保はこわばった笑いを顔に留《とど》めながら、なおも問いかけるように見かえした。

「撮れたか」竹又は幹迫にきいた。

「ばっちりです」幹迫がスマホカメラを下ろした。

郁恵が泣きそうな顔になった。竹又はとっさに手を伸ばし、郁恵の口をふさいだ。泣き声を近所にきかれるのはまずい。てのひらに感じた生温かさは、いまも竹又の記憶に残っている。

夫婦ふたりを殺すのに、さほど手間はかからなかった。幹迫と熊江がひとりずつ首を絞めあげた。死体はワンボックスカーで運びだし、富士《ふじ》の樹海に捨ててきた。首吊《くびつ》りとちがって顔が鬱血《うっけつ》しているが、骨だけになってしまえば識別できない。絞殺により肺に溢血《いっけつ》点が生じていようと、樹海で見つかる死体は鑑定の順番まちで、数も年々増えている。のちに殺人と判明したとしても、半グレの内ゲバとみなされるだけだ。

このやり方は効果的だった。過去に十人以上の死体を処分したが、いちども発見されていない。

振り込め詐欺グループのリーダー永保稔彦、妻を連れ失踪《しっそう》。被害額の大半は戻らなかったが、とりあえず半グレ集団の全容解明に至り、報告書を完成させた。竹又らの仕事はそれで終わりだった。またひとつ功績を挙げた。永保はいまも全国に指名手配されている。

いつから極端なやり方に走るようになったか、きっかけを思いだすのは困難だった。初めのころはささいな横領工作にすぎなかった。そのうち証拠隠滅に奔走せざるをえなくなり、やがて口封じのため殺人も余儀なくされた。対象は死んでもかまわないようなろくでなしの男だったし、いちどきりという思いで踏みきった。だが無事に果たし終えると、心に奇妙な平安がおとずれた。罪の意識にさいなまれることも特になかった。嘘だらけの報告書を上司から称賛されたぐらいだった。手っとり早く業績を挙げられる方法を見つけた、そのときそんなふうに実感した。すべては常態化し、習慣化していった。しだいに感覚も麻痺《まひ》してきた。儲《もう》けるだけ儲ければいい。職務上、組織から見逃される範囲で、やれることはすべてやる。民間の連中だって不正のひとつやふたつには手を染めているだろう。どうせいずれは定年になる。老後のための貯蓄はいまや国民の義務だ。

新宿《しんじゅく》の分室において、竹又は仕事熱心な男で通っていた。評判を耳にしたのか、警察庁の人間が内密に会いたがっている、ごく最近になりそんな連絡が入った。上司には伏せてほしいとのことだった。警察庁警備局公安課から、警視庁公安部の一介の刑事に直接声がかかるなど、ふつう考えられない。訝《いぶか》しく思いながらも、竹又はロングコートに身を包み、昼下がりの新宿中央公園にでかけた。

噴水のある池のほとりが待ち合わせ場所だった。近づいてきた四十前後の生真面目そうな眼鏡の男を見て、竹又は驚いた。資料映像で演壇に立った姿を目にしたことがある。警察庁長官官房で課長職にあたる人物ときいた。笹坪淳司《ささつぼじゅんじ》。国家公安委員会の会務官でもある。

笹坪はあいさつもせず竹又にささやいてきた。「公安がときとして、法を曲げてでも国家に奉仕せねばならないことは、あなたなら理解してると思う。動ける仲間は何人いる?」

曖昧《あいまい》な問いかけだが、非合法な手段の要請にちがいない。同胞はひとまず幹迫と熊江だ。竹又は答えた。「ふたりです」

「口は堅いか?」

「請け合います」

「ならさっそくとりかかってもらえないか」

「命令はいつも分室の主任から受ける立場なので……」

「むろん給料とは別途、特別に報酬をはずむ」

それがききたかった。竹又は笹坪にたずねた。「どんな団体をマークするんですか」

「優莉匡太半グレ同盟」

「とっくに解散してるでしょう。優莉匡太も死刑になってますよ」

「正確には」笹坪は眼鏡の眉間《みけん》を指で押さえた。「その再結成をもくろむ子供になる。未成年だけに、法を遵守していてはいつまでも野放しでね。まずは優莉結衣から頼む」

11

優莉結衣は目黒区の芳窪《よしくぼ》高校にいるあいだ、ほとんど口をきかなかった。葛飾東高校のように面と向かってちょっかいをだしてくる生徒はいない。都会の高校は過ごしやすい、そんなふうに思うだけだった。

これまで異質な学校生活を送ったのは、武蔵小杉高校だけだった。濱林澪とはなぜか、世間でいう友達づきあいに近い関係が築かれた。自然に打ち解けた気がする。表面だけでも女子高生らしく振る舞おうとして、クラリネットを練習しておいたのが、会話のきっかけになったからか。

考えてみれば澪がいたからこそ、その後は必要に応じ、ほかの生徒らと会話ができるようになった。澪と出会わなかったら、周りが見えないままだったかもしれない。嘉島理恵《かしまりえ》の頼みをききいれることも、チュオニアンで桐谷陽翔《きりたにはると》らに協力を呼びかけることも、おそらくなかった。

変化のきっかけは澪だったとつくづく感じる。けれども懐旧の情に駆られたところで、それが自分にとってどんな意味を持つのかはわからない。澪は結衣が人殺しだと知った。武装勢力が跋扈《ばっこ》する校舎では、擬似的な友情が維持される。しかし無事に生還したのちは、ただ血なまぐさい記憶のひとつになる。親からも早く忘れるよう助言されるだろう。たとえ再会しても、以前の澪はそこにいない。笑顔をとり繕うかもしれないが、警戒心と忌避の意思がありありとのぞく、そんな澪の表情が予想できる。

二度と会わないほうがいい。偶然にでも出くわせば、澪を不幸にするばかりでなく、結衣自身も傷つく。わかりきったことだった。だから澪を忘れようと努めてきた。こうして記憶にのぼるたび、思いのすべてを遠ざけた。

きょうはまだ明るいうちに下校できた。目黒区大橋《おおはし》の住宅街、平屋一戸建てを改装した児童養護施設、恩恵荘《おんけいそう》の玄関を入った。

靴脱ぎ場はダイニングルームに直結していた。キッチンで職員の中年女性、藍田睦《あいだむつ》美《み》が調理をしている。まな板に包丁の音を響かせながら、睦美がいった。「おかえり」

「ただいま」結衣はつぶやいた。

睦美が振りかえった。表情が曇りがちになる。「ああ。優莉さん」

会話はそれきりだった。この施設の大人たちは正直だ。結衣を毛嫌いしている感情を隠そうとしない。うわべだけの親切心を押しつけられるよりましに思える。結衣のほうで意識せずとも、向こうから距離を置いてくれる。

靴を脱いでスリッパに履き替えようとしたとき、スマホの着信音が短く鳴った。

結衣はスマホをとりだした。画面にショートメールが表示されている。

アシタアエナイ？リンカ

発信者の電話番号は不明となっていた。非通知ではなく不明。凜香が自分のスマホや、施設の電話を使わなかったのは、盗聴を警戒してのことだろう。どんな勢力に付け狙われているか、おおかた想像がつく。

結衣はリュックを床に下ろした。睦美が怪訝《けげん》そうな顔で振り向いたが、結衣はかまわずドアを開けた。制服姿のまま、ふたたび外出することにした。

路地に不審なセダンが停まっている。スズキのキザシだった。公安の覆面パトカーだと気配でわかる。結衣が玄関を離れると、セダンは徐行しながらついてきた。

これまでの公安なら、クルマから降りてきて監視要員を名乗るのが常だった。今回はただ尾行の意思だけをしめす。異様な状況の変化を肌身に感じた。きっと凜香からのメッセージとも無関係ではないだろう。

最寄りの公衆電話は住宅街のはずれにある。電車の高架下、トタン板で覆われた廃工場の近くだった。

陽が傾きつつある。辺りがオレンジいろに染まりだした。路地には人の往来がない。セダン一台だけが結衣を尾《つ》けまわしてくる。

公衆電話に着いた。路地のわきにぽつんと存在している。結衣は受話器をとり、十円硬貨をいれた。

セダンが離れた場所に停車した。結衣は視界の端にそのようすをとらえた。助手席の窓が開いたのがわかる。小さなパラボラのついた機器を突きだし、こちらに向けてきた。距離があっても声が拾える集音器にちがいない。盗み聞きするつもりだ。

盗聴、盗撮、不法侵入を公安は辞さない。やはり凜香が警戒していたのは公安か。

カタカナばかりのショートメールから察するに、凛香も公衆電話を利用したとわかる。あまり知られていないが、いにしえのポケベルと同じ操作方法で送信可能だった。

こちらも凛香のやり方に倣って返信する。後方のセダンから見えないよう、結衣は電話機を身体で覆った。チュオニアンから帰還後、静岡県下田《しもだ》市の文科省研修センターに軟禁状態だったとき、凛香とスマホ番号を教えあった。＊2＊2とプッシュしたのち、すばやく番号を押していった。

1638069543650503220462933304139125131403##

背後にクルマのドアを叩《たた》きつける音をきいた。靴音が響いてくる。集音器で声が拾えないとわかり、直接詰め寄る方針に切り替えたらしい。結衣は受話器を置いた。

ふたりの男が近づいてきた。褐色のスーツは浅黒い肌のいかつい面構え、灰いろのスーツのほうはいくらか若く痩《や》せている。公安の刑事はみなふてぶてしいが、このふたりの態度はヤクザそのものだった。

褐色のスーツが睨《にら》みつけてきた。「竹又ってもんだ。こいつは幹迫。公安からきた」

通信傍受法により、公安はスマホの会話すら盗聴しうる。凜香はその危険を察知し、公衆電話とショートメールで連絡したと考えられた。

だが公安といえど、裁判官から発付される傍受令状なしに盗聴は実施できない。その対象も、通信傍受が必要不可欠な組織犯罪に限定される。公安が半グレ同盟の再結成を警戒しようとも、そんな事実はないため、裁判官を説得しうるほどの証拠がそろうはずもない。

なのに公安が動きだしている。証拠を捏造《ねつぞう》したか、あるいは法を無視しているのか。いままでとはあきらかに風向きが変わっていた。

竹又が高飛車にいった。「優莉結衣。話をきく。ツラを貸せ」

結衣は竹又を見かえした。「まるで逮捕状でも持参してるみたいな言い方」

「令状がどうした。もうそんな戯言《たわごと》でのらりくらりと躱《かわ》せると思ったら大まちがいだ。俺たちは甘くねえ。公衆電話でカチャカチャなにやってた?」

幹迫がスマホをとりだした。カメラレンズを結衣に向けようとしている。動画を撮影する気だった。

とっさに結衣は身を翻し、ただちに逃走を図った。路地を猛然と駆けていった。

「まて!」竹又の怒鳴り声を背後にきいた。「幹迫、クルマを路肩に寄せとけ」

電車の高架下、廃工場の敷地に入るゲートは鉄条網で閉ざされていた。結衣はそれを飛び越えた。ひとけはない。防犯カメラも見あたらなかった。公安もそれを承知で、この辺りなら優莉結衣に接触してもかまわない、そう判断したのだろう。違法な捜査手段にうったえようと証拠は残らない。結衣は廃工場の半開きの扉に逃げこんだ。

天窓から赤みを帯びた脆《もろ》い光が射しこむ。砂埃《すなぼこり》が舞っていた。梁《はり》や柱が錆《さ》びつき、長いこと放置されているとわかる。土間の上に残る物は廃材ばかりだった。むろん人影ひとつない。

夕陽が射しこむ出入り口に、駆けこんでくる靴音が響く。竹又が姿を現した。幹迫も後につづいてきた。肩で息をしながら、スマホのレンズを結衣に向け、竹又の後ろにつづく。

結衣は声を震わせた。「なんですか?」

竹又が結衣の目の前に立った。しばらく無言のままたたずむ。やがて電車の走行音が響いた。

騒音をまっていたらしい。竹又はふいに腰をおとし、低い蹴《け》りで足払いをかけてきた。結衣の両足は浮きあがり、土間の上に転倒するしかなかった。痺《しび》れるような痛みが半身にひろがった。

立ちあがった竹又が結衣を見下ろす。冷徹な目つきだった。竹又は結衣の腹を蹴ってきた。硬い靴のつま先が深々とめりこんだ。結衣は一瞬息が詰まり、直後に激しく咳《せ》きこんだ。

幹迫はスマホカメラを向けたまま、低い声で笑いながらいった。「顔だけはやめてくださいよ。痕《あと》が残っちゃまずいんで」

「顔？　そうか」竹又は結衣の胸倉をつかみあげ、頬をしたたかに平手打ちした。結衣が激痛を堪《こら》えていると、さらに何発もの往復ビンタが浴びせられた。

竹又は結衣を突き飛ばした。結衣はまた土間に背を打ちつけた。

「優莉匡太の娘」竹又が悠然とつぶやいた。「ほっぺたが腫《は》れあがるぐらいなら、問題にはならねえよな。学校でもよくいじめられてんだろ？　その一環にしか思われねえ」

結衣は上半身を起こし、竹又を見あげた。電流が走ったような痺れに耐えながらきいた。「なんでこんなことするんですか」

「あ？　しおらしい芝居なんかしやがって。おめえが父親をしのぐ凶悪犯なのは明白なんだよ。あちこちで大勢殺したよな。とっとと吐きやがれ」

「なんのことかわかんない」結衣は荒い息づかいとともにきいた。「なにか証拠があるんですか」

「証拠証拠って、それで人権派団体やら弁護士やらに泣きつきゃ、いつでも助かるってか。小娘、世のなかをなめるのもたいがいにしとけ。国家権力に逆らったらどんな目に遭うか、身をもってわからせてやる」

「こんなの法に反してる」

「このガキ」竹又が歯茎《む》を剝きだしにした。「お仕置きが足らねえようだな」

竹又はズボンからベルトを引き抜いた。電車の走行音が響くや、竹又のベルトが鞭《むち》のごとく振り下ろされ、結衣の背を強打した。激痛に結衣がのけぞると、竹又はつづけざまにベルトを振るった。結衣は悲鳴を発したものの、電車のノイズにかき消された。

　ほどなくまた静かになった。竹又は左手にベルトをぶら下げたまま、右手で懐からオートマチック拳銃《けんじゅう》を引き抜いた。公安の装備にちがいないが、携帯するには上の許可が必要なはずだ。

　銃口が結衣の頰に押しつけられた。竹又が鼻息荒くつぶやいた。「おめえ、韓国の射撃場で腕を磨いたんだってな。なんのためにそんなことした?」

「射撃場なんか行ってません」

「とぼけんな!」竹又はわずかに身体を起こすと、銃口を結衣のすぐわきの土間に向け、いきなり発砲した。

けたたましい銃声が耳をつんざいた。結衣がびくつく反応をしめすと、竹又はさらに数発撃った。聴覚に異常が生じ、音が籠《こ》もりがちになった。幹迫の笑い声と、電車の走行音がわずかにきこえてくる。

「おら」竹又がサッカー選手のごとくキックの姿勢をとった。「もうひと蹴り浴びせてやらあ」

都心の電車はひっきりなしに走る。夕方ならなおさらだった。静寂はごくわずかにすぎず、また走行音が倉庫を揺るがした。

竹又の爪先《つまさき》が結衣の腹を抉《えぐ》ろうとする。結衣は瞬発的に動いた。土間に身体を滑らせ、竹又の蹴りを躱しながら、スワイプスですばやく回転する。遠心力で竹又のくるぶしを勢いよく蹴った。竹又は横倒しになり、全身を土間に衝突させた。さも痛そうな音が生じたものの、電車の騒音のなかでは、ろくに反響しなかった。

結衣は立ちあがり、幹迫に向かいあった。

「撮れ高」結衣はつぶやいた。「そろそろ尺も充分でしょ」

幹迫は慄然《りつぜん》とした。スマホカメラのレンズを向けながら後ずさる。「こ、公務執行妨害……」

腕力で勝る大の男、それも公安の刑事を相手に、女子高生がもろにぶつかるのは得策ではない。なにか硬い物を武器にし、常に人体の柔らかい急所を狙うのがコツだった。

すかさず行動にでた。結衣は自分に向けられた幹迫のスマホをつかんだ。その角を幹迫の眼球に強く打ちつける。幹迫が苦痛の叫びを発しながらも、両手を振りかざし必死の反撃に転じた。結衣は幹迫の右手首を掌握し、間合いがひろがるのを阻止しつつ、片脚で蹴りを繰りだした。幹迫の脇の下めがけ、つづけざまに蹴りを浴びせた。幹迫の外腹斜筋はそれなりに鍛えられていたが、結衣は脚を振る寸前に膝《ひざ》を曲げ、充分に力を溜《た》めたうえで、幹迫の手首を引くと同時に蹴りあげた。敵のダメージを最大限に高める蹴撃《しゅうげき》の技だった。幹迫はむせながら前のめりに両膝をついた。

背後で竹又が起きあがる気配があった。結衣が振りかえると、竹又は鬼の形相で拳銃を突きだしていた。だが手放したベルトが土間に投げだされている。結衣は土間に転がりベルトを拾うや、竹又の腕を強打した。猛然と縦横左右に連続して鞭打つと、竹又は痛みに耐えかねたらしく、拳銃をかまえきれなくなった。

幹迫が咳きこみながら起きあがり、懐から拳銃を抜こうとしている。結衣は幹迫の腹に後ろ蹴りを浴びせ、もういちどつんのめらせた。起きあがるまで少々時間が稼げる。その隙にふたたび竹又に対峙《たいじ》した。結衣はシステマのロープファイティングの要領で、ベルトの両端を左右の手に巻きつけ、竹又の背後にまわり首を絞めにかかった。のけぞった竹又がじたばた暴れる。結衣はベルトで竹又の気管を圧迫しながら土間に引き倒した。

竹又の銃を握った腕が垂直に伸びている。結衣は太股《ふともも》を竹又の腕に絡みつけ、関節と逆方向に力ずくで曲げた。悲鳴を発した竹又の握力が弱まると、拳銃を奪いとった。すかさず竹又の両膝に銃弾二発を発射した。返り血を浴びないよう、あるていどの距離を置いた。竹又の絶叫は、またも電車の走行音に消えていった。

幹迫のほうはすでに立ちあがっていた。歯ぎしりしながら拳銃をかまえようとする。結衣は突進していき、幹迫の拳銃を上から掌握すると、スライドをわずかに押しこんだ。ディスコネクターがトリガーとハンマーの連携を断ち、発射が不可能になる。幹迫は顔を真っ赤にし、なんとか撃とうとしきりにもがいている。

結衣の左手は、竹又から奪った拳銃を握っていた。ただちに銃撃しなかったのは、騒音が途絶えていたからだった。また電車の走行音が響いてきた。結衣はすかさず幹迫の肩を拳銃で撃った。幹迫は悲鳴とともにくずおれた。投げだされた幹迫の拳銃を、結衣は蹴って遠ざけた。

　ふたりの公安が土間に横たわっている。ひろがる血の池は黒ずんでいた。動脈はわざと外してあった。即死されたのでは困る。

　結衣は全身の痛みがおさまるのをまった。竹又から蹴られたり鞭打たれたりしたとき、筋肉に力をこめながら体勢を変え、打撃の力を分散させた。だが徹底しすぎると映像でばれる。よってあるていどは無防備を保つ必要があった。おかげでふだんより痛みが長く持続した。そのせいで結衣のなかに怒りが沸きあがってきた。

　幹迫のスマホをひったくり、タッチパネルを操作した。ロックがかかっている。幹迫の顔に向けてみたが解除されない。結衣は幹迫を見下ろした。「パスコードは？」

「クソ娘」幹迫は汗びっしょりになっていた。「誰が喋《しゃべ》るか」

　結衣は手にした拳銃で、幹迫の大腿部《だいたいぶ》を撃った。幹迫のさらなる絶叫がこだました。

　竹又が両腕の力だけで這《は》いながら、全身をひきずり近づいてきた。「畜生。鬼め」

　対処法はきまっている。結衣は竹又の両手の甲めがけ、二発つづけて撃った。腕の支えを失い、竹又は顔を土間にぶつけた。突っ伏した状態で叫びをあげる男がふたりに増えた。

「パスコード」結衣は足蹴《あしげ》りで幹迫を仰向《あおむ》けにすると、血に染まった大腿部を踏みにじった。

「いうよ！　いう」幹迫は涙を浮かべながら怒鳴った。「３１５０４６」

テンキーに入力してみると、ロックは解除された。結衣は幹迫にたずねた。「誰の命令で動いてるの」

「知らない」

「死にたい？」

「ほんとに知らないんだよ！　俺は竹又さんにしたがってる。手段を選ばず、優莉結衣を吐かせて始末しろって命令があった。それしかきいてない」

「おい！」竹又が唸《うな》るような声を響かせた。「よけいなことを喋るな」

電車の走行音を耳にするや、結衣は幹迫の額に銃弾を浴びせた。頭骨と脳の破片が土間に散らばった。

竹又は顔面蒼白《そうはく》になっていた。土間にうつぶせた状態で、血走った目に怯《おび》えのいろを宿らせながら、ひたすら幹迫の死体を見つめる。愕然《がくぜん》とした面持ちで、竹又が震える声を発した。「なんて真似を」

結衣は歩み寄って竹又を見下ろした。片手で幹迫のスマホを操作し、カメラアプリを動画撮影モードに切り替える。

騒音が消えていき、また静寂がおとずれた。竹又が苦しげな息づかいとともにいった。「公安にこんなことをして、ただで済むと思うな」

「誰からの命令?」結衣はきいた。

「知性のかけらもないクズめ」

「まあね。幼稚園もでてないから」

「警察官の殺害は重罪だぞ。てめえ終わったな」

「命令したのは誰よ」

「死んでも喋るわけが……」

結衣は電車の騒音をまってから、竹又の血まみれの手の甲を踏みにじった。鼓膜が破れるかと思えるほどの絶叫が反響した。

拷問にあくまで口をつぐむなど、映画のなかだけの話だ。脳の防衛本能が理性を鈍化させる。死を意識する以前に、苦痛から逃れるすべを切実に求めるようになる。

ひとしきり悲鳴を発したのち、竹又は涙を滲《にじ》ませながらわめいた。「笹坪さんだ。笹坪淳司さんが、直接きて命令を下した」

警察庁の人事は、結衣もネットでよく調べている。父にもそういう習慣があったからだ。笹坪淳司という名は、たしか警察庁長官官房の括《くく》りのなかで目にした。国家公安委員会の会務官だったはずだ。

結衣はきいた。「どんな命令よ」

「優莉の子供たちを始末しろといわれた。できれば口を割らせてから殺せって」

「兄弟姉妹の全員が対象？」

「まずおめえからだと」

心が冷えきっていく気がした。とうとう法を無視して公安が動きだした。梅田《うめだ》や綾野《あやの》のような良心的な刑事たちは、もう公安にいないのか。少なくとも一部の者たちが、問答無用で優莉の子を抹殺しにかかっているのはたしかだった。

理由は大義などではない。公安警察の予算は国庫支弁となっている。金が目的にちがいなかった。組織犯罪を調査してこそ、公安警察は大幅な予算増額を期待できる。

かつて優莉匡太半グレ同盟の内偵捜査中、公安は莫大《ばくだい》な予算を確保できた。優莉匡太が死刑に処せられると、予算は年々削減されていった。

ところが最近になり、優莉結衣による連続殺人の噂を嗅《か》ぎつけた。それを半グレ同盟の復興に結びつけることで、公安はふたたび巨額の予算要求をおこなおうとしている。

優莉の子供たちが生きていたのでは、半グレ同盟再結成の証拠をでっちあげられない。殺したうえで死体を処分し、逃亡したと見せかけ、刑事警察に追わせるつもりだ。公安は手がかりを得るまで、半永久的に情報収集のための予算を獲得できる。

矢幡総理は承知しているだろうか。関係ないと結衣は思った。田代槇人がいったとおりかもしれない。国家が大量殺人鬼を見逃すはずもない。

反感が募りだす。公安に身を置こうと、本来は警察官だ。法律を遵守しないときめた時点で、悪魔に魂を売ったも同然だった。

結衣は竹又を見下ろした。「家族に伝えてほしいことある?」

竹又が吐き捨てた。「生まれてきたのを後悔しやがれ、優莉匡太のクソ娘。おめえみたいなカスは……」

「生きてる価値のない大人は死になよ」

「おい。まて！　警察官をふたりも殺したら……」

必死に睨《にら》みつけてくる両目のあいだに、結衣は銃弾を叩《たた》きこんだ。竹又の頭骨は破裂し、破片が血の池のなかに飛散した。

発射時の反動が、軽い痛みとなって手のなかに残る。硝煙のにおいを嗅いだ。結衣は拳銃《けんじゅう》を放りだした。横たわるふたつの死体のあいだに、拳銃が音を立てて転がった。

結衣は幹迫のスマホを操作し、電話帳データを開いた。笹坪淳司の電話番号とメールアドレスがあった。ほかに新宿分室という項目も見つかった。

顔をあげ、戸口の外を眺めた。人が近づく気配はない。結衣は軽く鼻を鳴らした。

拳銃のグリップに結衣の指紋が残っている。あちこちに飛び散った汗や、付着した皮膚細胞からDNAも検出されるだろう。証拠を山ほど残したまま、じきにここを立ち去る。初めてのことだったが、いっこうにかまわない。

12

五十代半ばの阿部抄造《あべしようぞう》警部補は、公安の分室で主任の役職にある。職場は西新宿の超高層ビルの一室だった。

隣り合う区画はいずれも民間企業だが、阿部の勤め先は唯一、看板に社名を掲げていない。分室はどこもそんなものだ。警察署内ではなく、街なかのビルに間借りし、ひそかに情報収集活動をつづけている。エリートぞろいの公安は、警察のなかでも特権階級的な立場にある。刑事警察から疎ましがられながらも、法に抵触するやり方が半ば容認されている。

だがなにをしても許されるわけではない。不祥事が発覚した場合、組織が被るダメージの大きさは刑事警察の比ではない。公安という機密事項の塊のような組織ゆえだった。悪くすれば分室ごと閉鎖の憂き目に遭う。

いまがその修羅場にちがいない。阿部は苦々しい思いでデスクにおさまっていた。正面のモニターには動画サイトが映しだされている。

四十代の主任補佐、徳野《とくの》政市《まさいち》がリモコンを操作した。「一時間前に投稿された動画です」

工場か倉庫のなかのようだ。カメラが激しく揺れながら前進していく。スマホによる撮影かもしれない。

制服姿の女子高生が、怯えた顔で後ずさった。驚いたことに優莉結衣だった。震える声でささやきを漏らす。「なんですか？」

フレームインしてきたのは、この分室に勤めている男だった。竹又充嗣は姿勢を低くし、いきなり結衣に足払いをかけた。結衣はさも痛そうな顔で土間に転がった。竹又が結衣の腹を蹴《け》りこんだ。

別の男の声が笑いながらいった。「顔だけはやめてくださいよ。痕《あと》が残っちゃまずいんで」

阿部は頭を抱えざるをえなかった。やはり耳に馴染《なじ》みのある声だった。撮影しているのは竹又の部下、幹迫耕史にちがいない。

なおも竹又は結衣の胸倉をつかみあげ、執拗《しつよう》にビンタを浴びせた。「ほっぺたが腫《は》れあがるぐらいなら、問題にはならねえよな。学校でもよくいじめられてんだろ？ その一環にしか思われねえ」

こみあげる苛立《いらだ》ちを抑えきれない。阿部は憤りとともに唸《うな》った。「誰が命令した？」

徳野が困惑顔で見かえした。「わかりません。ふたりとも優莉匡太の子供を監視する役割にはありませんでした」

「独断で行動を起こしたとでもいうのか？」

結衣は土間に仰向けに倒れていた。目を潤ませながら気丈にうったえた。「なんでこんなことするんですか」

「あ？」竹又の声が響き渡った。「しおらしい芝居なんかしやがって。おめえが父親をしのぐ凶悪犯なのは明白なんだよ。あちこちで大勢殺したよな。とっとと吐きやがれ」

「なんのことかわかんない。なにか証拠があるんですか」

「証拠証拠って、それで人権派団体やら弁護士やらに泣きつきゃ、いつでも助かるってか。小娘、世のなかをなめるのもたいがいにしとけ。国家権力に逆らったらどんな目に遭うか、身をもってわからせてやる」

警察官として最悪の物言いばかりが連なる。阿部は頭を掻《か》きむしった。正視に耐えない映像がひたすらつづく。竹又がズボンのベルトを引き抜き、結衣を鞭打《むちう》った。さらに拳銃を抜き、結衣の近くに向け発砲した。

阿部は両手をデスクに叩きつけ、憤怒《ふんぬ》とともに立ちあがった。「拳銃を持ちだす許可を誰があたえた?」

徳野がおずおずといった。「極左組織を内偵中との名目で、携帯許可申請がありました。竹又、幹迫、熊江の三人です」

「なんだと。熊江もか」

「便宜上、詳細については事後報告ということで……」

「わかった、もういい」阿部は片手をあげ制した。

公安では調査活動に関する裁量が、刑事に一任されることが多い。情報収集のため違法行為を辞さない公安では、調査過程を記録に残すなど自殺行為に等しい。重視されるのは最終報告書だけだった。

だがいかに公安といえど、よほど切羽詰まった状況でないかぎり、暴力的手段により口を割らせるなどありえない。無差別テロの寸前に被疑者の身柄を確保し、爆発物の在処《ありか》をきかださねばならないとか、そんな稀《まれ》なケースにかぎられる。まして動画のなかの竹又が、ろくな根拠もなく尋問しているのはあきらかだった。

竹又の耳障りな声が響いた。「おら。もうひと蹴り浴びせてやらあ」

そこで動画はフリーズした。再生が終わったようだ。

徳野が深刻そうにつぶやいた。「再生回数はすでに百万を超えています」

「こんな動画を放置するな。うちの人間が映ってるんだぞ。ただちに削除依頼を……」

「だしました。オリジナルの動画は削除されています。これは別のユーザーが上げたコピーです。ほかにも同じ内容のファイルが、あちこちの動画サイトに掲載されていまして」

阿部はため息とともに椅子に沈んだ。ときすでに遅しか。

「主任」徳野はタブレット端末に目をおとした。「ネット上はこの動画の話題で持ちきりです。優莉匡太の次女について、よくささやかれる黒い噂は否定しきれずとも、これは警察の横暴でしかないと非難する声が大半です」

「当たり前だ。制服の女子高生がいたぶられてて、誰が刑事を支持するものか」

「警視庁はこれまで、武蔵小杉高校事変を初めとする優莉結衣のあらゆる疑惑について、なんの証拠もないと否定してきました。なのに暴力で自白を強要していると、人権派団体からは非難囂々《ごうごう》です。あまりにも可哀想で、とても直視できるものではないと」

「直視できるものではない？　百万回も再生されてるのにか」

「優莉結衣は充分に疑わしい存在のため、警察の行き過ぎも理解できなくはないとの意見もあるにはあります。しかしどちらかといえば少数派です」

「竹又と幹迫は？　まだ連絡がつかないのか」

「はい。スマホ電波はきのうの夕方、目黒区の廃工場跡地で途絶えています。覆面パトカーも近くの路地に駐車されていました」

「動画に映ってる現場だな？　なにをぼやっとしとる。ただちに人を派遣して、敷地を閉鎖させろ。どんな手を使ってもかまわん」

「それが」徳野はいっそうの戸惑いをしめした。「すでに閉鎖済みです。警察庁長官官房から極秘裏に仕切ると通達があり、うちは手だしできません。むろん目黒署もです」

　警察庁長官官房。内閣に極めて近い上位組織からの通達か。塚越学園の角間良治学園長が身柄を拘束されたときと同じだ。刑事警察ばかりか、公安警察にすら情報が開示されない。これは異常事態だった。

政府がいかに圧力を強めようと、三権分立の原則がある以上、警察組織は司法権をもって対抗できる。だが警察庁からの極秘通達となれば、警視庁公安部といえど従属を余儀なくされる。まして所轄署の手に負える問題ではなくなる。

阿部はつぶやいた。「警察庁長官官房が、いったいどんな人材を現場に送ったんだ？　うちにさえ声がかからんとは」

「わかりません」徳野がリモコンのボタンを押した。「ニュースがなにか報じているかもしれませんが」

映像が地上波放送に切り替わった。スタジオの女性キャスターが告げた。「ご覧いただきましたように、優莉匡太元死刑囚の次女結衣さんが、私服警察官とみられる男性から暴行を受ける動画が、インターネット上にでまわっています。撮影日時や場所は不明とのことです。元警視庁捜査一課長で、警察評論家の安田俊充《やすだとしみつ》さんに話をうかがいます。安田さん、警視庁では動画に映っていた人物が警察関係者だと認めたものの、所属についてはあきらかにしていないとのことですが」

キャスターの隣りに座った白髪頭が、さも義憤に駆られたように応じた。「おそらく公安部でしょうね。公安は警察内でも別組織といえまして、ときに合法的とは呼びがたい手段にうったえることもあります」

「優莉匡太元死刑囚の逮捕に際しては、公安警察が半グレ同盟の全容解明に、ひと役買ったとも噂されましたが」

「たしかに当時の公安による貢献は大きなものがありました。しかしこの動画はどう見ても、ただの弱い者いじめであり、傷害以外のなにものでもありません。パトロール中の警察官が駆けつけていれば、迷わず現行犯逮捕に踏みきったことでしょう」

「動画の撮影者も警察関係者で、アップロード元はその人物のスマートフォンとみられるようですが」

「異常です。これは世間でたびたび問題になる、いじめのようすを撮影し公開する行為と、なんら変わることがありません。そういう場合、どんな状況においても、驕《おご》った強者が弱者を虐げるという構図があります。公安も警察内ではエリートの集まりとして、特殊な立場にあるため、このように社会的弱者の立場にある優莉匡太元死刑囚の娘さんをですね、いたぶり懲らしめれば世間から称賛の声をもらえると期待する、いわば屈折した正義感が……」

阿部は怒りをぶちまけた。「元捜査一課長なんかコメンテイターにするな！　ハムを心底嫌ってる代表格じゃないか」

不快きわまりない解説者の言葉がつづいたのち、女性キャスターがカメラに向き直った。深刻な面持ちで女性キャスターがいった。「優莉結衣さんは居住する児童福祉施設に戻っています。支援団体の弁護士によれば、いっさいの取材を受けられないとのことです」

話題が別のニュースに移った。阿部は思わずため息をついた。

優莉結衣は未成年者のうえ、弁護士が盾になったとあっては、マスコミが児童福祉施設に押しかけるのも不可能だろう。傷害は親告罪でないため、目黒署員が被害者を訪ねることはありうるが、公安が絡んでいるとなれば二の足を踏む。まして警察庁長官官房が釘《くぎ》を刺していれば、警察官は誰も動けない。

徳野が当惑ぎみに阿部を見つめてきた。「アップロード元のＩＰは携帯キャリアからの情報でしょうが、本当に幹迫が動画を上げたんでしょうか」

阿部はそう思わなかった。まんまと優莉結衣にしてやられた。撮影したのは幹迫だろうが、あの無抵抗な姿は演技にちがいない。編集用アプリを用い、動画の後半をカットしたとも考えられる。竹又と幹迫がどうなったか気がかりだが、上からの指示があるまで、廃工場内の現状を知ることはできない。現場を見られない以上、優莉結衣を犯罪者とする証拠も根拠もない。

撮影日時と場所は不明、女性キャスターがそういっていた。マスコミも現場が目黒区の廃工場だと知らない。目黒署もおそらく、そこが現場だろうと疑いながら、断定はできずにいる。警察組織の頂点に近い立場からの、徹底した情報制限。いったいなにが目的なのか。

ノックがきこえた。阿部が返事するより早くドアが開いた。職員のひとりが顔をのぞかせる。

阿部は怒鳴りつけた。「なんだ」

「複数の海外メディアが警察庁に取材を申しいれており、広報室が事情説明を求めてきました」

腸《はらわた》の煮えくりかえる気分で阿部は応じた。「あとで連絡すると伝えろ」

「それと……」

「まだほかにあるのか。さっさといえ」

「内閣官房からも報告の要請がありました」

ふいに萎縮《いしゅく》せざるをえない。阿部はつぶやいた。「警察庁のほうから政府閣僚に伝達がなされるだろう」

「警察庁長官を通じ問いただしたところ、分室に直接たずねるよう返事があったとか」

責任を押しつけられてしまった。竹又と幹迫の職場だからだ。ぐうの音もでないとはこのことだった。阿部はデスクの表面に目をおとした。「折りかえし連絡すると伝えてくれ」

職員がドアの向こうに消えた。重苦しい空気ばかりが室内に充満していく。

阿部はいった。「世論操作は優莉結衣が一枚うわてだったが、それ以前に竹又と幹迫が勝手に動いたのは事実だ」

「でも」徳野が納得いかないという顔になった。「あのふたりになんのメリットがあるんでしょう」

「まだわからんが、警察庁長官官房がでしゃばってきたのが気になる。雲の上の存在が俺たちを飛び越え、命令系統に介入してたのかもしれん」

「そんなことありうるでしょうか」

「前例がないわけじゃないんだ。昭和のころの話だがな」阿部は熟考した。少しずつ落ち着きをとり戻してきた、そう実感する。「熊江はどこにいる？」

「やはり連絡がつきません。スマホの位置情報もオフにしているようです」

「さがせ。野放しにはしておけん」

阿部は天井を仰いだ。これでは過去に逆戻りだ。過激派勢力の中枢に暗殺命令が下った、そんな混沌《こんとん》たる時代に回帰する気か。日本は民主国家ではないのか。

13

行政改革担当大臣の駒島淳三は、霞《かすみ》が関《せき》二丁目にある中央合同庁舎第2号館にいた。このビルの十七階から二十階は、国家公安委員会が占有している。委員長でもある駒島は、広々とした吹き抜けのロビーにたたずみ、夜の都心を眺めていた。明かりひとつない一帯は皇居外苑《こうきょがいえん》。対照的に新丸の内ビルディングから東京駅までは、きらびやかなライトアップに彩られている。冬の夜気が無数の光を透過させる。目を奪う絶景にはちがいない。

だがいまはいっこうに心が安まらない。〝戮力協心《りくりょくきょうしん》構想〟の序盤だというのに、早々とつまずいてしまった。

几帳面《きちょうめん》そうな三十九歳の会務官が、一礼して近づいてきた。笹坪淳司が浮かない顔でたずねた。「ニュースをご覧になりましたか」

「当然だろう」駒島は溜《た》まった鬱憤《うっぷん》をため息とともに吐きだした。「現場はどうなった」

「竹又と幹迫が死亡。いずれも銃殺です」

驚くには値しない。優莉結衣が武蔵小杉高校やラムッカ島、清墨学園で大勢を殺したのは周知の事実だ。駒島はいった。「問題は立証できるかどうかだ」

笹坪が報告した。「落ちていた拳銃《けんじゅう》から優莉結衣の指紋が検出されました」

駒島は思わず色めき立った。「なら……」

「告発は不可能かと」笹坪がスマホを差しだした。

画面には動画が映っている。土間に突っ伏した竹又が悲鳴を発し、目に涙を浮かべながら叫んだ。「笹坪さんだ。笹坪淳司さんが、直接きて命令を下した」

すると優莉結衣の声が竹又にたずねた。「どんな命令よ」

「優莉の子供たちを始末しろといわれた。できれば口を割らせてから殺せって」

「兄弟姉妹の全員が対象？」

「まずおめえからだと」

動画がフリーズした。駒島は衝撃を受けた。笹坪を見つめてきいた。「これは？」

「きょうの夕方、私のメールアドレス宛てに送られてきました」笹坪は鬱屈した表情でスマホを操作した。「幹迫のスマホからの送信です」

駒島は言葉を失った。あえて指紋を残したうえ、竹又が自白する動画を笹坪に送りつけたのか。優莉結衣の挑発に違いない。動揺とともに駒島はいった。「きみの名前がでている以上、一時的にもどこかに雲隠れしたほうが……」

「委員長」笹坪がじれったそうな顔で見つめてきた。「私ひとりの問題ではありません。委員長は私とともに、すでに戮力協心構想のため、各方面に働きかけてきたじゃないですか。私について捜査が進めば、委員長の名はあちこちから挙がります」

　血圧が高くなるのを感じた。脈拍が異常に亢進《こうしん》する。駒島は焦燥に駆られた。「優莉結衣を被疑者あつかいしたら、この動画が公表されるかもしれん。これは脅しだ」

「むろん脅しです。被疑者あつかいどころか、殺人事件を公表すること自体、私たちに不利だと見抜いています」笹坪がまたスマホの画面を向けてきた。「動画ファイルを添付したメールの本文です」

　駒島は老眼鏡をとりだした。表示された文面を凝視する。

目黒区大橋4―5―2。そのあとは絵文字が三つ並んでいた。両手で耳を覆う猿。口を覆う猿。目を覆う猿。メールの本文はそれだけだった。

　笹坪が真顔でいった。「見ざる言わざる聞かざる。住所は現場の廃工場です。沈黙を守れというメッセージです。私がただちに廃工場を閉鎖し、公安も所轄も寄せつけなかったのは、この優莉結衣による警告を理解したからです」

　怒りがこみあげてきた。駒島は老眼鏡を外し、笹坪を睨《にら》みつけた。「小娘の脅しに屈する気か。これは犯行声明に等しいだろう。　拳銃に指紋がついてたのに逮捕せんといういうのか」

「どうか冷静に」笹坪はスマホをしまいこんだ。「このメールを優莉結衣が送ったという証拠はありません。幹迫のスマホはデータが全削除されたうえ、ストレージも残らず書き換えられています。よって復元も不可能です」

「スマホに指紋はないのか？」

「委員長。所轄署が規定にしたがって現場に鑑識要員を送って、初めて裁判で通用する証拠となります。私たちが現場を閉鎖し発見したすべては証拠になりえません。指紋にかぎらず毛髪、汗や皮膚細胞のＤＮＡ型など、なにもかもです。今後、拳銃やスマホを所轄に引き渡したとしても、裁判でひっくりかえされます」

「ふたりも殺された事実を闇に葬れというのか」

「ほかに方法がありません。真実は私たちだけのレベルに留《とど》めるべきです」

「現場の物証が駄目なら状況証拠で固めたらどうだ。優莉結衣のスマホの位置情報を携帯キャリアに提出させ……」

「すでに調べました。優莉結衣は下校後、施設にスマホを置き去りにしています。廃工場に向かった証拠にはなりません。委員長。竹又と幹迫は別の場所で死亡したと装うか、それが無理なら失踪《しっそう》したとするのがセオリーでしょう」

「公安の分室がそれで納得するか？　目黒署だって黙っていないだろう。廃工場を閉鎖したのはなんの意味があったのかとしつこくきかれる」

「いいですか。殺人事件を公表した時点で、優莉結衣は確実に竹又の自白動画を公開します。委員長も私も終わりです。戮力協心構想も潰《つい》えます」

駒島は黙りこむしかなかった。不本意だがやむをえまい、そう自分の心を説き伏せるよりほかにない。

国内に差し迫った組織犯罪の脅威が存在すれば、国庫から下りる公安警察への予算枠が増大する。秘密裏の調査という名目で、事実上無限に要求し放題となる。第三者による監査など、機密事項を盾にいくらでも骨抜きにできる。警察庁を管理する国家公安委員会委員長の立場にあれば、あらゆる予算につき詳細を伏せたまま利鞘《りざや》を得られる。

国家公安委員会は委員長のほか、五人の委員から構成される。会務官の笹坪を除き、誰も戮力協心構想を知らず、内部工作にも気づいていない。このまま予定どおり進行する。優莉結衣による凶悪犯罪の事実が断片的に浮上する昨今、好機を逃すわけにいかない。

だが公安にまで真実を伏せている手前、警察官を作業係として動員するのは不可能だった。ため息をつき、駒島は背後を振りかえった。「またも民間からマンパワーを借りるしかないか」

ロビーの隅でソファに腰かけていた四十代の男が、軽く鼻を鳴らし立ちあがった。国民的人気を誇るアスリートを息子に持つ起業家。いまや複数の外資系企業の取締役に名を連ね、公私ともに健全な立場にあると世論を納得させている。じつは在日外国人の闇社会に通じ、戮力協心構想にも大きく貢献する立場にあるとは、公安警察ですら知りえない。

日本に帰化し、日本名を得てからも、東南アジア系の顔つきが変わるはずもない。黒々とした目が駒島を見つめる。田代槇人は愛想のいい笑顔を浮かべ、ベトナム語の訛《なま》りが残る日本語でいった。「死体の処分ならリーズナブルに対応できますよ」

いま目黒区の廃工場を閉鎖しているのは警察官ではない。警察庁長官官房から通達をださせたが、彼ら自身は事務手続きだけに終始し、現場に関与しない。笹坪のほうから、適切な人員を差し向けると報告させ、警察庁長官官房も納得している。

じつは廃工場に派遣された連中は、すべて田代槇人が手配している。公安警察も刑事警察も退け、ベトナムマフィアに現場を仕切らせている。常軌を逸した話だが、過去に例がなかったわけではない。警察組織のいっさいを操作できる立場、国家公安委員会委員長の権限で暗殺を実行に移すとは、すなわちそういうことだ。

田代槇人がいった。「駒島さん。釈迦《しゃか》に説法とは思いますが、ひとつ忠告を差しあげたい」

「なんだね」駒島はきいた。

「死んだふたりのほかにもうひとり、笹坪さんが買収した公安がいるでしょう。優莉凜香のもとに差し向ける気ですか？　いまは控えられたほうがいいかと」

笹坪が首を横に振った。「優莉匡太の子供を始末できなければ、戮力協心構想が進展しません」

「賢明じゃないですな」槇人は西洋人のように肩をすくめた。「竹又と幹迫が結衣に暴力を振るった理由について、警視庁公安部でも内部調査が始まるでしょう。このうえ凜香への襲撃も発覚すれば、命令を下した人間が特定されかねませんよ」

「いや」駒島はきっぱりと否定した。「戮力協心構想があればこそ、すべては正当化される。そのためにも口を封じなきゃならん。今度はうまくやらせる」

このベトナムから帰化した成りあがり者は、やはり戮力協心構想の意義を正しく理解できていない。優莉結衣こそ最大の脅威だが、一緒にラムッカ島で暴れた凜香のほうも、やはり凶悪な未成年者だ。半グレ同盟復興時の中枢となりうる。だからこそ構想の実現前に排除しておきたい。

槇人は窓に歩み寄った。「ああ。あれはひょっとして東京スカイツリーですか。見えてるとは気づかなかった」

笹坪が眉《まゆ》をひそめた。「なにか異論がおありですか」

「いえ」田代槇人は背を向けたまま、世間話のような軽い口調でいった。「あなたの構想ですからね、お好きにどうぞ。でもね、優莉結衣をなめちゃいけません。死体の処分ですが、三人ぶんの手配をお勧めしますよ。あくまで念のためですが」

14

優莉結衣は夜明け前の六本木ヒルズを走っていた。辺りにひとけはなく、近代建築に囲まれた広場もひっそりとしている。テレ朝方面の空中回廊をまっすぐ進んだ。けやき坂《ざか》通りの上にかかる陸橋を駆け抜け、タワマン二棟の下に達した。タイル張りの空間が適度に緑地化されている。そこをさらに突っきった。

まだ空の暗いうちから行動を起こすのにも慣れてきた。用事を済ませたら、このまま芳窪高校に向かわねばならない。よって制服にハーフコートを羽織り、マフラーを巻いてきている。施設を抜けだすのは日常茶飯事だが、けさは公安の監視要員ばかりでなく、報道関係者も周辺をうろついていた。見つからないよう脱出するのに手間がかかった。そのせいで到着が少々遅れた。もう六時を過ぎている。結衣は白い息を弾ませながら走りつづけた。

会いたいといってきた凛香に、結衣はきのう公衆電話からショートメールを返信した。AM6ロッポンギヒルズウラコウエン。六本木ヒルズの裏がどこにあたるか不明《ふめい》瞭《りょう》だが、公園といえばこの先だとわかるはずだ。凛香なら理解できるだろう。

階段を下ると景色は急変し、素朴な住宅街がひろがっていた。往来のない狭い車道を渡り、ありふれた小規模な公園に着いた。剝《む》きだしの土のグラウンドに砂場、遊具。こんな早朝には訪れる人影もない。ここに防犯カメラの設置がないことを、結衣は承知済みだった。

結衣は公園の真んなかに立ちどまった。慎重に辺りを見まわす。凛香の姿は見あたらない。困惑が生じた。位置情報を携帯キャリアに取得されるのを回避するため、いまスマホの電源は切ってある。通話やメールのやりとりも記録に残ってしまう。呼びだすことはできない。

かすかな物音を耳にした。公園のトイレに目が向く。結衣はゆっくりと歩み寄った。またノイズがきこえた。なにかがぶつかり、こすれるような音だった。女子トイレではなく男子トイレだとわかる。

結衣は足音をしのばせながら、なかに踏みこんだ。奥の壁に肥満したスーツの背が見える。その向こうにじたばたと動く姿があった。金髪のショートボブがのぞく。セーラー服のエンジいろの襟は、麴町西《こうじまちにし》中学校の制服だった。

もう躊躇《ちゅうちょ》する必要はなかった。結衣は猛然と駆け寄りながら怒鳴った。「凜香!」

肥満体の風船のごとく膨れた顔が振りかえる。目のくぼんだ可愛げのない顔の中年男だった。男はあわてたように手をスーツの胸もとに滑りこませた。拳銃《けんじゅう》を抜こうとしている。

だがその陰から小柄な身体が飛びだした。凜香は跳躍すると、後方から片腕を男の首に巻きつけ、スリーパーホールドで絞めあげた。男の顔が苦痛に歪《ゆが》んだ。技が深く入り、頸動脈《けいどうみゃく》をしっかり圧迫している。それでも男はオートマチック拳銃を抜いた。

結衣は接近するや男の腕をつかみ、傍らのドアに繰りかえし叩《たた》きつけた。手の感覚を麻痺《まひ》させるのが目的だった。やがて拳銃が落下した。きのうの竹又らと同じ拳銃、すなわち公安の装備品だと判明した。

男は前屈姿勢になり、凜香を背負うように前方へと投げてきた。結衣は凜香と衝突し、ふたりそろって床に転倒した。ぶつけた頭が内耳の甲高い響きとともに痛んだ。だが結衣はすぐに起きあがった。男が這《は》いながら拳銃を拾おうとしている。銃声を響かせるわけにいかなかった。この静寂のなか、叫ばれるだけでも取りかえしがつかなくなる。

結衣はリュックからカンペンケースをとりだし、鉛筆を握りしめた。9Hの芯《しん》を尖《とが》らせておいたのは、こういうときのためだ。四つん這いになった男の背に馬乗りになり、結衣は両太股《りょうふともも》で男の胴体を締めあげた。右手で男の口をふさぎ、左手は鉛筆を男のこめかみに深く突き立てた。噴出する血液を避けるため、即座に手を放し、後方に飛び退いた。

肥満体は突っ伏した状態で、陸にあがった魚のように激しく痙攣《けいれん》したが、やがて動かなくなった。結衣は息を切らしながら死体を見下ろした。

凜香がふらつきながら立ちあがった。白い丸顔に大きく見開いた目が、なおも昂《たか》ぶったまま結衣を眺める。

結衣は小声できいた。「透明マニキュアは？」

「もちろん塗ってきた」凜香が答えた。

爪の手入れではない。トップコートを十本の指先に塗って固め、指紋がつかないようにしてある。少しでも危険が伴いそうな日の準備としては常識だった。

ふたりはそれ以上、互いにひとことも話さないうちに行動した。凜香が清掃用具入れのドアを開ける。結衣は死体のポケットをまさぐった。スマホ以外になにも持っていない。素性がばれる物は身につけなかったのだろう。スマホもロックがかかっていた。やはり顔認証では解除できない。

死体の胸倉をつかみ、個室の便器に座らせる。凜香のほうはホウキで床を掃きだした。結衣はトイレットペーパーを左手に巻きつけ、男のこめかみに刺さった鉛筆を引き抜いた。リュックから裁縫箱をとりだし、糸の先を輪に結んで、ドアの内側の閂《かんぬき》にひっかける。個室の外からドアを閉じ、隙間から糸を引っぱって施錠してから、糸を上方に勢いよく引き、輪を閂から外す。回収した糸を凜香の足もとに捨てた。凜香はその糸をホウキで掃くゴミのなかに紛らせた。

結衣は清掃用具入れからホースをとりだした。凜香がチリトリに集めたゴミをトイレットペーパーで包み、別の個室便器に流した。次いで結衣はホースを蛇口につなぎ、床一面に水を撒《ま》いた。床の血液を洗い流すばかりではない。壁に付着した汗や皮膚細胞も除去する。死体のある個室の上からも水を注ぎこんだ。男の皮膚や衣服にも、結衣と凜香の汗が付着しているはずだ。

掃除が終わった。ホースを片付け、結衣は凜香とともに外にでた。空がわずかに青みがかっている。

冷えきった早朝の空気が全身を包んだ。汗がひいていくのを感じる。公園は依然として無人だった。道路を横断し、階段を上ろうとしたとき、凜香がためらいをしめした。

「まずくない？」凜香がささやいた。「上には防犯カメラがあるでしょ」

都心でいっさいカメラに映らず移動するのは不可能だった。結衣は応じた。「さっきここからきた」

「なんで？　わたしあっちから遠まわりして、わざわざ住宅街を抜けてきたんだよ」

結衣は道路沿いの電柱に顎《あご》をしゃくった。「そこの上のカメラに気づいた？」

直視しないまでも、凜香はわずかに振りかえり、視界の端で確認したらしい。ばつの悪そうな顔になった。「気づいてなかった」

「どうせ映ってる」結衣は階段を上りだした。「公園にカメラはないけど、地面に落ちた髪の毛や汗まで除去するのは無理。トイレで人を殺した証拠さえ残ってなきゃ、とりあえず問題なし」

「なんで?」凜香があとにつづいた。「状況証拠で固められたら逮捕されちゃうかも」

「あいつが誰だか知ってる?」

「公安の熊江とか名乗ってた。きのうからずっとつきまとわれてたから、結衣姉ちゃんに相談しようと思って」凜香の声が緊迫の響きを帯びた。「そうだ、テレビ観たよ。びっくりした。あいつらも公安?」

「もちろんそう」結衣は陸橋のほうへと歩きだした。「きのう殺しにきたから、返り討ちにしてやった」

「マジで?」凜香が目を瞠《みは》った。「ニュースになってないけど」

「ハムのなかに、有無をいわせずわたしたちを殺そうとしてるのがいる。国家公安委員会会務官の笹坪淳司ってのが命令してた」

「国家公安委員会って、ひさしぶりにきくね。お父さんのニュースでよく耳にした」

「半グレ同盟の再結成を警戒してるってのが公安警察の建前だったけど、いっこうに成果が挙がらなくて、なら暗殺しようって急進派がでてきたんでしょ。閣僚クラスはチュオニアンでなにがあったか知ってるし」

「あのときの仲間は誰ひとり、結衣姉ちゃんから射撃の指導を受けたとはゲロしてないよ」

「でも行く先々に死体の山ができてりゃ疑われる。矢幡総理は武蔵小杉高校でのことも、だいたい知ってるし」

だいたい知っている。すべてではない。結衣が柚木若菜大臣を射殺したことまでは、総理も知らずにいる。大勢いた武装勢力のうち、結衣がどれだけの命を奪ったか、矢幡やSPの錦織は正確に把握していないはずだ。ふたりとも意識を喪失していたからだった。彼らが考えているより、結衣はずっと多く殺している。

鳥のさえずりがきこえてきた。高層マンションのエントランス前にひろがる花壇が、少しずつ色彩を宿しつつある。結衣は歩きながらいった。「笹坪ってやつに脅しのメールを送っておいた。そしたら予想どおり殺人自体が隠蔽《いんぺい》された。笹坪は自分の関与を他人に伏せたがってる。政府全体がわたしたちを殺そうとしてるわけじゃなさそう」

「じゃあ」凜香が見つめてきた。「さっきの熊江ってやつも……」

「わたしたちの手でトイレを掃除しといたのは、万が一にも誰かが死体を発見して、所轄が捜査し始めたときの保険。たぶん笹坪が先まわりして、ぜんぶなかったことにする。きのうのふたりと同じように」

「ここに結衣姉ちゃんとわたしがいても問題にならない？」

「殺人事件の捜査がなきゃ、周辺の防犯カメラも調べられない。兄弟姉妹が会っちゃいけない規則を破ってるとか、目くじらを立てられることもない」

「警察組織のよっぽど上のほうが動いてるってこと？」

「そう。なにしろ国家公安委員会の会務官だからね。たぶん命令してるのはさらに上。こっそりわたしたちを殺すのが目的。失敗するたび公にならないよう隠蔽工作する。さっきのもそうなるでしょ」

「あーあ」凜香は沈んだ顔になり、陸橋の手すりに寄りかかった。「お父さんがよくいってたね。そのうち警察が問答無用で殺しにくるかもって。わたしたちにもお鉢がまわってきたわけかぁ」

「熊江はなにかいってた？」

「結衣姉ちゃんについて知ってることを吐けとか。きのうは嫌がらせていどだったんだけどね。けさはいきなり公園に現れて、トイレに連れこまれた」

「尾行を撒けなかったの？」

「撒いたつもりだったのに、いつの間にか先まわりされて、公園で待ち伏せされた。こんなことってある？」

公衆電話からのショートメール送信すら解読されていたのだろうか。竹又や幹迫が見抜いたようすはなかった。ひょっとしたら公安以外にも関与している勢力がいるのかもしれない。

結衣は凜香の隣りに並んだ。けやき坂通りの果て、ビル群の向こう側で、東京タワーがぼんやりと赤く光っている。明け方は光量を落としているようだ。

父の死後も日本国内には、なおも不穏な勢力が多々存在する。田代槇人はパグェのほか、複数の半グレ集団を率いているといった。結衣はそのことを凜香に告げずにおきたかった。よけいな心配をかけたくない。槇人は武蔵小杉高校とチュオニアンでの一部始終を知っている。息子ふたりから情報を得たからだ。だがクズどもの標的になるのは結衣ひとりだけでいい。凜香まで巻きこむわけにいかない。

ふと凜香がささやいた。「いつまでこうなのかな」

結衣は凜香の横顔を見た。大きな瞳《ひとみ》が潤みがちになっていた。夜明けを迎えようとする都心の景色を、ただじっと眺めている。

「なにが?」結衣は静かにきいた。

「わたしたち」凜香は手すりを背にした。「せっかく結衣姉ちゃんと話せたのに、次に会ったのは、あの馬鹿みたいなチュオニアンの牢屋《ろうや》のなか。おかしな騒動に巻きこまれて、大勢殺して、そのあとは離ればなれ。こうして再会したら、またふたりで殺してる」

空虚な思いならたしかに共有している。結衣は黙って東京タワーに目を向けた。

「ねえ」凜香が空を仰いだ。「健斗のこと、頭から離れない」

「わかる」

「健斗って、やさしい子だったじゃん。いい子だったじゃん。わたしなんかとちがってさ」

「わたしともちがう」

「なのに最低」凜香の声が震えだした。「世のなかに殺されたようなもんだよね」

そうなる前に相手を殺すか、健斗のようにみずからの命を絶つか。どちらが正しいのだろうか。というより選択肢はふたつしかないのか。

結衣はふたたび凜香の横顔を眺めた。凜香の目に大粒の涙が膨れあがっていた。やがて表面張力の限界を超え、雫《しずく》が頬をつたった。

寂しげで人恋しそうな横顔。オズヴァルドのバックヤードでもよく目にした。いまの凜香は六歳のころのままに見えてくる。父の店があった場所はここから近い。歩いていける距離だ。なにもかもがむかしに戻っていく気がした。いつも追い詰められ、兄弟姉妹で競争に明け暮れ、たまらなく孤独で、無性にせつなかったあのころに。

金髪にした凜香は少し大人びて、世慣れた印象を漂わせていた。いまそんな仮面が剝《は》がれたように思える。誰にも甘えられないと絶望してきた。いまだに満たされず、法の制限を踏み越えがちな自分を知りながら、無理やり社会に迎合しつづけている。凜香の内面の奥深くは、やはり結衣と同じだった。

前に会ったときにはきけなかったことを、結衣は問いかけた。「中二になるまでのあいだに、人を殺したことあった？」

「あったよ」凜香は虚空を見つめていた。「一回だけ」

驚きはしない。優莉匡太の子として当然ありうることだった。でなければチュオニアンであんなに肝が据わっていたはずもない。結衣はたずねた。「いつ？」

「小六のころ。文化祭の準備で遅くなって、暗い夜道をひとりで帰ってたら、自転車に乗ったおっさんが近づいてきた。作業着姿で体臭がひどかった。口も酒臭かった。人目のない場所で突き飛ばされて、押し倒された。上に乗っかってきて、やられそうになった。だからわたし、びりびりに破れた服の一部を巻いて紐《ひも》状にして、後ろにまわって首を絞めた」

握力はさして必要ではない。索状物の位置さえ正確なら、小六女子にも充分に可能だった。結衣はきいた。「警察がきた？」

「きてないよ。誰にもいわなかったし。服の切れ端を残らずかき集めて、施設に窓からこっそり戻って、夜中にお風呂《ふろ》に入った。心配だったけど、その後はなにもなかった」

「そう」結衣はつぶやいた。

「不思議なもんだよね。身体が自然に反応する。だから健斗の気持ちはよくわかる。健斗は偉いよね。死んで償おうとしたんだから」

結衣はまた黙るしかなかった。凛香に同意すべきかどうか、答えはまだ自分のなかにない。

凛香の視線がおちた。「中学に入って、何度もいじめられたけどさ。ぎりぎりで殺すのをやめた。やっぱ嫌だもん。向こうは殺そうとまではしてないし」

なら自制心は凛香のほうが上かもしれない。結衣は衝動を抑えきれず、むしろ人殺しの技能を密《ひそ》かな誇りとして、自分らしさとして肯定してきた。兄弟姉妹のなかで父の課題をうまくこなせていた、褒められたことも多かった。それが結衣の幼少期だったが、凛香はちがった。その差かもしれない。社会常識に照らしあわせれば、凛香のほうが人としてまともだろう。

「ねえ」凛香がつぶやいた。「わたしって、結衣姉ちゃんよりクズだよね」

「まさか。ちがうよ」

「なんで？　最低の血だし。お父さんだけじゃなくて、お母さんも」

まだそのことを気にかけているのか。結衣は首を横に振った。

「お母さんが市村凜《いちむらりん》だなんて、ただの噂でしょ」

「名前が凜香なのに？」

「それもタキ兄ちゃんたちが話してた噂でしかない」

「ほんとはどうなのかききたいけど、無理だよね。ずっと寝たきりで意識がないもん」凜香は頬の涙を拭《ぬぐ》うと、力なく微笑した。「馬鹿だよね。DNA検査を拒否しといて、いまだに気にしてる。でも検査なんかじゃなくて、本人にききたいの。どう思ってんのかを」

市村凜はいま三十一歳になる。だが言葉は交わせない。二年前からずっと、意識不明のまま病院のベッドに横たわっている。

中三のこんな寒い冬の日、市村凜が何者かに刺されたときかされた。意外ではなかった。あちこちから恨みを買っていて当然の女だった。

もともと市村凜は、優莉匡太の半グレ連合のひとつ、野放図《のほうず》と深い関わりがあった。正規メンバーではなかったが、DV被害者の女たちをカモにする詐欺行為に加担していた。

凛香が暗い表情を向けてきた。「結衣姉ちゃんは一緒に暮らしてたでしょ。なにかきいてない?」

「前にもいったとおり」結衣はつぶやいた。「あの女は凛香について、ひとことも話さなかった」

いまでは報道を通じ、市村凛の名も世間に広く知れ渡っている。だが結衣は中二まで彼女の素性を知らなかった。野放図のメンバーと見なされなかった凛は逮捕されずにいた。凛はその後、優莉匡太の子を世話したいと、児童相談所にさかんにうったえた。

あまり化粧っ気はないが、年齢より若く見える童顔で、おっとりした性格に思えた。若いころ優莉匡太に世話になったため、恩がえしをしたいといっていた。子供好きだとも付け加えた。

結衣はほかの兄弟姉妹と同様に、児童養護施設暮らしだった。しかし小五と中一の二回、突然迎えにきた凛に引きとられた。最初はボロアパート、二度めは賃貸マンションで同居したが、最悪の思い出にしかならなかった。

凛はいつも男を連れこんでいた。顔に痣《あざ》や切り傷も無数にあった。結衣は凛がDV被害に遭っていると信じ、男への恨みを募らせた。やがて結衣自身も暴行される危険を察知し、先に男を殺した。凜香がいったように、自然に身体が動いた。結衣にとって初めての殺人は中一だった。

あとでわかったことだが、そのような暴力男との同棲生活《どうせい》は、市村凜の常套手段《じょうとうしゅだん》だった。富裕層の独身男に近づいては結婚し、DV被害を受けるよう仕向けたのち、夫を事故死や病死に見せかけ殺す。亡き夫の資産を相続し独占する。いつも被害者としてあつかわれるため、犯行は長いこと発覚しなかった。

凜香が結衣を見つめてきた。「きのうの結衣姉ちゃんってさ、市村凜のやり方だよね」

「なにが？」

「一方的に暴力を振るわれるふりをして世間の同情を買う。市村凜から手とり足とり教わった？」

結衣はもやっとした気分になった。凜香自身は物心ついてから市村凜に会ったことがない。のちにきいた話から勝手な憶測を働かせているだけだ。

「いえ」結衣はあえてぶっきらぼうに否定した。「あんな女の影響は受けてない」

「でも市村凜の頭のなかって、知能犯罪の宝庫だったんでしょ」

「なにがいいたいの」

「やっぱ秘訣《ひけつ》のひとつやふたつ、伝授されたんじゃなくて？」

微風が髪を揺らした。結衣は無言で凜香から目を逸《そ》らした。

最初の殺人を犯したとき、結衣は血まみれのまま途方に暮れていた。震えるばかりの結衣の肩を抱き、凜は落ち着いた声でささやいた。見込みがある子じゃなきゃ一緒に住んだりしない。いまのままじゃ宝の持ち腐れになる。結衣、才能を開花させたらどう。嫌いな人間がいなくなるし、誰も怖くなくなるし、心から笑って暮らせるようになるから。

嫌気がさしてくる。結衣は歩きだした。「そろそろ行こ。お互い学校でしょ」

「ねえ」凜香は静止したままだった。「結衣姉ちゃん。わたし市村凜に似てる？」

自然に足がとまる。結衣は凜香を振りかえった。凜香の切実なまなざしが、じっと結衣を見つめていた。

意識しまいと思っていた事実に目を向けざるをえない。あどけなさをともなう子供っぽい面立ちには、市村凜と重なるところがたしかにある。けれども性格はまるで似ていない。

「わからない」結衣はつぶやいた。「あの女の子供とは思えない」

「ごまかさないでよ」凜香の目がまた潤みだした。「週刊誌が市村凜の過去を記事にするたび、子供のころの写真が載ってる。わたしに似てる。鏡のなかの自分が市村凜に重なる」

「気のせいだって」

「あの女は十四のころから、好きでもない男と同棲して、妊娠するたび堕《お》ろしてた。でもいちどぐらい出産してたとしたら？　天から授かった子でない、望まれない子を生んでたら？」

「だからなに？」結衣は苛立《いらだ》ちを募らせた。「そんなに気になるならＤＮＡ検査をすればいい。でもあの女が母親だったとして、いまさらどうするつもり？　中卒で就職して、入院費の肩代わりでもするの？」

「結衣姉ちゃん、変わったね」凜香が悲しげなまなざしを向けてきた。「いつもわたしのことを気遣ってくれてたのに」

戸惑いが生じた。幼少期のことが脳裏をよぎる。何度も想起してきた、店のバックヤードの光景だった。結衣にとって妹や弟の世話は義務でしかなかった。特別に情愛を感じていたわけではない。けれども凜香はそう思っていなかったようだ。再会してからずっと、凜香は無邪気な言動の端々に、どこか不満げな態度をのぞかせてきた。

いまはちがう。ふいに吹っきれたような態度をしめしながら、凜香は微笑とともに歩きだした。「六本木で会うのって、むかし住んでたからかと思ったら、そうじゃなかった。お互い通ってる学校の中間地点なんだね。結衣姉ちゃんはいつも冷静」

うっすらと明るくなってきた陸橋の上を、ジョガーがひとり駆けていった。凜香もさっさと歩きだした。結衣は立ちどまったまま、凜香の後ろ姿を眺めていた。やがて凜香が振り向き、なぜこないのかと目でうながした。

結衣は凜香のあとにつづいた。釈然としなかったことのひとつが腑《ふ》におちた。だがいまはなにも喋《しゃべ》りたくなかった。

15

濱林澪は武蔵小杉高校の制服にコートを羽織り、青堀《あおほり》駅前にたたずんでいた。今年の冬、富津にまだ降雪はなかった。朝の脆《もろ》い陽射しだけが辺りを照らすなか、ロング丈のダウンジャケットを着た梶沙津希が歩いてくる。澪は手を振った。沙津希も笑って手を振りかえし、小走りに近づいてきた。

「まった?」沙津希がきいた。

澪は首を横に振った。「いまきたばかり」

沙津希がダウンの前を少しはだけ、セーラー服をのぞかせた。「きょうも前の学校の制服でいいんだっけ？」

「そう。なんか編入後も、注文した制服が届くまではこれで通学するみたい」

「えー」沙津希が苦笑した。「やだな」

「でもお互い与野木農業高校の制服よりよくない？　なんていうか、今度の学校の制服って……」

「素朴」

上品な言い方だと澪は思った。「っていうか野暮ったい」

「着る機会もあんまりないって、先生がいってなかった？」

「いってた。登校と下校も含めて、だんだんジャージを着っぱなしになるって」

「それはそれで嫌かも」

ふたりで笑いあっていると、目の前の道路をミニバンが徐行してきた。停車したミニバンの運転席から、教師の杉村が降り立った。おはよう、と快活に告げてきた。澪も沙津希とともにあいさつした。おはようございます。

杉村は後部ドアを開けた。「じゃ行こう。乗ってくれ」

内申と学力測定の結果、ふたりともＫＮＳ免除制度が受けられることになった。あとは正式に編入を希望するかどうか、自分の判断を残すのみだった。けさは沙津希と一緒に与野木農業高校の本校舎を見学する。

澪は沙津希となら、新たな高校生活も悪くないと考えていた。沙津希とラインで意見を交換したが、彼女も同じ思いだとわかった。

沙津希は澪にとって、いままで会ったことのないタイプの友達だった。礼儀正しくお嬢っぽさがそなわっている一方、牧場での仕事に精通していて、本人いわく土臭い仕事も厭《いと》わない。控えめな性格ではあるものの、いったん澪と打ち解けてからは、わりと気軽になんでも話してくれる。

彼女がいちどだけ困惑ぎみに口をつぐんだのは、小学校の思い出をたずねたときだった。なにがあったか知らないが、澪はそれ以上追及しなかった。お互い触れられたくない過去もある。澪も前の高校について語りたくはなかった。

杉村の運転するミニバンは山奥へと分けいっていき、峠を何度か越えたのち、ようやく開けた盆地にでた。見渡すかぎり畑と雑木林ばかりで、民家らしき建物も数えるほどしかない。冬場のせいか畑での作業は目につかず、視界のなかには人影ひとつなかった。ぽつんと存在する小ぶりなコンクリート造の平屋建てに、桜澤《さくらざわ》診療所の看板がかかっている。そこから林のなかを抜けると、四階建ての校舎が見えてきた。

都会では見たこともないぐらい広大な敷地だった。工場や牧場、寮を併設しているため、学校というより産業施設然とした印象がある。校門のすぐ外には駐在所が建っていた。閑散とした山間部だけに、学校の近所に警察官がいるのは心強い。

ミニバンが駐車場に停まり、澪と沙津希は車外に降り立った。富津の空気はきれいと感じていたが、ここ与野木農業高校周辺は盆地にもかかわらず、あたかも高原のようだった。大気が透き通っていて濁りひとつない。

肥やしか動物のにおいか、やはり独特の臭気が鼻をつくものの、そこに文句はいっていられなかった。沙津希のほうは目を輝かせ、近くの柵《さく》に駆け寄ると、放牧されたヤギや羊を興味深そうに眺めた。

杉村が声をかけてきた。「牧場実習施設はまたあとで案内するよ。まずは校舎からだ」

起伏のある小径《こみち》を歩きながら、澪は問いかけた。「沙津希、楽しい？」

沙津希が笑顔でうなずいた。「テンションあがりすぎ。澪は？」

「わたしは……」澪は苦笑いを浮かべてみせた。「どうかな。大自然に囲まれてるなあって感じ。っていうか正直なところ、いろいろ大変そう」

そうはいっても沙津希の影響か、澪も前向きな気分になってきた。高校卒業までの一年余り、ここで沙津希と過ごせれば、かつての陰惨な記憶も薄らぐかもしれない。

そこかしこにジャージ姿の生徒を見かける。みな男子ばかりだった。のんびりとバケツを運んだり台車を押したり、力んでいるようすはまるでない。噂どおり自由な校風のようだった。

傍らに牛舎らしき建物があった。めずらしく女子生徒が掃き掃除をしている。沙津希が小径を外れ、そちらへと歩いていった。おはようございますと声をかける。女子生徒が面食らったようにおじぎをかえした。

沙津希が女子生徒にいった。「牛がいないみたい」

女子生徒は淡々と応じた。「検査棟に連れていかれたので」

「ここにいたぜんぶ？　何頭？」

「十頭」

「抗体検査？　いつごろ？」

「二週間前……」

杉村が足ばやに近づいてきた。「きみ、掃除当番は私語を慎みなさい」

女子生徒は黙りこんでホウキで掃きだした。杉村が目でうながす。澪と沙津希はそそくさと小径に戻った。

歩きながら沙津希が杉村にたずねた。「検査棟ってどこですか」

「そこに工場みたいな屋根が見えるだろう。その向こう側だな。でも業者が管理してるから、検査棟での実習はないよ」

「見学できますか」

「どうだろうな。先生たちには権限がなくてね……。ああ、ちょうどよかった。教頭先生がお見えになった」

通用口からでてきたのは、白髪まじりの頭に作業着姿の初老男性だった。牛乳瓶の底に似た丸眼鏡をかけている。同じく作業着を身につけた四十代の男性も同行していた。

杉村が紹介した。「見学の濱林澪さんと梶沙津希さんです。きみたち、こちらは教頭先生と、二年の学年主任の先生だよ」

教頭は愛想よく会釈した。「ようこそ。教頭の比留井《ひるい》です。いやふたりとも、洗練された都会の女子高生って雰囲気だね」

沙津希がきちんとおじぎをした。澪は恐縮しながら頭をさげた。

学年主任のほうも目を細めながらいった。「達橋《たつはし》です。うちへの転校を希望してくれて嬉《うれ》しいよ。女子は少ないけど、面倒なことは男子に押しつければいいから」

澪は笑うべきかどうか迷った。すぐ近くをジャージ姿の男子生徒らが歩いていく。みな教師の軽口には慣れているのか、むっとしたようすもなく去っていった。

杉村は比留井にきいた。「検査棟のほうも見学できますか？」

「検査棟」比留井は後方の戸口を振りかえった。「どうかな。業者さんにきいてみて、いまだいじょうぶって話なら問題ないと思う」

達橋が歩きだした。「まずは教室のほうから見てもらうのがいいかな。授業中だから、なるべく静かに歩くように」

一行が通用口へと向かう。会話が許されるのも外にいるうちだ。澪はお喋《しゃべ》りが途切れるのを嫌い、半ば衝動的に話しかけた。「先生方も校内では、いつもその服装なんですか」

比留井が笑った。「いつもというわけじゃないけど、実習を見てまわるときにスーツじゃ難儀するからね。においも染みつくし、消臭スプレーを浴びてばかりじゃ生地がだめになる」

杉村が冗談めかした。「水産高校よりましだよ。知りあいがそっちで先生をやってるけど、魚のにおいがとれなくて、家で寝てるうちに猫に嚙《か》まれてね」

戸口を入ったとたん、教師たちの会話が現実味を帯びて感じられた。あらゆるにおいが渾然《こんぜん》一体となり、なんともいえない気分におちいる。蛍光灯に照らされたコンクリート敷の通路は、いかにも作業場然とし、どこか冷やかで陰気だった。天井や壁を這《は》うダクト、放置された台車、山積みになった段ボール箱。ロッカーに似たボックスには操作パネルがあって、なんらかの装置だとわかる。耳鳴りのような音がずっと響きつづけている。壁ぎわに開いた門口の向こうに、広々とした屋内工場施設が見える。大きなタンクが横一列に並び、無数の配管で接続されていた。

達橋はそれらを指さした。「一部は実習にも使うんだよ」

沙津希がいった。「水耕栽培養液管理装置ですよね。あっちの倉庫みたいなのは水稲種子保冷庫ですか?」

「ほう」比留井が感心した顔で沙津希を見つめた。「正解だよ。詳しいね」

杉村がうなずいた。「梶さんは牧場で働いていたそうです」

「ひょっとして生活科を希望してないのか?」

「はい」沙津希は微笑とともに応じた。「できれば農業科で酪農のほうを……」

比留井が上機嫌そうな顔になった。「こりゃ貴重な女子生徒だ。見た目が可愛いのに、搾乳もするんだろ?　なんとしてもうちで迎えないと」

一同に笑いが渦巻いた。澪はなにかがひっかかった。搾乳。なぜそんな言葉を口にしたのだろう。なんとなくセクハラのような響きを帯びてきこえる。気にしすぎだろうか。

さらに工場棟沿いの通路を歩きつづけた。ここは中庭への近道で、校舎への入り口に早く着ける、そう説明された。

行く手に中庭らしき外の明るみが見えてきた。ところがそのとき、ふいに沙津希がふらついた。

澪はあわてて支えた。「どうかした?」

沙津希の顔は血の気がひき、いつしか真っ青になっていた。「なんだか気分が悪くて」

達橋が足をとめ、沙津希に歩み寄った。深刻そうにつぶやいた。「貧血かな? 休ませたほうがいい」

比留井も困惑の表情を浮かべていた。「そこはどうだ。作業実習用の待合室」

杉村がドアのひとつを開けた。なかは無人のようだった。澪は教師らとともに、沙津希を待合室内に連れこんだ。

窓のない狭い空間に二列の長椅子が据えてある。壁ぎわにはロッカーが並ぶ。達橋がいった。「横になっていいから」

沙津希は靴を脱ぐと、しんどそうに長椅子の上に横たわった。達橋がロッカーを開け、毛布をとりだした。比留井とふたりで広げ、シーツがわりに沙津希にかけた。

毛布をきちんとかけようとしているのか、達橋と比留井はなかなか身体を起こさない。なぜか達橋の手が毛布ごしに沙津希の身体を撫《な》でまわした。比留井も同じようにしている。澪は不安になったが、やがてふたりは長椅子から離れた。心配そうな顔で沙津希を眺める。

思いすごしだったかもしれない、澪はそう感じながら、沙津希にきいた。「ぐあいはどう?」

沙津希が見かえした。「いきなりめまいがしちゃって。ちょっと休めばだいじょうぶだと思う」

比留井は腕時計に目をおとした。「困ったな。果樹と植物バイオの先生や生徒をまたせてる。授業が終わる前に見学しないと」

杉村が比留井に提言した。「保健室の浦井《うらい》先生を呼んできますから、濱林さんの見学を続行してくれませんか」

沙津希が疲弊しきった顔でささやいた。「澪。ごめんね」

「気にしないで」澪は沙津希に笑いかけた。「すぐよくなる」

「ありがとう」沙津希は目を閉じ、さも辛《つら》そうな息づかいで呼吸を繰りかえした。

後ろ髪を引かれたものの、待合室をでるしかなかった。澪は比留井と達橋に連れられ、ひとり見学を続行した。

中庭の畑やビニールハウスを一巡し、校舎の昇降口を入った。一階の教室は実習準備用で、机や椅子はあるものの、後方の床に段ボール箱がたくさん置いてある。授業がおこなわれているのは二階以上だった。それぞれの教室をのぞいていった。授業は英語や数学など、普通科と変わらなかった。

達橋が廊下を歩きながらいった。「外にでよう。農業機械や生物活用の実習中でね。二年のみんなは、葉っぱを見ただけでなんの作物か区別できるようになってるよ。生徒はみんな、収穫した大根を持って、バスや電車で帰ったりもする」

時間が経つにつれ、沙津希が心配で仕方なくなった。彼女がいなければこの学校への編入もありえない。そう思ったとき、澪の足は自然にとまった。「あの、すみません」

先行するふたりの教師が振りかえった。達橋がきいた。「なにかね」

「やっぱり梶さんのことが気になって」

比留井は戸惑いをしめしながらもうなずいた。「わかるよ。いったん待合室に戻ってみるか」

三人で校舎の廊下を引きかえした。中庭を経由し、また工場棟沿いの通路に帰った。奇妙なことに、待合室のドアは開け放たれていた。

達橋が怪訝《けげん》そうに駆け寄った。室内をのぞきこむと、驚きのいろを浮かべた。「教頭先生。梶さんがいません」

澪は比留井と顔を見合わせた。部屋のなかは達橋の指摘どおりだった。毛布だけが長椅子の上に残されている。

比留井が動揺をしめした。「どこへ行ったんだ？　達橋先生、いったん濱林さんを職員室に送ってください。私は実習中の先生方や業者さんをあたってみます」

「お願いします」達橋が澪をうながした。「濱林さん、こっちへ」

あわただしい移動を余儀なくされた。校舎とはまた別に、教員棟なる建物が存在するとわかった。その一階廊下に入った。職員室は保健室と隣り合っていた。達橋とともに保健室を訪ねたものの、誰もいなかった。

さっき杉村は、保健室の浦井先生を呼んでくるといった。なのに保健室には杉村さえいない。澪と達橋は待合室からまっすぐここにきたのに、すれちがいもしなかった。いったいどういうことだろう。

職員室は普通科の高校となんら変わりなかった。教師らは授業に出払っていて、無人の事務机ばかりが連なる。達橋が応接ソファを勧めた。澪はひとり腰かけた。達橋があちこちに内線をかけたものの、どうやら要領をえないらしい。立ち去りぎわ澪に告げてきた。「まっててくれないか。すぐ戻る」

澪だけが職員室に残された。途方に暮れながら立ちあがった。窓の外では養蜂《ようほう》実習がおこなわれている。生徒らは防虫用の網で頭部を覆い、全身を保護服に包んでいた。黙々と巣箱を開けにかかる。

沙津希の身になにがあったのだろう。気分が悪くなったのはいいとして、姿を消したのはなぜなのか。勝手に出歩くような性格の持ち主とも思えなかった。

しばらく時間が過ぎた。チャイムが鳴った。生徒のざわめく声がきこえてくる。休み時間に入ったようだ。窓の外にも誰もいなくなった。養蜂実習も終了したらしい。

ふつうの学校とちがい、ここは教頭といえど、校内のすべてを把握してはいないようだ。業者が管理する区画がかなりの割合を占める。あの工場棟だけを見ても、リースやメンテナンスは別会社に委託している可能性があった。たしかなことはいえないが、沙津希の居場所をさがすのに時間がかかっているのも、そんなややこしい事情のせいかもしれない。

廊下に靴音が響いた。顔をのぞかせたのは達橋でなく杉村だった。緊迫した声で杉村がいった。「すまない、濱林さん。一緒にきてくれないか」

「なにがあったんですか」

「先生もまだよくわからない。とにかく急いで」

澪はあわてて廊下に駆けだした。建物の外にでると、大勢のジャージ姿があわただしく動きまわっていた。次の授業への移動中らしい。小径《こみち》も生徒らが通行中だった。隙間を縫うように杉村が走っていく。澪もそのあとにつづいた。

こちらを眺めるヤギのあどけない顔が、なんとなく恨めしく思える。駐車場に戻り、また杉村の運転するミニバンに乗る。今度は助手席だった。校門をでて、雑木林のなかへと向かった。

杉村がハンドルを切りながらいった。「梶さんが倒れた」

「倒れた？」澪は衝撃を受けた。「どういうことですか」

「わからん。中庭にでようとして、そこで意識を失ったらしいんだ。見学中のきみを追いかけたのかもな」

「救急車は呼んだんですか」

「いや。校内で事故があったとき、診療所が常に受けいれてくれる。だから教頭先生が連絡をいれたうえで、クルマで運んだ。このすぐ先だ」

　診療所があったのは知っている。だが問題はそこではない。やはり救急車を呼ぶべきではないのか。病院のほうが医療設備も整っているだろう。離島ならともかく、ここは千葉だ。見渡すかぎり人影はなくとも、救急車がこられない僻地《へきち》ではない。

　林を抜けてすぐ、ミニバンはコンクリートの平屋建てに横付けした。桜澤診療所。隣りに無人のセダンも駐車している。澪はドアを開け放ち、エントランスへと駆けていった。

　ドアを開けると、手狭な受付があった。白衣を着た中年の女性看護師がひとり、カウンターの向こうで顔をあげた。

　澪はいった。「梶さんの友達ですけど」

　女性看護師が奥のドアを眺めた。半開きになっている。澪は急いでドアに向かった。なかに入ったとき、澪は思わず立ちすくんだ。

　三つ並んだベッドのうち、使用中は手前のひとつだけだった。そこに沙津希が横たわっていた。シーツから露出するのは寝顔と左腕のみ。袖《そで》をまくり、腕に貼られたガーゼに、点滴チューブが接続してあった。ベッドのわきのスタンドには、薬剤の入ったバッグが下がり、チューブを経由し輸液がつづく。沙津希の口には酸素マスクが装着されていた。青ざめた顔のまま、眠ったように目を閉じ、ぴくりとも動かない。

室内には比留井と達橋がいた。恰幅《かっぷく》のいい白衣の老医師も沙津希を見守る。けれども澪はあいさつひとつ口にできなかった。ほとんど衝動的にベッドに駆け寄ろうとした。

すると達橋が手で制した。「意識がない。触っちゃだめだ」

澪の胸は張り裂けそうになった。「なんでこんなことに」

比留井はため息まじりにつぶやいた。「詳しいことはわからない」

老医師が歩み寄ってきた。「この生徒さんは？」

達橋は老医師に紹介した。「一緒に見学にきていた濱林さんです」

「そう」老医師が澪を見つめた。「桜澤です。どうかそんなに心配しないように。梶さんに持病があったかどうか、いまご両親に問いあわせてる最中なので」

そんな悠長なことをいっている場合だろうか。澪は桜澤を見かえした。「救急車を呼んで、もっと大きな病院に移したほうがよくありませんか」

「大きな病院？」

杉村が入室してきた。咎《とが》めるような目を澪に向けた。「濱林さん。失礼だよ」

「いや」桜澤は妙に軽い口調で応じた。「かまわないよ。濱林さんといったね。与野木農業高校で患者がでたとき即対応できるよう、私たちは常に準備している。総合病院に運んだんじゃ時間がかかりすぎるよ。見たところ梶さんは、神経調節性失神の可能性が高いようだ」

澪はきいた。「どういう病気なんですか」

「病気といえるほどじゃないな。脳全体の必要とする血液が、一時的に行き届かなくなったんだよ。比較的速やかに意識の回復がみられるはずだ」

杉村が桜澤にささやいた。「ぐあいが悪いといいだして、待合室で寝かせた直後、起きだそうとして倒れたようで」

「ええ」桜澤がうなずいた。「教頭先生たちからうかがいました。前駆症状といって、失神の直前に気分の悪さをうったえたりもします」

まだ心が安まらない。澪は桜澤に詰め寄った。「もし意識が戻らなかったら？」

「いいかね。彼女はなんらかの理由で、交感神経と副交感神経のバランスを崩した。交感神経の抑制と副交感神経の緊張が起きると、血圧の低下がみられ、脈も遅くなったりする。それが失神につながるんだ。後遺症をまず残さない予後良好の疾患だよ。点滴で元気になる。心配ない」

理解できたわけではなかったが、さっきよりは落ち着いてきた気がする。ベテランの医師がそういうのなら、おそらくだいじょうぶなのだろう。澪はそんなふうに思い直した。

ドアから制服警官が入ってきた。五十代で小太り、日焼けした顔は農作業服のほうが似合いそうだった。警察官が神妙にきいた。「生徒さんが倒れたって？」

桜澤が応じた。「正確には見学者だったらしいよ。濱林さん、こちらは駐在の篠葉《しのば》巡査。私と同様、与野木農業高校とのつきあいも長くてね」

篠葉は澪に敬礼した。「連絡が入ったので、すぐようすを見にきました」

澪は内心ほっとした。警察官が現れたとたん、張り詰めた空気が緩和されたように思えた。やはりとり越し苦労だったのだろうか。

医師らしい声を桜澤が響かせた。「梶さんは回復しだい、お帰りになってかまわない。万が一にも回復が遅れたとすれば、ご両親にお越し願うしかないが、先生がたは学校にお戻りになって結構ですよ。濱林さんも」

だが澪は沙津希のもとを離れたくなかった。「すみません。ひとりで見学をつづけるのはちょっと……。沙津希の目が開くまで、ここにいていいですか」

杉村が当惑顔で見つめてきた。「せっかくKNS免除制度を受けられるのに、見学を切りあげるのはもったいないよ。ご両親も心配すると思う」

「いえ。どうしても付き添ってあげたくって……」

澪は妙な気分になり押し黙った。比留井と達橋の目が、なぜか澪の下半身を眺めていた。澪は自分の脚を見下ろした。スカートの裾《すそ》がまくれ、片脚の太股《ふともも》が露出している。あわてていたせいか気づかなかった。ただちに直したものの、おぞましさを感じながらふたりを見かえした。するとと比留井はうろたえたように視線を逸《そ》らした。達橋のほうはベッドの沙津希に向き直った。

比留井は体裁の悪さを感じたのか、迎合するような物言いを口にした。「杉村先生。見学は後日でもいいんじゃないか。濱林さんは梶さんと仲がいいようだし、また来週にでも迎えてあげればいい」

ほかの大人たちは一様に、なにをいいだすんだ、そんな目で比留井を見つめた。比留井はいっそう立つ瀬がなさそうな顔になったが、教頭という役職のせいか、非難の声はあがらなかった。

杉村がため息をついた。「じゃ濱林さん。梶さんが回復したら、ふたりともクルマで送るから」

「ありがとうございます。でも」澪は桜澤に目を移した。「沙津希の目が覚めたとしても、救急車を呼んであげたほうがよくないですか」

桜澤が笑った。「救急車はタクシーじゃないんだよ。家に送るためには呼べない。それともまだ総合病院に連れていくべきだってのかね。私も医師だ。回復を請け合うよ」

澪は黙るしかなかった。ベッドの上の沙津希を眺める。依然として血色が悪く、いっこうに目覚めそうにない。思いすごしだろうか。

「ああ」桜澤がふとなにかを思いついたようにいった。「みなさん。あわただしくて伝えるのを忘れたが、携帯電話やスマートフォンをお持ちじゃないでしょうな。この診療所には持ちこみ禁止です」

達橋が苦笑した。「私たちはもう学校に戻りますので」

桜澤は澪に手を差し述べてきた。「きみはここに留《とど》まるんだろう?」

澪はスマホをとりだした。「電源ならすぐオフにします」

「いや。それだけじゃ駄目なんだ。患者の付き添いは暇なので、ついついオンにしてしまったりする」

「絶対に気をつけます」

「悪いがこの診療所の規則を守ってくれないかね。ここ最近、大きな病院では使用を許可していたりもするが、それはただ来院者に徹底させるのが面倒なだけなんだよ。

輸液ポンプや人工呼吸器、モニター類への影響がないともかぎらないんだ」

「あの、ええと、とりだせないところにしまいますから」

篠葉巡査が硬い顔を向けてきた。「スマホを桜澤先生に預けなさい」

比留井も真顔でうなずいた。「先生たちと一緒にここをでるなら、預ける必要はないけどね」

室内は静まりかえった。大人たちは絶えず澪の挙動をうかがっている。異様な緊張感が澪を包みこんだ。

この空気は前にも経験したことがある。高校が武装勢力に占拠された日と同じだ。孤立無援の不安ばかりが、ひたすら胸のなかで膨張していく、あのときと同じ感覚がある。

スマホを渡してしまえば丸くおさまる、そう信じたくもなる。だがどうもおかしい。ここまで執拗《しつよう》にスマホを提出させたがるなんて。

澪は声の震えを必死に抑えながらいった。「親に連絡しとかないと」

達橋が首を横に振った。「だいじょうぶ。先生から電話するよ。後日また見学という運びになったと、ちゃんと説明しておくから」

比留井の表情がいっそう険しくなった。「濱林さん。梶さんが目覚めるまで寄り添ってあげたいというのなら、ほかにはなにもせず、ただここで見守ってあげればいい。でも外に連絡をとりたいのなら、梶さんのことは桜澤先生にまかせて、きょうは帰るべきだよ。そのほうがご両親も安心する」

にわかに心拍が速まりだした。ここにいるかぎり外と連絡をとってはならないとは、いささか理不尽ではないか。澪は桜澤にきいた。「いますぐじゃなくていいんですけど、電話をお借りすることはできますか」

「いや」桜澤が冷やかに見かえした。「ちっぽけな診療所なので、一回線しかなくてね。私や看護師の携帯電話にも、いつ緊急連絡が入るかわからん。申しわけないが電話は貸せない」

不条理な話だ。だがあくまで理由をたずねようとすれば、のっぴきならない状況に立たされそうに思える。恐怖心が募りだした。これ以上、大人たちを刺激してはならない。

ふとひとつの思いが脳裏をよぎった。かつて友達が何度も修羅場をかいくぐるのを見た。彼女は腕力にうったえるばかりではなかった。不利な状況であっても、巧みなブラフでひっくりかえしてきた。

澪はうわずりがちな声でいった。「ここで沙津希と一緒にいます。でも富津にくる友達に、きょうは会えないって伝えないと」

桜澤が表情を曇らせた。「友達？」

「前の高校で部活仲間だった佐藤さん。きょう見学が終わったら駅に迎えにいく予定で」

「それは困ったね」

「ええ」澪は壁の時計を一瞥《いちべつ》した。まだ午前十時半だ。「でも午後の約束だから、いまのうちに連絡すれば平気かも」

ここにいる大人たちは、ほかの誰かがくる状況を避けたがっている。診療所から沙津希の両親に問いあわせたとか、澪の両親に連絡するとか、たぶん嘘でしかない。澪を追い払いたかったが、留まるといいだしたので、いっさいの通信手段をとりあげようとした。沙津希が意識を失っているのには、なんらかの理由がある。

澪からなんの連絡もなければ、友達が澪の居場所を両親にきき、ここを訪ねないともかぎらない。大人たちはきっとそんな事態を恐れる。

桜澤が渋い顔で応じた。「友達への連絡だけは許そう。点滴の機械からは一メートル以上離れて、そっちでやってくれないか。終わったらスマホを預かるよ」

「わかってます」澪は部屋の奥へと歩きだした。無人のベッドふたつのさらに向こう、窓辺にたたずんだ。

受付にいた看護師の中年女性が入室し、つかつかと歩み寄ってきた。篠葉巡査も近づいてくる。ふたりは澪の左右に立ち、そろってスマホ画面をのぞきこんだ。

どうあっても友達以外への連絡を許すまいとしている。澪はラインアプリを起動させた。スマホを持つ手が震える。〝友だちを選択〟の一覧から〝吹奏楽部　佐藤さん〟をタップした。

切り替わった表示の上部にトーク相手の名が表示される。〝吹奏楽部　佐藤さん〟。これまでの会話はいっさいない。澪はメッセージを打ちこんだ。

ごめん　きょう急用で会えなくなっちゃった　また今度ね

祈る気持ちとともに送信ボタンをタップする。すぐに看護師が手を伸ばしてきて、スマホを奪おうとした。

「まって」澪はいった。「せめて既読がつかないと、伝わったかどうかわかりませんから」

女性看護師の眉間《みけん》に皺《しわ》が寄った。大人たちの無言の圧力は強まる一方だった。澪は崖《がけ》っぷちに歩を踏みだすような気分になった。

ふたたび画面を眺めたとき、全身を電流が駆け抜けた気がした。思わず息を呑《の》んだ。既読マークがついている。それだけではない、メッセージを受信した。

わかった　また今度ね

澪のなかでひそかに昂揚《こうよう》するものがあった。結衣からの返事だ。さすが結衣、なんという勘のよさだろう。まるでこの場の状況を察したかのように、うまく話を合わせてくれている。

篠葉巡査の表情が一転して穏やかになった。「よかったね。じゃスマホを……」

「ああ、ちょっと」澪はスマホを持つ手を胸に引き寄せた。「ちゃんとオフにしないと」

そういいながら澪は画面を一瞥した。トークメニューの〝位置情報〟に小指を這《は》わせる。スマホを裏がえし、画面を下に向けながら、そこをタップした。〝この位置を送信〟が表示されたであろう箇所をつづけてタップする。すぐにサイドボタンを押し、画面を消した。

正しくタップできただろうか。たしかめるすべはなかった。大人たちの視線は一瞬たりともスマホから外れずにいる。妙な操作を疑ったら、もういちどオンにするように要請してくるだろう。そのときは一巻の終わりだ。

だが看護師は仏頂面でスマホを受けとると、さっさと遠ざかっていった。

汗だくの顔に涼風が吹きつけた、そんな心境だった。澪はゆっくりと歩きだし、沙津希のベッドのわきに戻った。

スマホのロックを解除するには認証が必要になる。看護師にはスマホを操作できない。ラインの履歴もたしかめられない。ひとまず危機的状況は乗り越えた。

すると看護師は篠葉巡査に近づき、澪のスマホを引き渡した。篠葉も黙って受けとり、スマホをポケットにおさめた。やはり異様な状況だった。なぜ警察官がスマホを預かるのか。

比留井が桜澤に会釈した。「じゃ私どもはこれで」

「おまかせを」と桜澤が応じた。

杉村がドアに向かいながら、澪に視線を向けてきた。「あとでまたくる。桜澤先生に迷惑かけないようにね」

「わかりました。気をつけます」

達橋が杉村とともに退室する。篠葉巡査が桜澤に敬礼し、最後に部屋をでていった。

女性看護師が椅子を引っぱってきて、澪のすぐ近くに置いた。座るよう目で告げてくる。

「ありがとうございます」澪は礼をいって着席した。

さらに二脚の椅子が、看護師によって壁ぎわに並べられた。桜澤医師と看護師が腰かけた。そろって腕組みをし、澪をじっと見つめてくる。ベッドの沙津希より、あきらかに澪に注意を向けている。

澪は沙津希の顔を眺めた。まだ目覚めるようすはない。

監視下に置かれている。まぎれもなく警戒の対象になっている。理由はわからない。だが沙津希を残して立ち去るわけにいかない。息が詰まりそうになる。武蔵小杉高校と同じ状況だった。もう頼れるのは結衣しかいない。

16

優莉結衣は腕時計を眺めた。午前十時五十二分。

芳窪高校は二時限目が終わり、休み時間を迎えている。教室内には一部の生徒が居残るのみになった。報道の影響からか、きょうは結衣をじろじろ見てくる生徒は多いものの、誰ひとりとして話しかけてはこない。友達ではないからだった。こういうときには幸いといえる。

スマホの画面に目を移した。ラインアプリが起動中だった。澪から届いた短いメッセージをふたたび見つめる。奇妙な内容にはちがいない。会う約束もないのに、突然会えないと断ってきた。

相手をまちがえている可能性もある。しかし澪が友達に向けたトークにしては、ずいぶん淡泊とも思えた。本音を入力できない状況にあるのかもしれない。試しに話を合わせ返信してみたところ、今度は位置情報が届いた。千葉県富津市櫻部、山間部の盆地にぽつんと存在する桜澤診療所。付近には与野木農業高校と駐在所ぐらいしかない。こんなところでなにをしているのか。

結衣は教室の窓辺に歩み寄った。校庭の向こう側、道路の路肩にセダン数台が縦列駐車している。スーツの男たちが降り立ち、フェンス越しにこちらを眺めていた。双眼鏡を目に当てる姿も見てとれる。

公安の監視要員がずいぶんと数を増やしていた。けさ尾行を撒《ま》いたせいもあるだろうが、三人を返り討ちにした件と無関係とは思えない。なにより動画でメンツを潰《つぶ》され、黙っている公安ではないだろう。周辺に不穏な空気が濃度を増している。

だがじっとしてはいられない。結衣は踵《きびす》をかえし教室をでた。廊下を歩きながらスマホの電源を落とす。携帯キャリアに位置情報を取得させるわけにはいかない。公安に情報が筒抜けになる恐れは常にある。

スマホのほかに持っているのはサイフだけだった。階段を一階に降り、昇降口で上履きから靴に履き替える。職員室前の廊下を土足で突っきった。その先は土間になっていて、教職員と業者専用の屋内ガレージとして使用されている。都心の学校ならではの設備といえた。防犯のみならず、狭い敷地の有効活用という理由から、車寄せを校舎内に設ける学校が多くなった。

いまもワンボックスカーが停車している。トヨタのヴォクシー、スライドドアが開いていた。教員の車種とナンバーなら、もれなく記憶している。一年の数学教師、鶴《つる》岡《おか》のクルマだとわかった。職員室と屋内ガレージの連絡口で、ふたりの教員が立ち話をしている。こちらに背を向けているほう、痩《や》せた身体に肩幅の合っていないスーツの三十男が鶴岡だった。

結衣はすばやくヴォクシーに近づくと、スライドドアのなかに忍びこんだ。二列目のシートに書類が山ほど積んである。保護者向けパンフの原稿だとわかった。印刷所へ持っていくのだろう。三列目のシートにも荷物が載せられていた。結衣はその足もとに横たわり身を隠した。

ほどなく靴音が近づいてきた。スライドドアが閉じる。鶴岡が運転席に乗りこむ気配があった。エンジンがかかる。クルマはゆっくりと動きだした。ゲートのシャッターがリモコン操作で上昇し、車体が校舎の外へと徐行していく。リアとサイドのウィンドウから、冬の陽光が降り注いだ。

軽い振動があった。正門をでたのがわかる。公安の刑事たちは学校の敷地を囲んでいるだろうが、当面は結衣が校舎内にいると信じる。田舎の高校なら、結衣の不在に気づいた教師が、外にでて公安に報《しら》せたりもする。警察関係者に協力することで、自分が偉くなったように感じるらしい。芳窪高校ではまずそんな心配はない。都会の教職員は忙しい。厄介ごとに巻きこまれるリスクも充分に承知している。

学校を無断で抜けだすたび、結衣の立場は確実に悪くなる。だがきょうはそれだけの価値がある。澪は友達と会う約束をキャンセルしておきながら、直後に現在地のマップを送信してきた。言動が矛盾している。すなわちメッセージは真意を伝えていない。やはり澪は助けを求めている。

ヴォクシーはのろのろ運転をつづけ、断続的に停車と発進を繰りかえした。混みあう都心の道路ではやむをえない。やがて速度が急にあがり、どこかに乗りいれたと思いきや、ふいに停車した。運転席のドアが開いた。

結衣はそっと外をのぞいた。事業所のガレージ内に停まっている。鶴岡はガラス張りの建物に入り、受付に声をかけていた。

すかさず結衣はスライドドアを開け、車外に降り立った。ガレージの出入り口は歩道に面していた。片側三車線の道路が見える。目黒通りだとわかった。結衣はなにげなく通行人の流れに加わった。コートを着ていないせいか、冬の冷気が制服に沁《し》みいってくる。

歩くこと数分、目黒駅が視界に入った。電車で富津は遠いが、アクアライン経由のバスが運行しているはずだった。乗ればとりあえず富津の中心部まで一時間半で行ける。

バスの出発時刻をたしかめねばならない。そう思いながらロータリーに向かったとき、交番に気づいた。

しばし立ちどまって熟考した。いま公安警察内には、問答無用で結衣を抹殺せんとする勢力があるようだが、刑事警察は証拠もなく逮捕に動いたりしない。ふだんから公安警察は刑事警察と反目しあっている。交番で簡単な手続きをしたぐらいで、結衣の居場所がたちまち公安に伝わるとは思えない。

　結衣は交番のなかに入っていった。学生証を提示したとき、警察官がまっすぐ見つめてきた。結衣は平然とした態度を貫いた。きょう学校は休みですか、そんな質問を受けたものの、はいと結衣は答えた。優莉匡太の次女として知られていようと、犯罪の容疑者になったことはない。交番では一般市民としてあつかわれて当然だった。手続きは難なく進み、ほんの数分で終わった。

　交番をでると、結衣は公衆電話をかけた。音声ガイダンスにしたがって操作する。それが終わるとロータリーを迂回《うかい》し、バス停へと向かった。

　十一時五分発の富津行きのバスに乗車できた。川崎市までは乗り降りする客も多かったが、高速に乗りアクアラインをめざすころには、車内は空席だらけになっていた。延々とつづく海底トンネルを抜け、緩やかな起伏を上り、バスは陽射しのなかにでた。車窓に東京湾の淡い海原がひろがった。

　サイフからバンドエイドの束をとりだした。バスに揺られながら、左右十本の指先にバンドエイドを巻き、指紋がつかないようにする。

　澪と最後に別れたのは、戦場と化した武蔵小杉高校の校舎内、第一家庭科室の暗がりだった。無残に焼け落ちた黒焦げの教室に、ほのかな異臭が漂っていた。校庭に自衛隊が突入し、銃声がけたたましく反響した。爆発により生じた閃光《せんこう》が、澪の煤《すす》けた顔を照らした。いまにも泣きだしそうなまなざしだが、結衣をじっと見つめていた。

別れぎわには言葉を交わさなかった。澪はまた会えると思っていたのかもしれない。だが結衣はそうしまいと心にきめていた。生死のかかった過酷な環境を脱し、殺戮《さつりく》の異常さに気づきだしたら、澪にとって結衣は恐怖の対象でしかない。悪夢のなかに結衣の姿を見てほしくもなかった。それぞれの人生を歩めばいい。互いに干渉しあうことはもうない。いったんはそう信じた。

ところが澪から連絡が入るや、結衣は学校を抜けだし、いま富津行きのバスに乗っている。これが現実だと結衣は思った。自分の行動こそが、澪を特別視している証《あかし》なのだろう。

クラスメイトとの関係などその場しのぎにすぎず、あるのは偽りの友情のみ、誰に対してもそう思ってきた。澪はちがった。彼女は優莉結衣と知りながら心を通わせようとした。

アクアラインを渡りきり、低い山々が連なる国道を走ったのち、バスは富津市街に入っていった。市役所前のバス停が終点だった。降車したとたん都内より肌寒いと感じた。市役所は立派な建物で、近くに郵便局や消防署もあるが、それらを除けば見渡すかぎりの緑がひろがっている。スーパーマーケットは広い駐車場を有し、家屋の密集する区画も点在するものの、全体として森林や田畑の割合のほうがずっと大きかった。

与野木農業高校行きのバス路線は見つかったが、発着は朝と夕方にかぎられていた。スクーターにも乗れない高二の結衣は、こういうときに難儀せざるをえない。やむなくタクシーを使うことにした。ただしスーパーのなかにあった百円ショップで、度の入っていない眼鏡とマスクを買い、顔を隠したうえでタクシー乗り場に立った。やがて到着したタクシーの古びた車体を見て、結衣は内心ほっとした。やはり都心とちがい、ドライブレコーダーは未装着だった。

年配の運転手がタクシーを走らせながらいった。「この時間にあんな辺鄙《へんぴ》なほうへ行くなんてめずらしいね。農業高校の生徒さんじゃないんでしょ？」

結衣はつぶやいた。「殴りこみにいく」

「はあ？」運転手は笑った。「いまなんていったの？　殴りこみ？」

「優莉結衣なんで」

運転手は短く笑ったものの、それっきり口をつぐんだ。用心深そうな目つきがバックミラーに映っている。たんなる冗談にしても、どうとらえていいかわからない、そんな戸惑いの態度をしめしていた。結衣にしてみれば、車内が静かになってくれるだけでよかった。

いくつかの峠を越え、やがて広々とした盆地にでた。昔話の絵本にでもでてきそうな眺めだった。さすがに藁葺《わらぶ》き屋根は見あたらないが、ごくわずかな農家の平屋を除けば、畑と雑木林だけが環境のすべてといえた。

遠方に小さなコンクリート造の建物があった。桜澤診療所の看板が確認できる。結衣は運転手に告げた。「ここでいいです」

タクシーが停車したのは、なにもない道端だった。運転手は訝《いぶか》しげに振りかえったが、結衣は支払いを済ませ、さっさと降車した。ここにくるまでの旅費だけでも、サイフがほとんど空っぽになった、気に病むのはそれだけだった。

結衣はその場にたたずんだまま、タクシーが遠ざかるのをまった。運転手が警察に通報するとは考えにくい。優莉結衣を名乗る変な高校生を乗せたと、せいぜい同僚との笑い話にするぐらいだろう。

眼鏡とマスクを草むらに投げ捨て、結衣は歩きだした。畦道《あぜみち》を迂回し、あえて遠まわりしながら、桜澤診療所にゆっくりと近づく。

辺りにひとけはない。軽トラ一台さえ通行していなかった。チャイムの音がきこえてくる。農業高校はたしか林を抜けた先にある。腕時計を見ると、もう午後一時をまわっていた。

田舎の電柱に街頭防犯カメラは見あたらない。診療所にもかなり接近したが、外壁にカメラはなさそうだった。小ぶりな建物から想像するに、受付と診察室以外には、ベッドが三つ並ぶ部屋があるていどだろう。患者を長く受け容《い》れられる施設とも思えない。

建物の周りをめぐり、裏口のドアがひとつだけあるのを確認した。正面に戻り、エントランスのドアを押し開ける。

ひどく手狭な受付には誰もいなかった。医療責任者の名を記すプレートに桜澤邦春《くにはる》とある。カウンターの呼び鈴を鳴らすと、奥のドアが開いた。中年の女性看護師がでてきて、疑わしげな顔できいた。「なにか?」

半開きになったドアの向こう、ベッドに患者が横たわっている。点滴スタンドも見えていた。結衣は看護師になにも告げず、足ばやにドアへと向かった。

「ちょっと」看護師があわてて制止してきた。「どこへ行く気ですか。まってください」

ドアを大きく開け放った。寝ているのは痩身《そうしん》の女子高生だった。酸素マスクで口もとを覆っているが、まくった左の袖《そで》は見知らぬ制服だとわかる。

ベッドのわきに座っていた澪が、目を丸くして立ちあがった。「結衣⁉」

肥え太った老医師が壁ぎわで腰を浮かせた。絶句した反応をしめしている。診療所長の桜澤にちがいない。患者を見守るにしては椅子の位置がおかしい。むしろ澪を監視していたのではないか。

結衣はベッドに歩み寄った。「澪。この人になにがあった？」

桜澤が血相を変えながら飛びだしてきて、行く手に立ちふさがった。「きみはいったいなんだ。すぐでていきなさい」

澪は早口でまくしたてた。「友達の梶沙津希さん。農業高校を見学してたら、突然気分が悪くなって倒れて……」

背後で女性看護師が怒鳴った。「なんの真似ですか！　警察を呼びますよ」

なおも澪は喋《しゃべ》るのをやめなかった。「神経調節性失神とかいって、そのうち回復するっていわれたけど、どうもおかしいの。もう二時間ぐらい経ってる」

点滴バッグのラベルを一瞥《いちべつ》するや、結衣のなかに不信感がこみあげてきた。桜澤を振りかえっていった。「ベンゾジアゼピン系の睡眠導入剤。点滴を受けてるあいだは眠りっぱなし。失神じゃないでしょ」

桜澤が表情をこわばらせた。目がしきりに泳ぐ。看護師も言葉を失ったようすだった。

　だが沈黙は長くつづかなかった。桜澤は居直ったかのように、憤然とドアに向かいだした。「篠葉巡査を呼ぶ」

　駐在所の警察官にちがいない。ならその警察官もグルだ。結衣は猛然と追いあげた。電話などかけさせない。

　ところが桜澤が退室するや、女性看護師が戸口に立ち、結衣の行く手を阻んだ。つかみかかってくる看護師の手を振りほどき、容赦なく突き飛ばす。看護師は悲鳴をあげ転倒した。結衣は看護師を踏み越え、強引に受付へと戻った。

　看護師が立ちあがった。だがふたたび襲いかかってはこなかった。エントランスのドアから外へと逃げだした。桜澤は別のドアに駆けこんだ。結衣は桜澤のほうを追った。

　診察室の奥で桜澤がデスクについた。卓上電話の受話器をとりあげ、短縮ダイヤルらしきボタンを押すと、大声でいった。「篠葉巡査？　すぐきてくれ。いまここに……」

　結衣はワゴンからメスを一本とり、桜澤の背後に迫った。右のてのひらで桜澤の口をふさぐと同時に、顔を右に向かせる。のけぞった桜澤の胸骨下部めがけ、メスを力いっぱいに振り下ろし、心臓に深々と突き刺した。桜澤はひとことも発さないうちに脱力し、椅子の背にもたれかかった。虚《うつ》ろな目が天井を仰いだ。

受話器から男の声が漏れきこえてくる。もしもし、桜澤先生。どうかしたんですか。結衣は黙って受話器を戻した。

床に赤い水たまりがひろがりだした。結衣は振りかえった。戸口に澪がたたずんでいる。恐怖に凍りついた澪の顔。ひさしぶりに目にした。

澪がささやいた。「なにも殺さなくても……」

結衣の意見はちがった。まだ事情は呑《の》みこめないが、嘘つき医師が警察官と結託している以上、居合わせた民間人に命の保証はない。結衣は澪を見つめた。「不満ならほかの人に連絡して」

「いえ」澪があわてぎみに応じた。「そういう意味じゃなくて、あのう、助けてくれてありがとう。こんなに早くくるとは思ってなかったけど」

「時間がない」結衣は診察室をでると、受付の壁に指を這《は》わせた。照明のスイッチを次々とオフにしていく。「さっきの看護師が仲間を呼ぶ。駐在所の警察官もくる」

澪が泡を食ったようすで追いかけてきた。「いったいなにが起きてるの?」

わからない。これまでの経緯なら澪のほうが詳しいはずだ。結衣は病室に戻った。ベッドのわきに立つと、沙津希の酸素マスクを外し、点滴針を抜いた。シーツをめくり、沙津希を横抱きに持ちあげる。痩《や》せ細っているせいかずいぶん軽かった。また受付へと戻り、今度はカウンターの裏にあるドアを蹴《け》って開けた。

その向こうは狭小の給湯室だった。壁に照明のスイッチはない。受付のスイッチと一体化しているようだ。さっき外から確認した裏口がある。澪が先まわりして解錠し、ドアを開けてくれた。結衣は沙津希を抱いたまま、診療所の裏手にでた。すぐ近くに雑木林がひろがっている。

結衣は草むらに沙津希を横たえ、腕のガーゼを引き剝《は》がした。「澪、彼女のそばにいて。すぐ戻る」

またドアを入り、給湯室でガスの元栓を開け、ホースを外した。スプーンを片手に伸びあがり、天井の裸電球を割ったうえで、露出したフィラメントをガーゼでくるんだ。

ふたたび外にでてドアをしっかりと閉じた。両手で沙津希を抱きあげながら澪にいった。「走って」

そろって雑木林のなかに駆けこんだ。風圧を全身に受けつつ、湿り気のある地面を踏みしめ、木々の隙間を縫うように走りつづける。

かなり深くまで達した。立ちどまって振りかえると、木立の向こうに小さく診療所が垣間《かいま》見えていた。また沙津希を下ろし、土の上に横たえる。

クルマの走行音がきこえた。診療所の近くにミニバンが停車した。助手席から飛びだしたのは女性看護師。運転席を降りたのは三十代のスーツだった。

澪がささやいた。「与野木農業高校の杉村先生。悪い人じゃないと思ったけど……」

「善人ならあの看護師が連れてきたりしない」

杉村なる教師が看護師とともにエントランスへと向かう。ミニバンの駐車位置の後方に、バイクが接近してきた。中年の制服警官がひとり降車した。あれが篠葉巡査か。辺りを警戒する目で見渡す。視線がこちらに向いたが、結衣たちに気づいたようすはなかった。

先行した杉村と看護師が、診療所のなかに入っていった。受付と給湯室のあいだのドアは閉じている。裏口も同様だった。給湯室が密閉されているため、ガスのにおいには気づきにくい。しかし明かりが消えている。看護師は壁のスイッチをいれるだろう。

篠葉はなおも辺りに視線を配りながら、エントランスへと歩いていった。だが距離が縮まらないうちに、突如として轟音《ごうおん》が響き渡り、診療所の窓ガラスが砕け散った。窓とドアから炎が激しく噴出した。ふいの爆発に生じた震動が、突きあげるような縦揺れにまで強まっていく。篠葉が爆風に吹き飛ばされ、地面を転がっている。診療所はたちまち粉塵《ふんじん》に覆われ、濃霧のなかのごとく判然としなくなった。

やがて篠葉がふらつきながら立ちあがった。耳がきこえないらしい、しきりに頭を振っている。だが間もなく聴覚も戻るだろう。篠葉は腰のホルスターから拳銃《けんじゅう》を抜いた。焦燥に駆られたようすで、むやみに銃口を辺りに向ける。

診療所内に澪や沙津希の死体がないと気づくまで、篠葉はこの林のなかを捜索しようとは思わないだろう。はっきりしたことがある。医師と警察官のほか、農業高校の教師までがつるんでいた。

現代社会の授業で習った。限界集落では数人の有力者が手を結ぶだけで、半ば治外法権も同然の聖域と化してしまう。もともと上位の自治体から干渉を受けることが少ないため、地元のやりたい放題になるからだ。優莉匡太が身柄を確保された岐阜の村落もそうだった。父は駐在所の警察官と消防団員を買収し、長期にわたり借家に潜伏しつづけた。住人はその事実を知りながら、通報する勇気さえなかった。

篠葉は耳がきこえるようになったのか、多少の落ち着きをしめしだした。拳銃をホルスターに戻すと、なおも辺りを警戒しながらバイクにまたがった。エンジンをかけ、さっききた方角に引きかえしていく。

澪が困惑顔になった。「あのお巡りさんにスマホを没収された」

なら通報は不可能だった。結衣はつぶやいた。「わたしのスマホは電源を切ってる。位置情報の発信電波がオフでも、携帯キャリアには知られるし」

「仕方ないよね。結衣の居場所は秘密にしないと」

「梶さんのスマホは？」

「どうかな」澪がしゃがんで、沙津希の制服のポケットを調べた。やがて憂鬱《ゆううつ》そうに首を横に振った。「やっぱりとりあげられてるみたい」

「なんで澪はここにいたの？」結衣も身をかがめ、沙津希の脈をたしかめながらきいた。「この辺りになんの用？」

「富津に引っ越したの。親に農業高校を薦められて……。ほら、KNS免除とかあるでしょ。きょうはその見学。沙津希とは学力測定で知りあった」

「与野木農業高校について、なにか知ってる？」

「なにも。業者が管理してる場所が多いみたいで、なんだかバタバタしてて……」

沙津希が唸《うな》った。うっすらと目が開いた。依然として顔いろが悪いものの、沙津希は澪を見上げた。次いで結衣にも視線を向けてきた。

澪が穏やかに話しかけた。「だいじょうぶ？」

茫然《ぼうぜん》とした表情が浮かぶ。沙津希が喉《のど》に絡む声できいた。「ここは？」

「診療所の外」澪は戸惑いをしめした。「っていってもわかんないか。ずっと寝てたもんね。まだ農業高校の近くにいる」

「農業高校……」沙津希の表情がしだいに硬くなった。にわかに緊張を生じたように見える。

「沙津希」澪がきいた。「なにがあったの？　待合室で休んでたはずなのに、急に消えたってきかされたけど」

「先生たちにつかまっちゃって、それで」沙津希の呼吸が荒くなった。怯《おび》えたようなまなざしが結衣をとらえている。

澪は微笑した。「心配しないで。わたしの友達、結衣」

ところが沙津希は慄然《りつぜん》とした反応をしめした。上半身を起こし、結衣をまじまじと見つめる。恐怖に顔がこわばっていた。

初対面の人間にこんな目を向けられることはしばしばある。けれども沙津希は、まだ優莉という苗字《みょうじ》を耳にしていない。この段階で怖がられることはめずらしかった。

ふと思いあたることがある。結衣は沙津希を見かえした。「ひょっとして苗字が変わった？　あなたは森……」

沙津希はたまりかねたように身を退かせた。ふいに立ちあがり駆けだした。

「まって」澪があわてて呼びかけた。

結衣は間髪をいれず追跡を開始した。澪も走ってついてくる。沙津希は死にものぐるいに逃亡しつづけた。まずいことに雑木林を抜けようとしている。

距離は縮まったものの、わずかの差で間に合わない、結衣はそう悟った。沙津希が木立から脱し、畑のなかの畦道《あぜみち》に躍りでた。結衣は林のなかで立ちどまり、澪を手で押しとどめた。

クラクションが鳴り響いた。畦道をセダンが走ってくる。砂埃《すなぼこり》をあげながら急停車した。作業着がふたり繰りだしてきた。ひとりは白髪頭の瓶底眼鏡、もうひとりは四十代ぐらいの目を怒らせた男だった。作業着たちは沙津希をつかまえようとした。立ちどまった沙津希が振りかえり、その場から逃げようとしたものの、四十男が抱きつき、畑のなかに押し倒した。悲鳴が短くきこえ、すぐに沈黙した。沙津希は泥まみれになっていた。作業着たちが沙津希の腕をつかんで引き立たせ、セダンへと連行していった。

そこに制服警官のバイクが近づいてきた。篠葉がバイクを降り、作業着らに歩み寄った。沙津希が身をよじって抵抗すると、篠葉が沙津希の頰を張った。ホルスターの拳銃を抜き、銃口を沙津希に向けた。沙津希はすくみあがっていた。作業着らがセダンの後部座席に沙津希を押しこむ。ドアが勢いよく閉じられた。セダンは篠葉のバイクと併走し、農業高校の方面へと消えていった。

澪が不満そうな顔を結衣に向けてきた。「なんで見逃したの？　あんなメタボのお巡りぐらい、結衣なら……」

「あの作業着たちは？」結衣はたずねた。

「教頭の比留井先生と、学年主任の達橋先生。ねえ、あいつらは誘拐犯じゃん。結衣ならやっつけられるでしょ」

「沙津希さんから、九歳のころの話をきいた？」

「九歳？」澪は戸惑いのいろを浮かべた。「さあ。小学校時代はいい思い出がなかったらしくて。中学以降に牧場で牛を世話してたってのは、何度もきいたけど」

「あの子は森沙津希。銀座デパートサリン事件の被害者」

澪が愕然《がくぜん》とした顔になった。「ほんとに？」

「当時ニュースで観た女の子の面影がある。優莉って苗字をきく前に、わたしが誰なのか気づいた。怯え方も尋常じゃなかった」

「たしかに……。沙津希は事件当日、デパ地下にいたってこと？」

「両親が亡くなった。現場に居合わせた遺族として、新聞に森沙津希って名前が載ってた」

「梶って苗字は？」

「新しい両親に迎えられたんでしょ」

「そっか」澪が深くため息をついた。「でもまさか、こんな偶然ってある？」

偶然ではないかもしれない。結衣は思ったままを言葉にした。「農業高校にはたぶんサリンプラントがある」

「はあ!?」澪は甲高い声を発した。「マジで？　なんでそんなこと……」

「武蔵小杉高校でもいった気がするけど、声が大きい」

「ああ、ごめん」澪はばつの悪そうな表情に転じた。「だけどサリンプラントって、サリンの製造工場？　どうしてそういえるの」

「サリンは研究室の調合で簡単に作れるものじゃなくて、かなり大きな専用プラントが必要になる。でも悪臭が発生する。牛や豚や鶏を飼ってれば、においをごまかせる」

「まさか。学校ぐるみでサリンを精製してるって？」

「校内といっても、業者の管理下にある場所が多いんでしょ。事情を知ってるのは一部の教師だけ。農業高校なら工場設備がたくさんあるし、先生や生徒も学科や専攻によって専門分野が大きく異なる。自分に無関係な設備を深く追及しない」

「たしかに工場棟沿いの通路を通ったけど……。沙津希は急に気分が悪くなって、待合室で休んで、そこから消えたの。わたしは職員室に閉じこめられてたから、なにがあったかはわからない。次に沙津希と会えたのは診療所のなかだった」

「生徒たちは鶏舎や豚舎と異なる悪臭に気づいても、それがなんなのかわからない。でも沙津希にはわかった。動物のにおいは牧場で働いてたから知ってる。サリンのにおいも、九歳のころの強烈な記憶とともに、おそらく脳裏に焼きついてる」

澪が目を瞠《みは》った。「現場でサリンのにおいをかいだの？」

結衣はうなずいた。「ガラス越しに両親が死ぬのを見た。閉鎖された防火シャッターの外にも、サリンが多少漏れだしてた」

重みを帯びた沈黙が生じた。澪が暗い顔でうつむいた。

「そっか」澪が小さな声でささやいた。「沙津希は空っぽになった牛舎が気になってたみたい。牛が十頭、検査棟に連れていかれて、戻ってきてない。二週間も」

「抗体検査はそんなにかからない。サリンの効果を試す実験に使われたんでしょ」

父もサリンプラントを牧場に隠していたから、そのあたりの経緯はよくわかる。サリンの精製に必要となる亜リン酸トリメチル、五塩化リン、ヨウ素、フッ化ナトリウム、イソプロピルアルコール、そのほかの薬品類。農業高校ならすべて業者を通じ、怪しまれず調達可能だった。

「なら」澪がつぶやいた。「沙津希が待合室から姿を消したのも……」

「においの発生源をたしかめようとして動きまわった。サリンプラントを見つけたかどうかは知らないけど、待合室をでたのがバレて、あいつらにつかまった」

「薬で眠らせて診療所に運ぶなんて、なんでそんなややこしいことを？」

「澪に怪しまれないようにした。無難に追いかえしたかった。それだけ」

「ああ、やっぱそうだったんだね。なのにわたし、沙津希が目覚めるまで一緒にいるっていったから……」

スマホを没収し、医師と看護師がつきっきりで見張ることになった。澪や沙津希を監禁したり、殺してしまったりしたのでは、万が一にもふたりの両親や友達がたずねてきた場合、取りかえしがつかなくなる。波風が立つのを最小限に留《とど》めるため、沙津希は薬で眠らせ、澪には付き添いを許すことにした。

だがいつまでも沙津希が目覚めなければ、いずれ真実が発覚することになる。にもかかわらず医師たちが偽装したのはなぜか。きょうの日中だけ問題にならなければそれでいい、そう考えていたからではないか。

すなわちサリンプラントの秘密を守り抜くのは、きょうの午後、おそらく夕方ごろまでだ。精製されたサリンをどこかに移し使用する可能性が高い。そのころには澪と沙津希も用済みとなり、やはり消されていただろう。

結衣は周りの静寂に耳を澄ました。「診療所が爆発したってのに、サイレンひとつきこえない」

澪が憂いのいろを浮かべた。「駐在所のお巡りさんが、署に通報ひとつしてないってことだよね」

近辺の家屋にも住人がいない。立ち退かせたのか、あるいは始末したのか。きょうにもサリンプラントを放棄する気なら、どんな手段が講じられていてもふしぎではない。

じっとしてはいられなかった。結衣は木立のなかを歩きだした。「ここでまってて」

「ちょっと」澪が結衣の前にまわりこんだ。「農業高校へ行くんでしょ。わたしも一緒に……」

「やめてよ」

「さっき見学したの。工場棟と本校舎、教員棟ぐらいはわかる。道案内できるから」

「せっかく武蔵小杉高校で生き延びたのに、命を粗末にしないで」

「結衣といればだいじょうぶ。今度は排水溝に閉じこめないで。ちゃんと周りに注意して動くから」

「澪……」

「あのとき排水溝に隠れてたのに殺されかけたでしょ。ここも安全だって保証がある？」澪が懇願する顔で詰め寄ってきた。「お願い。ひとりで置いていかれるなんて嫌」

　たしかにこの辺りは交通の便が悪く、澪は遠くに逃げられない。林のなかで孤立無援になる恐れがある。視界が開けた盆地に、身を潜められる場所もほとんどない。

　思わずため息が漏れる。結衣はまた歩きだした。「お喋《しゃべ》りはなるべく自粛して」

「そうこなきゃ」澪は微笑とともに歩調を合わせてきた。「また会えて嬉《うれ》しい。結衣から避けられてるんじゃないかって心配してたから」

「あなたの生活に干渉したくなかった」結衣はつぶやいた。「人殺しの知りあいなんて、いないほうがいい」

「結衣は悪い人じゃないもん」

黙って歩きつづけるしかなかった。心のどこかで澪との再会を望んでいた、それ自体が罪深いことに思えてくる。沙津希の反応こそが世の現実なのだろう。蛙の子は蛙とみなされる。被害者ゆえの偏見だと人権派団体はいうだろう。だが偏見は往々にして正しい。結衣のおこないが快楽殺人に近いことを、澪はまだ知らない。

17

国家公安委員会委員長の駒島は、予定時刻に一分たりとも遅れず、官邸の総理執務室を訪ねた。行政改革担当大臣としての接見なら自前の秘書を連れてくる。きょうは会務官の笹坪が一緒だった。

六人の総理秘書官らが立って囲むデスクに、矢幡総理がおさまっている。やや疲労感のある面持ちだった。国のトップとして分単位の激務をこなしているだけに当然といえる。だがこれからもっと顔いろが悪くなる。駒島は携えてきたファイルを矢幡に差しだした。

矢幡は駒島のファイルを受けとった。怪《け》訝《げん》な顔でファイルを開きながら、矢幡がきいた。「これは?」

駒島はいった。「優莉結衣の犯罪に関する報告書です」

さすが一国の総理ともなると、動揺を顔に表さない。矢幡は視線をあげ、星野淑子秘書官を見た。秘書官のほうには困惑のいろがのぞいている。

「犯罪」矢幡は駒島に目を戻した。「優莉結衣はこれまで補導すらされていないときいているが」

「そうです」駒島はうなずいた。「警察の捜査では証拠があがっていません。崩せなかったアリバイも多々あります。しかし優莉結衣に対する疑惑は深まるばかりです。そのファイルにありますように、辻舘《つじたて》事件や牛頭組事件、清墨学園事件でも大量虐殺におよんだと考えられます。政府の極秘事項であるチュオニアン騒動でも、ほかの生徒らを扇動し、集団暴動と殺人に向かわせたのは明白です」

事実はちがうと駒島は内心思った。優莉結衣は集団のリーダーになる意思など持たず、単独で動いている。だがかまわない。組織犯罪の脅威と信じさせてこそ、公安警察の必要性が浮き彫りになる。

飯岡秘書官が顔をしかめた。「私は警察庁から出向している身ですが、優莉結衣に対し、新たに重点的な捜査が始まったとはきいていません。むしろ動画の件で、彼女は不当捜査を受けているのではと噂されていますが」

駒島は平然と応じた。「捜査関係者レベルでは、チュオニアン騒動すら知りませんからな。ですが総理。武蔵小杉高校において総理は、公安の刑事に対し指揮権発動をちらつかせ、優莉結衣の事情聴取を見送らせております。ほうっておけば彼女が逮捕されるに足る理由があると、総理はご承知だったのではないですか」

矢幡が眉《まゆ》をひそめた。「なにをいうんだ」

弓田政務秘書官のしかめっ面が駒島をとらえた。「国会答弁ではありませんので、発言の際はくれぐれも礼儀をお忘れなきよう」

「これは失礼」駒島は咳《せき》ばらいをした。「いまはただ疑惑のカタログ一覧を持参しただけです。しかし今後、優莉結衣が重大犯罪に関与したという証拠があがった場合、それら過去の疑惑についても、公安警察による徹底調査をお認めいただけないかと」

飯岡秘書官は腑《ふ》に落ちない顔になった。「全国の公安警察を指導するのは、警察庁警備局公安課です。国家公安委員会はあくまで内閣府の外局として、警察庁を監督する立場でしょう。委員長のあなたが、なぜこのような報告書を持参なさるんです?」

「重大事態だからです」駒島は答えた。「警察庁長官から総理に申しあげるよう、進言してもよかったのですが、なにしろ総理は高校事変の当事者でもありましたので」

矢幡が無表情に見つめてきた。「よくわからん。含みのある言い方をしないで、もっとはっきり伝えてくれないか。この報告書にはどんな意味がある」

「優莉結衣をすべての罪で起訴するための準備段階、そう解釈していただきたい。いままで証拠がなかったのは、彼女に与《くみ》する者たちが、大勢暗躍していたがゆえと考えられます。彼女の目的は父親と同じ、半グレ集団の結成です」

「なにか証拠がつかめそうな見込みでも報告されてるのか」

「きょうか明日じゅうにも、有力な証拠が得られるとの極秘情報があります。現在のところ警視庁が把握できる次元の話ではないのですが、いずれ現地の道府県警が捜査に駆りだされるでしょう」

飯岡がむっとした。駒島は無視をきめこんだ。秘書官の横やりなど求めていない。

矢幡は難しい顔になった。「組織犯罪への調査強化を理由に、公安警察全般の大幅な予算拡大を願いでているようにもきこえるが」

勘のいい男だ。だがこの件を皮肉で退けることなどできない。どうあっても認めざるをえない理由が、総理の側にこそある。

駒島はあえて落ち着いた態度をしめした。「総理。高校事変において、武装勢力が相互に殺しあったとされる死体の多くが、じつは優莉結衣による殺害だったのではないかとの見方がでております」

「十七歳の少女が、ひとりで武装勢力をなぎ倒したというのか」

会務官の笹坪が矢幡にいった。「もはや常識は揺らいでおります。総理がいちばんよくご存じと思いますが」

弓田が表情を硬くした。「失礼ながら……」

「いえ」駒島は遮った。「どのような調査結果になろうとも、すべての証拠がそろったあかつきには、総理におかれましてもすなおに納得していただきたいと思います」

矢幡の眉間《みけん》に皺《しわ》が寄った。「動かぬ証拠を前に私が保身に走り、不都合を握り潰《つぶ》す可能性があるというのか」

「桜を見る会とは大きく次元の異なる問題です。そこを確認するためにも、私のような立場の人間から、報告書をお目にかけたしだいです」

ほかの者では、総理大臣が裏の権力を振るい、報告書の存在自体を闇に葬りかねない。そんなふうにほのめかしたつもりだった。秘書官らは一様に不満げな表情になった。むろん矢幡も同様だった。

だがやましさも感じているのだろう、矢幡は重々しく口をきいた。「真実があきらかになるなら、いかなる報告も拒む理由はない」

そういうしかあるまい。駒島は矢幡を見つめた。「結構です。では失礼いたします」

駒島は笹坪とともにドアに向かった。退室するまで矢幡と秘書官らの射るような視線を、駒島は背に感じていた。

和洋折衷の内装に彩られた廊下を、笹坪とふたりきりで進む。駒島は歩きながらつぶやいた。「これでいい」

優莉結衣が逮捕されたら、あの報告書にあるすべての疑惑について、徹底調査を求める声が閣僚からもあがる。矢幡が難色をしめせば、やはり結衣をかばっていると批判が集中する。

笹坪は歩調を合わせながら、眼鏡の眉間を指で押さえ、冷静にたずねてきた。「総理は折れるでしょうか」

「むろん折れる。いずれにせよ退陣要求が高まるだろう。優莉結衣が凶悪犯だと証明されれば、彼女の潔白を証言した総理の言葉が、なにひとつ信用できなくなるからな」

「優莉結衣は確実に逮捕へと向かわせねばなりません」

「そのための戮力協心構想だ」駒島は笹坪に目を向けた。「順調か?」

「そうきいております」

「田代槇人に確認しろ。それからな、もうひとり公安の刑事を引きこめないか」

竹又と幹迫、熊江。三人とも使えなくなったいま、代わりの人材が必要になってくる。

笹坪がうなずいた。「ただちにあたってみます。尾隅《おずみ》という男が適任かと」

「人選はまかせる」駒島は黙りこんだ。警備員が立つ下り階段に近づいた。そのため会話を中断せねばならなかった。

一連の極秘計画を戮力協心構想と名づけたのは、政治的なスローガンにきこえるがゆえ、駒島や笹坪が口にしていても不審がられないからだ。現実には優莉匡太の子供たちを次世代の脅威に仕立て、監視のための大幅な予算増額を実現するための策略だった。田代槇人の協力なしには、ここまで大胆なやり方は実現できなかっただろう。彼の組織力には舌を巻かざるをえない。

ベトナムマフィアの台頭を許していいのか、そんな疑問は常についてまわる。だが田代槇人は日本の経済界に影響力を持ちたがっている。彼は駒島に逆らわない。警察庁を監督する国家公安委員会、その委員長とのパイプがいかに重要であるか、彼は深く理解しているようだ。

駒島は階段を下りながらいった。「優莉結衣の逮捕をきっかけに、報告書に記載したすべての疑惑が、グレーからオフブラックに変わる。ほぼブラックということだ。予算が湯水のように使えるようになる。徹底的に洗うと見せかけながら、新たな証拠を捏造《ねつぞう》する。やがてすべてが完全なブラックになる」

「結衣がまだ生きているのは想定外でした。自白を強要したうえで、どのみち殺すつもりだったのですが」

「なに、そんなものは田代槇人が始末をつけてくれる。私たちはいまのうちに、与野党の反矢幡勢力を煽《あお》っておくだけでいい。すべてうまくいく」

階段を下りきった。竹林と石を配置した屋内庭園を横目に、広いロビーを突っきる。ガラス張りのエントランス前に、クルマが待機しているのが見える。

公安警察は刑事警察とはちがう。差し迫ったテロという緊急性が伴えば、それを未然に防ぐため、手荒なやり方も容認される。結衣に対する暴力も正当化される。生きていようが死んでいようが、これから起きることを考えれば、結論が揺らぐことは万にひとつもない。

外にでた。ひんやりとした空気に触れる。芝生の緑がきれいだ。駒島は思わず顔をほころばせた。なにもかもが潤う。こうでなくては政治家になった意味がない。この世のすべてをてのひらの上で転がしてこそ、権力者たる喜びに浸れる。永遠に継続させねばならない、優莉匡太半グレ同盟の幻を。

18

結衣は雑木林を抜けると、澪とともに草むらに伏せた。

前方に四階建ての校舎が見えている。腕時計に目をおとした。午後二時を過ぎていた。診療所から遠くないと澪はいったが、クルマと徒歩では距離感がちがう。ここまでくるのにずいぶん時間がかかった。

人目を避けるため、なるべく車道から離れた木立のなかを歩いてきた。途中、大型車両らしき走行音を何度か耳にした。いまそれがなんだったかあきらかになった。正門前に路線バスが三台連なっている。

ジャージ姿の生徒らが、スポーツバッグやリュックを手にぞろぞろとでてきて、バスに乗りこんでいく。早めの下校だけに、みな表情が明るい。談笑する姿も多く目についた。母校の敷地内になにがあるのか、まるでわかっていないのはあきらかだった。

澪がささやいた。「臨時便のバスかな」

当然そうだろう。ただし事前にきまっていたことなのか、急に下校を呼びかけられたのかはわからない。なんにしても生徒たちは追い払われた。サリンプラントの本格稼働や、精製されるサリンの搬出があると考えればつじつまが合う。

結衣は澪にいった。「あのバスに乗れば帰れる」

「もう。ひとりだけ武蔵小杉高校の制服じゃ浮くでしょ。っていうか、帰らせようとしないでよ。一緒に行くってもうきめたんだし」

本音では単独で侵入したいが、すでに内部を見た澪の知識も捨てがたい。

ただ正門が思いのほか雑木林から遠かった。生徒たちの下校も当分のあいだ途切れそうにない。バスも三台では足りずピストン輸送になるだろう。賑《にぎ》わいはしばらくつづくと予想される。

教師らが生徒の列をバスに誘導している。比留井や達橋はいなかった。みなのんびりとしていて、生徒ひとりずつに別れの言葉をかける。事情を知らない教職員ばかりだと一見してわかる。

業者が教頭の許可を得て、校内に施設用区画を確保している。ビルのテナントと同様、賃貸借契約を結び、学校経営の一環としているのかもしれない。少子化にともない、学校施設の一部を民間に貸すケースは頻繁にある。この学校でも使用目的を偽れば、業者はプラントを存続させられるだろう。

門がここ一か所だけのはずがない。特に業者のクルマが出入りするルートが、工場棟にはあると考えられた。結衣はきいた。「あの屋根が工場棟？」

「そう。中庭に抜ける通路がある」

雑木林は学校を遠巻きに囲んでいる。やはり木々のなかを移動していくのが最善に思えた。結衣は澪をうながし動きだした。

澪が息を弾ませながらいった。「まって。そんなに急いで、誰か待ち伏せてたりしない？」

もちろんその可能性はある。だが結衣は歩を緩めなかった。「もっと見通しの悪い熱帯林でも生き延びた。だからだいじょうぶ」

「熱帯林って……。結衣って転校してから、いままでなにをしてたの？」

「しっ」結衣は澪を手で制し、その場にしゃがんだ。

人工物がぶつかりあう、かすかな音を耳にした気がする。方角は判然としない。木の幹に反響するせいだった。距離が詰まればしだいにはっきりしてくる。いまのところ足音らしきものはきこえない。

そう思ったとき、いきなり背後に騒音が生じた。澪が一瞬だけ悲鳴をあげた。結衣が振りかえったとき、泥だらけの制服警官が澪を羽交い締めにし、すばやく後ずさった。澪のひきつった顔に銃口が突きつけられている。リボルバー拳銃《けんじゅう》のサクラＭ３６

０Ｊ、警察官の備品だった。

人質をとられ臆《おく》する結衣ではなかった。篠葉の目は澪の肩ごしに結衣を注視してくるが、二人羽織《ににんばおり》のような体勢には弱点がある。澪の後頭部が篠葉の視線を遮る角度を選び、結衣はまっすぐに接近した。篠葉が結衣を見失い、あわてたように身をよじる。結衣は横っ飛びに進路を変え、篠葉の目にとまらないようにしながら、たちまち距離を詰めた。焦った篠葉が人差し指に力をこめたのがわかる。発砲が先か、結衣が腕をつかんでひねりあげるのが先か、微妙な一瞬の勝負になった。結衣は飛びかかろうとした。

だが白く細い手が突然現れ、篠葉の口を覆った。指をそろえて隙間をなくし、篠葉の唇を強く押さえつける。声をださせない口の封じ方、その基礎をしっかり踏まえていた。篠葉は目を剥《む》いたが、直後に呻《うめ》き声を発し、大きくのけぞった。背後からナイフで左の腎臓《じんぞう》を貫かれたとわかる。これもセオリーどおりの殺し方だった。澪はびくつき萎縮《いしゅく》しながらたたずんだ。篠葉は立ち尽くしていたが、やがて前方へと倒れてきて、地面に突っ伏した。腰に刺さっているのは刃渡りの長い藁《わら》切りだった。農業高校の備品を奪ったのだろう。

エンジいろの襟のセーラー服、金髪に染めたショートボブの凜香が、息を切らしながら立っていた。興奮ぎみに見開いた目が結衣をとらえた。「結衣姉ちゃん、二割ぐらい危なかったんじゃない？」

適正なものの見方ではある。だが結衣は平然とした顔を保った。「農業科より生活科をあたったほうが、手ごろな刃物が見つかる」

「むかしからあんまりお礼いってくれなかったね」

澪が痙攣《けいれん》しがちな笑顔を凜香に向けた。「わたしは感謝してる。ほんとにありがとう。でもいま結衣姉ちゃんって……」

結衣はため息をついた。「凜香。三つ下の妹」

「妹さんなの？　三つ下ってことは中二？　あのう、初めまして。わたしは濱林澪……」

凜香は醒《さ》めた目を澪に投げかけてから、身をかがめて篠葉の備品を奪いだした。

「それ武蔵小杉高校の制服でしょ？　人が死んでも動揺しないってことは、もうすっかり結衣姉ちゃんの友達だよね。警棒持っとく？」

「いえ」澪は手をひっこめた。「そういうのは使い方がわからなくて」

伸縮式の特殊警棒を、凜香がスカートベルトにはさんだ。結衣は投げだされた拳銃を拾った。グリップ下の金具を外し、リード線から解き放つ。

サクラＭ３６０Ｊ。銃身はニューナンブＭ60より短く、重さは〇・五キロていど。回転式弾倉を開ける。実弾五発が入っていた。結衣はつぶやいた。「一発目が空砲ってのは都市伝説」

凜香が手錠を眺めまわしてから放りだした。「お父さんがいってたね」

結衣はすべきことをした。弾倉を閉じ、実弾が入ったままの拳銃を凜香に差しだした。「持ってて」

「いらない。銃声がでかいし使えない」

「いざとなったら音なんか気にせず、身を守らざるをえなくなる」

なおもためらう素振りをしめしたものの、凜香は拳銃を受けとった。「さっき爆発音みたいなのがきこえたけど……」

「診療所を吹っ飛ばした」

「なのにこのお巡り、応援呼ばなかったんだね」

「農業高校の犯罪行為に加担してる。なかにサリンプラントがある」

「サリン？」凜香が驚きの顔で見かえした。「マジで？」

「気づいててここにきたんじゃないの？」

「まさか。六本木の公園トイレで熊江がいってた。与野木農業高校で生徒が殺されるって」

「あの公安がそんなことを？」

「そう。わたしの首を絞めてきたけど、本気で殺すつもりに思えなかった。わざわざきかせたんだと思う」

たしかに結衣が駆けこんだとき、熊江の腕に充分な力が入っているようには見えなかった。結衣はいった。「凜香にメッセージを残したのか。あの場で教えてくれればよかったのに」

「そうしたら結衣姉ちゃんがここへ直行するでしょ。もう危ない橋を渡ってほしくないもん」

澪が微笑した。「お姉さん思い」

結衣は難しい顔をしてみせた。「凜香もくるべきじゃなかった。わたしたちのどっちがきても、罠《わな》として成り立つ」

「罠って？」

「熊江が与野木農業高校の生徒を殺すっていったのなら、それはわたしたちをおびきだすためのハッタリ。サリンプラントに優莉の子供がいれば、公安としちゃ半グレ再結成の決定的証拠になるでしょ」

「あー。そっか」凜香が苦い顔になった。「大勢でテロを働く組織力がなきゃ、サリンプラントなんて建設できないもんね。結衣姉ちゃんやわたしが、お父さんの半グレ同盟を復興したように見えるわけか」

「わたしか凜香か、あるいは両方を現場で射殺すれば、公安としてはテロを阻止した功績とともに、優莉の子供たちを組織犯罪の中核とみなす大義名分ができる。調査費がお父さんの全盛期並みに認められる。危険きわまりない優莉一家を監視するために」

「もうすでに警官殺してるしね」凜香はやれやれという態度で死体を見下ろした。

澪が嘆いた。「そんな。警察はちゃんと捜査して、真実を追及してくれるんじゃないの?」

ここで起きたことだけが客観的に判断されるわけではない。首謀者が誰であれ、武蔵小杉高校事変を初めとする過去の疑惑をすべて焚《た》きつけたうえで、今回の事件が起きるよう根まわししてきたのだろう。疑惑の数々がここの事件でも結衣の関与を濃厚にする。そして結衣の犯罪が立証されれば、過去のあらゆる疑惑もやはり、結衣のしわざだったとみなされる。公安にそれだけの追い風が吹けば、あとは少々の証拠捏造《ねつぞう》で、疑惑をぜんぶクロとできる。あるていど予想していたことだったが、国家権力が最終的にとる手段はやはり露骨だった。

　結衣は篠葉巡査の死体を調べた。ポケットをすべてまさぐったが、澪のスマホは見つからなかった。篠葉自身のスマホもない。無線機の装備も外されている。犯罪に加担している以上、居場所を察知されるのを嫌ったらしい。結衣と同じ心構えといえた。

「凜香」結衣はきいた。「スマホ持ってる?」

「自分の部屋に置いてきた。きょう学校休んだから、ずっと部屋にいるように思わせときたいし、持ってきても電源なんか入れられないし」

　澪が嘆いた。「通報する手段なしかぁ」

　結衣は凜香を見つめた。「農業高校にはどこから出入りした?」

「あっちに二百メートルぐらい行けば、クルマが乗りいれる専用口がある。さっきセダンが入っていくのを見た。先生っぽいおっさんふたりが、女子生徒を無理やり校舎に連れてった」

「沙津希だ」澪が悲痛な顔でつぶやいた。

　緊張が結衣のなかを駆け抜けた。「校舎内のどこに入ったかわかる?」

　凜香は応じた。「外から窓を観察してたけど、三階の端からふたつめだと思う」

「ならほうってはおけない」

「でもさ。車両の専用口にいかついやつらが集結しつつあるの。教師とはちがう作業着姿で、なんかの業者っぽいけど、たぶんそれも表の顔」

「侵入は無理そう?」

「ちょっと難しいかも。人質の女子生徒、沙津希さんっていうの? 大騒ぎになったら命が危ないし。でも工場棟に入るドアならフェンス沿いに見つけた」

澪が真顔で結衣を見つめてきた。「工場棟の通路から校舎への行き方ならわかる」

沙津希の生死がかかっているだけではない。サリンプラントも放置できなかった。公安がテロの証拠としたがっているからには、プラント自体は本物にちがいない。どこから資金を得て、どんな業者を介在し、建設にこぎつけたかはわからない。父はサリンプラント完成までの総額を四千万円だといった。あれが八年前、いまもそう変わらないだろう。さほど非現実的なコストでもなかった。なんにせよ沙津希がにおいに気づいた事実からも、いま精製がおこなわれている可能性は充分にある。

迷っている場合ではない。結衣は腰を浮かせた。「行こう」

「あ、でも」澪があわてたように告げてきた。「結衣と妹さんは、なかに入っちゃまずくない? 罠なんでしょ?」

凜香がさばさばした物言いできいた。「澪さんがひとりで行ってくれるの?」

「それはちょっと……。いえ、無理。絶対に。武蔵小杉高校でも排水溝に隠れてたぐらいだし。身体がおさまるか心配だったけど」

結衣は澪を眺めた。「そういえば痩《や》せた？」

「いま気づいた？」澪が見かえした。

遠くから犬の吠《ほ》える声がした。凜香が顔をしかめた。結衣も警戒せざるをえなかった。犬の嗅覚《きゅうかく》で追われたのでは、すぐに居場所がばれる。

三人は無言のうちに動きだした。木立のなかを駆けていく。罠を承知で飛びこむしかない。標的にされている以上、不利は覚悟のうえだった。だが躊躇《ちゅうちょ》などしていられない。

19

農業高校の周りに警備が展開していないのは、ぎりぎりまで外見上なんの問題もないように思わせるためだろう。

結衣は澪とともに、凜香の案内でフェンスのドアに近づいた。外側からはオートロックがかかる仕組みだった。だが凜香によれば、抜けだすとき細工しておいたらしい。たしかにドアは難なく開いた。ストライク穴にガムテープを貼り、ラッチボルトがおさまるのを防いでいる。

敷地内の見える範囲に人影はない。三人は鉄筋コンクリートの工場棟に踏みこんだ。白色灯の下、大きなタンクがいくつもそびえ立ち、ダクトが縦横に走っている。牛乳の加熱殺菌をおこなう設備らしいとわかった。

ふいに異臭が鼻をついた。牛乳と無関係なのはあきらかだった。幼少期の嫌な記憶がよみがえる。父は埼玉の上尾《あげお》市にあった牧場の倉庫にサリンプラントを建造した。子供たちも連れていかれた。アセチレンのにおいを強めたような不快臭が漂ってきた。いまと同じだ。工程上、亜リン酸トリメチルなどが漏れがちなせいで、こんな悪臭になる。

たしかにサリンプラントが存在する。だがどこだろう。キャットウォークへ上る階段のほか、地階への下り階段もそこかしこにあるが、いちいちたしかめてはいられない。

ときおり作業着のうろつく姿を目にしたものの、物陰に隠れてやりすごした。広い工場棟を奥へと進むと、門口を抜けた。通路が工場棟に並行して走っている。

澪がささやいた。「こっち」

通路を小走りに駆けていくと、行く手は明るくなっていた。中庭にでた。ビニールハウスの向こうに校舎の昇降口がある。生徒らは見あたらず、ひたすら閑散としていた。

　土足のまま昇降口をあがり、ひとけのない廊下に入る。手前の階段を上りだした。結衣は凜香にきいた。「端からふたつめの教室?」

「そう見えた」凜香がうなずいた。

　かすかな物音をきいた。低い男のつぶやきが耳に届く。なにを喋《しゃべ》っているかはわからない。沙津希のうわずったような嗚咽《おえつ》が響き渡った。別の男の控えめな笑い声もきこえた。

　結衣は凜香に目を向けた。凜香も険しい顔で見かえした。ふたりは同時に階段を駆け上った。爪先《つまさき》で段を蹴《け》り、靴音を最小限に留《とど》める。

　二階の廊下も無人だった。三階をめざしながら結衣は小声で告げた。「拳銃《けんじゅう》は使わないで」

「わかってる」凜香が応じた。踊り場をまわり、さらに階段を上昇する。三階の廊下をのぞきこむと、凜香は目で合図してきた。

　沙津希の泣き声がはっきりときこえた。「やめて。お願いです。やめてください」

「じっとしてろ」男の声が鼻息荒くつぶやいた。「すぐよくなるからな」

なにをしているのか考えるまでもない。金に目がくらむような手合いは、それ以外の欲望にも自制心が利かない。幼少のころからそんな大人のクズばかり見てきた。

澪が息を切らしながら階段を上ってくる。結衣は片手をあげ、澪を押しとどめた。凜香とアイコンタクトで意思の疎通を図る。結衣と凜香は靴音をしのばせながら、ふたつめの引き戸に近づいた。

戸の隙間からなかをのぞく。机と椅子は壁ぎわにどかされていた。床上に沙津希が仰向《あおむ》けの状態で押さえこまれている。比留井が両腕をつかんでいた。達橋が沙津希の上にのしかかり、スカートをめくって大腿部《だいたいぶ》を撫《な》でまわしている。力ずくで両脚を開かせようとする。沙津希は激しく首を振り抵抗していた。

凜香が引き戸を開け放ち、猛然と突進していった。右手を振って特殊警棒を伸張させる。達橋が顔をあげ、凍りついた表情で凜香を見つめた。次の瞬間、凜香の警棒が勢いよくスイングし、達橋の頭部を強打した。鋭く弾《はじ》けるような音とともに、達橋は横方向に吹っ飛んだ。

比留井は尻餅《しりもち》をついたまま、あたふたと後退した。瓶底眼鏡が見開いた目をさらに拡大させる。結衣は比留井に詰め寄った。

「まて」比留井が恐怖に顔をこわばらせながらいった。「ちがう。びっくりしただろうが、これはな……」

驚きなどしない。高校教師に一定数の変態が紛れこんでいることは、後を絶たない盗撮や痴漢騒動からもあきらかだった。なかでも暴力にうったえる性犯罪は万死に値する。

結衣は比留井の眼鏡をつかみとると、フレームの折り畳み部を逆方向にへし折った。ねじ切ると鋭利な尖端《せんたん》ができる。ただちに比留井の背後にまわり、右手で首を絞めながら、左手に握った凶器を振りあげた。

しばしその手を空中に留めた。沙津希が上半身を起こし、怯《おび》えきったまなざしをこちらに向けていた。

だがためらってはいられない。一秒遅れれば比留井は叫びを発する。結衣は比留井のこめかみに凶器を突き立てた。頭骨のなかでここだけは薄く、容易に貫通する。てのひらで押しこみ深く抉《えぐ》った。脳を掻《か》きまわす独特の手応《ごた》えを感じた。噴出する血《ち》飛沫《しぶき》を横に逃がし、結衣は比留井の背を前方に蹴った。沙津希は座りこんだまま、わななきながら後ずさった。

凛香は両手で特殊警棒を水平に保持し、達橋の喉《のど》もとを背後から絞めあげていた。もがき苦しむ達橋に対し、凛香は警棒をしっかり固定し、喉頭《こうとう》隆起を圧迫しつづけた。

気管と食道を押さえつけられ、達橋は声をだせずにいる。理想的な絞め方だった。輪状軟骨を破壊し、気管に穴が開いたとわかる。血液が肺と胃に流入しだした。最後に頸椎《けいつい》が折れる音がした。凜香が握力を緩めると、達橋は目を剝《む》いたまま横倒しになった。

結衣は比留井のポケットをまさぐった。「スマホも携帯電話もない。凜香、そっちは？」

凜香も達橋を調べていたが、浮かない顔で応じた。「こっちもなし」

戸口に立ち尽くしていた澪が、沙津希に駆け寄った。沙津希は尻餅をつき放心状態をしめしている。制服に付着した泥が乾きだし、ぼろぼろと床に落ちていた。澪は沙津希の両手を握った。

「きいて」澪が震える声でささやいた。「ショックだったでしょ。わかる。わたしもそうだった。優莉匡太の子供ってだけでも怖いのに、人を殺すのを見たんだもんね。でもよく考えて。結衣や凜香がそうしてくれなかったら、自分がどんな目に遭ったかを」

沙津希は茫然《ぼうぜん》と澪を見かえした。澪が沙津希を抱き寄せる。すると沙津希の目に涙が滲《にじ》みだした。両手で顔を覆い、沙津希は押し殺した声で泣きだした。

凜香が戸口へと歩きだしながら、結衣を目でうながした。黙って立ち去るべき、そう無言のうちに告げてくる。

けれども沙津希が呼びかけた。「まって」

沈黙がひろがった。沙津希は顔をあげた。泣き腫《は》らした目を凜香に向け、次いで結衣に向けてきた。沙津希が嗄《か》れた声でささやきを漏らした。「ごめんなさい。泣いたのは怖かったから……。それに、なんていうか、気の毒で可哀想に思えて」

「可哀想？」凜香が眉《まゆ》をひそめた。「それわたしたちのこと？」

沙津希が力なくうなずいた。「そんなふうに育てられちゃったんだな、って……」

凜香は不満げな顔になった。「どうもなんかひっかかる言い方」

結衣には理解できる気がした。沙津希に歩み寄ってひざまずいた。「九歳のころテレビであなたを観た。それまで自分が生きてるかどうかさえ理解してなかった気がする。でもそのときわかった。父や周りの大人たちが、人を不幸にしてるって」

沈黙があった。沙津希が伏し目がちに、床に横たわる死体を眺めた。沙津希は身を震わせた。「いまもあなたは……」

澪が穏やかにいった。「結衣も凜香も、優莉匡太とはちがう」

説得できるだろうか。沙津希が直面した恐怖の大きさからすれば、冷静な思考が働かなくてもふしぎではない。結衣は沙津希を見つめた。「沙津希さん。サリンのにおいに気づいたのは知ってる。信じられないかもしれないけど、わたしと凜香は関係ない。むしろプラントを潰《つぶ》さなきゃいけないと思ってる。また犠牲者がでないうちに」

沙津希の視線はさがったままだった。けれども表情がしだいに落ち着きをとり戻してきた。沙津希がつぶやいた。「あなたたちは物心ついたとき、そういう生き方になってた。そんな親に育てられたから」

そういう生き方。教室の床に寝そべるふたつの死体が、沙津希のいわんとしていることのすべてだろう。

静寂のなか、沙津希が小さくため息をついた。「わたしが九歳だったころのことを思えば、仕方ないと思う。親の影響しか受けてない年頃だし……。恨んでた人たちは死刑になった。あなたたちを恨んだりはしてない。いまも助けてくれたんだし」

自分の心にいいきかせているようにも見える。それでも沙津希が冷静でいようと努めてくれるのは、結衣にとって有り難いことだった。

結衣はいった。「無事に帰れると約束する。だから希望を持ってほしい」

「ええ」沙津希の潤んだ目が見かえした。

「ホルスタインって可愛いよね」

沙津希はかすかに驚いた顔をしたが、やがて微笑が浮かんだ。「瞳《ひとみ》が好き。つぶらで、すなおで」

幼少期に人の殺害現場を目撃すると、成長後に惨殺死体と出くわしても、さほどうろたえない。残酷な話だが真実だった。自分では意識せずとも適応力がそなわる。サリンで両親を失った沙津希は、半ば戦地に育ったも同然といえた。

澪が安堵《あんど》したようにいった。「心配したよ。待合室で休んでたはずなのに、急にいなくなって、診療所に運ばれてて」

「待合室……」沙津希ははっとした。「あのにおい。地下から漂ってくる」

結衣は凜香と顔を見合わせた。悪臭の発生源を突きとめていたのか。沙津希に向き直り、結衣は静かにきいた。「においを追ったの？」

「そう。どうしても気になって、待合室から抜けだして……。工場棟に入っていったら、どんどんにおいが強くなった。下り階段のひとつに近づいていったら、いきなり先生たちが現れて、そのあとはよくおぼえてないけど」

幼少期の経験が経験だけに、サリン特有の異臭に対し、嗅覚《きゅうかく》が人一倍敏感なのかもしれない。結衣は沙津希に問いかけた。「場所はわかる？」

沙津希は緊張の面持ちでうなずいた。

凜香が首を横に振った。「同行させるなんて無茶でしょ。どっかから逃がしたほうがいい」

「いえ」沙津希が気丈につぶやいた。「案内させて。サリンなんか放置できない」

20

四人で校舎から中庭を経由し、工場棟へと戻った。機械の稼働音がこだまし、独特のにおいも漂う。結衣は沙津希を気遣った。沙津希は澪に支えられている。ときおり目を閉じ、辛《つら》そうにため息をつく。それでも意を決したように目を開けると、行き先を指さした。結衣は凜香とともに露払いとなり駆けだした。

水稲種子保冷庫の角を折れようとしたとき、複数の靴音を耳にした。凜香が後続のふたりを手で制した。結衣は角に身を潜め、通行する人影を観察した。

教師らの作業着とはちがう。つなぎの化学防護服だった。三人のうちふたりは、フードで頭をすっぽりと覆っている。素材は厚手で、除染や有害物質の廃棄作業に用いるタイプに思えた。驚いたことに、小ぶりな短機関銃《サブマシンガン》を堂々と携えている。マガジンがAKMのように、湾曲しながら斜め前方に突きだしていた。

三人が遠ざかると、凜香がささやいてきた。「いまのMP5Kじゃなかった？」

「そう」結衣も小声で応じた。「後期型」

「在日米軍からの流出品だよね。暴力団のM16と同じ」

おそらくそのとおりだった。昭和の沖縄返還前から暴力団権晟会《ごんじょうかい》の築いた密輸ラインが、いまも存続すると父がいっていた。そこを通じ武器類が闇市場に流れている。MP5Kの命中精度は高く、武装としては申しぶんない。潤沢な予算を感じさせる。

結衣は思ったままをささやきに変えた。「なんか見たことのある足どりと身のこなし」

凜香がうなずいた。「チュオニアンの奴らに似てる。でもあいつら全滅したでしょ？」

ちがう。田代勇次の兄グエン・ヴァン・ハンを含む精鋭らは、途中で作戦を放棄して撤収した、槇人がそういった。

島での最終決戦を想起した。敵勢が生徒児童を海岸寸前で堰《せ》きとめようとしたとき、なにかが不足していると結衣は思った。いまになってわかる。生徒児童の退路を絶つため、後方から挟み撃ちにする別部隊だ。それがいなかったため、生徒児童は島の内陸部に避難でき、結果として犠牲者を生じなかった。あの戦局に必要な兵力を、敵は半分も欠いていた。

すなわち傭兵《ようへい》はまだかなりの数が残存している。角間良治は拉致《らち》を偽装する際、外国人特定技能制度を悪用し、大勢の傭兵を偽名で入国させた。あのときも指導者は田代槇人だった。今回も同じことができて当然といえた。ここにグエン・ヴァン・ハンはいなくとも、傭兵の一部が作戦要員として動員されたのかもしれない。

だとするなら国家権力者とつるんでいるのは田代槇人だった。資金はやはりシビックからの調達か。武器密輸の手段は洋上瀬取りだけではなかった。沖縄から権晟会を経由するルートを、槇人は手中におさめている。

いま工場棟では、農業高校の生徒らを追い払った直後から、露骨に警備を強化している。やはり重要な動きがあるとみてまちがいなかった。

凜香がため息まじりにいった。「拳銃《けんじゅう》を持っててよかった」

目下の問題はどこへ向かうかだった。下り階段は見るかぎり随所にある。

沙津希がつぶやいた。「あっちに葉物野菜洗浄装置が見えるでしょ？　ベルトコンベアがついてる箱型の機械。あの左わきにある下り階段」

行く手をたしかめた。周りに敵の気配もない。結衣は駆けだした。三人があとにつづく。においがどんどん強まっていく。いったん装置の陰に隠れてから、下り階段に飛びこんだ。

　コンクリート壁に囲まれた縦穴の下方へと、螺旋《らせん》状の階段が延々と伸びる。ときおり立ちどまって耳を澄ましたが、ほかに靴音はきこえなかった。警戒しながらなおも下をめざす。

　やがて階段を下りきり、門口を抜けようとした。だが人の動きに気づき、結衣は踏みとどまった。凜香らとともに柱に身を潜めた。

　慎重に地階を眺め渡した。見上げんばかりの高い天井を持つ、広大な空洞だった。強烈な異臭が籠《こ》もっているのは、換気が機能していないせいだろう。においを外に逃がしたのでは、生徒たちに気づかれる。縦横にめぐらした鉄骨の柱と梁《はり》が、三階建てのプラントを構成している。複雑な機器類が組みあわさり、無数の配管が駆けめぐっていた。配管のいたるところにバルブと計測用メーターが設けてある。円筒型と球体型の巨大なタンクが目を惹《ひ》く。製造過程のあらゆる段階の処理が可能な装置がそろう。いちどに数十トンのサリンを精製できる規模だった。

　キャットウォークを化学防護服が往来する。みなフードをかぶったうえマスクを装着し、肩がけのストラップにＭＰ５Ｋを吊《つ》っていた。見たところ五人か六人が各部署に散り、点検作業に追われている。

凜香が耳もとでささやいた。「お父さんの牧場にあったやつより立派じゃない？」

結衣は黙ってうなずいた。そもそも父のサリンプラントは不完全だった。強烈な異臭が風に運ばれ、遠くの市街地まで達したため、牧場が立ち入り検査を受ける羽目になった。父は精製を早々に切りあげ、プラントを解体させた。少量のサリンしか作れず、できるだけ大勢の人間が集まる場所を狙うこととなり、銀座のデパ地下に噴霧器をしかけた。

だが見るかぎり、ここの装置はそんな素人然としたしろものではなかった。原材料にも恵まれている。父は市販の亜リン酸トリメチルを、さほど多くは買えずにいた。警察に睨《にら》まれるからだ。代わりに三塩化リンを調達しイチから合成した。一方いま目の前にあるプラントは、そんなささいな問題に阻まれてはいない。農業高校として購入可能な中間物の段階から作業を開始し、より純度の高いサリンを精製できる。

化学防護服らの視線が逸《そ》れている。至近のキャットウォークからも遠ざかっていた。結衣は地階に踏みこんだ。ジャングルジムの巨大版とでも形容すべき、サリンプラントの一階部分にまぎれこむ。凜香があとにつづいた。澪と沙津希も寄り添いながら追いかけてくる。

イラクの古いサリンプラントの画像をネットで見たことがあるが、ここの設備にそっくりだった。完全な化学兵器工場の様相を呈している。

結衣のなかで焦燥が募りだした。サリンの大規模テロが実行可能な設備に、運悪く身を置いている。優莉の子として生まれて以来、いまが最悪の状況にちがいない。

ふいに男の声が靴音とともにきこえた。「そりゃむかしの噴霧器は性能が悪かった。今度のやつなら少量でも一気に拡散して……」

耳におぼえのある声だった。結衣がそう気づいたとき、目の前の階段をふたりの男が下りてきた。どちらも化学防護服ではなく、ひとりは革ジャン、もうひとりはロングコートを着ていた。革ジャンは筋肉質の三十代。ロングコートのほうは口髭《くちひげ》を生やした四十代半ば。歳を重ねたせいか、かつてより身だしなみがきちんとしている。

結衣は思わず立ちすくんだ。コウイチ兄ちゃん、タキ兄ちゃん。

正式な名は首都連合の織家紘壱《おりいえこういち》、それに出琵婁《デビル》幹部の顆磯多木《つぶいそたき》。ふたりと鉢合わせした。織家がぎょっとした目で見つめてきた。顆磯も驚愕《きょうがく》のいろとともにつぶやいた。

「結衣」

対面は一瞬だけだった。キャットウォークにいた化学防護服が身を乗りだし、短機関銃を掃射してきた。けたたましい銃撃音が辺りに反響する。階段の手すりに着弾の火花が散った。結衣は身を翻し、澪と沙津希をかばいながら退避した。凜香は先頭を走っている。迷路のなかを何度も折れたのち、四人そろってタンクの陰に隠れた。

織家の声が怒鳴った。「撃つな！　プラントが壊れる」

日本語がわかる傭兵を揃えているらしい。発砲は途絶えた。結衣は後方を振りかえった。次いで頭上に目を向けた。至近に敵の姿はない。ひとまず狙撃《そげき》は免れたが、たちまち包囲網を狭められるにちがいない。

そのとき澪の震える声がきこえた。「なにしてるの」

ふいに空気が張り詰めだした。とはいえ状況は予想がつく。結衣はあえてゆっくりと振りかえった。

沙津希が全身を硬くしながら立ち尽くす。表情がこわばっていた。銃口が頬に突きつけられている。拳銃を向けているのは凜香だった。

澪が近づこうとした。だが凜香は威嚇するように、銃口を沙津希の頬にめりこませた。沙津希が怯《おび》えたように目を閉じた。

結衣は醒《さ》めた気分でつぶやいた。「やっぱりね」

凜香が低い声できいた。「なにがやっぱり？」

「クリスマス前に電車で会ったときから気づいてた。怪しさ満点だったし」

「強がってばかりだね、結衣姉ちゃん。電車で気づいてたはずがない。その後のチュオニアンでも信じきってたじゃん」

顔じゅう痣《あざ》だらけになっていたからだ。衰弱しきった妹に同情を寄せた。それがいつしか信頼に変わっていった。

だが事実として、幼少期の妹にはさして情愛を注いでもいなかった。なのに妹がむかしと変わらず懐《なつ》いてくるとは、どこかしっくりこずにいた。いまはむしろ腑《ふ》に落ちる。

顆磯の声が呼びかけてきた。「凜香。どうなった？」

「心配ない！」凜香が怒鳴りかえした。「こっちでけりをつける。邪魔しないでよ」

結衣は鼻を鳴らし、凜香を挑発にかかった。「きょうは特に誰かに似てると思ってた。あの女にそっくり」

「DNA検査ならもう終わってる」

「ショックだった？　史上稀《まれ》にみる馬鹿女の娘だとわかって」

「父親の血は結衣姉ちゃんと一緒じゃん」

「お父さんがいってたでしょ。人質とるのは悪手だって」

「そうは思わない。結衣姉ちゃんって甘すぎ。人質とった敵に手も足もでないじゃん」

凛香はいまだチュオニアンの結衣だと思いこんでいる。たしかにあのとき、國旙《くにほぞ》こと檜蘇《ひそ》が凛香を人質にとったため、結衣は銃撃をためらった。あの時点では凛香を信じていたからだ。

思い起こせば不可解な状況だった。チュオニアンで凛香はいつの間にか姿を消し、次に現れたときには檜蘇に銃を突きつけられていた。凛香ひとりが人質になったせいで、七百人余りの生徒児童らは行く手を阻まれ、海岸へ脱出できなくなった。

なぜか当初から凛香の名は、塚越学園の入学者名簿に載っていなかった。学園長の角間も、健康育児連絡会も関知せずにいた。チュオニアンでも凛香はずっと授業を欠席しつづけた。塚越学園でなく、チュオニアン側から送りこまれたがゆえだ。

そもそも凛香が塚越学園のことを伝えてこなければ、結衣も見学にでかけず、チュオニアン送りにもならなかった。六本木ヒルズ裏の公園で会うことになったのも、凛香の助けを求めるメッセージに端を発する。きっかけはいつも凛香でしかない。情報を運んできては波乱を呼ぶ。田代勇次とよく似ていた。

田代勇次。そういうことかと結衣は思った。

結衣は静寂に声を響かせた。「田代槙人一派の仲間に加わって下働きとはね」

凛香に動じる気配はなかった。「優莉匡太の四女のプライドが泣くって?」

「プライドなんかないでしょ」

「ねえ結衣姉ちゃん。わたしたちってさ、こうやって半グレになっていくんだね」

ふと火が消えたような気持ちになる。結衣はささやいた。「凜香だけでしょ」

「人殺しの半グレになるよう育てられたんだからさ。その道の最大手に就職するのが筋でしょ。ほかの生き方なんか選べない」

「忘れた？　あんた落ちこぼれだったじゃん」

「黙ってよ」凜香が銃口で沙津希の頬を小突いた。

沙津希がびくっと反応した。澪は近づくこともできず震えるばかりだった。

また顆磯の声がきこえてきた。「おい凜香。応援をやろうか？」

凜香が吐き捨てた。「うっせえな。黙って待機してろよ」

結衣はあえて平然と凜香を眺めた。「タキ兄ちゃんにそんな口きくの？　いつからそんなに偉くなった？」

「優莉匡太の跡継ぎなんだから、幹部どもは格下で当然」

「跡継ぎって。田代槇人の下請けに成り下がってるのに？」

「お姉ちゃんはなに？　ただの人殺しの高校生じゃん。誰にも信頼されず、のけ者にされてばっかりの、惨めったらしい貧乏人」

言葉から察するに、田代槙人から多額の報酬を受けとっているのだろう。中二の分際で金が唯一の誇りか。結衣はいった。「惨めなのはあんたでしょ。まだ気づいてない？　田代槙人にまんまと操られてて」

「操られてるのは結衣姉ちゃんだけ。泉《いずみ》が丘《おか》高校の動画をディープフェイクで加工したのが誰だったか、気づいてもいないくせに」

そうでもない。田代槙人が総理大臣の発言をボイスサンプリングし、偽の会話を作らせたと知ったとき、同じやり方だと思った。結衣は凜香を見つめた。「あの元ベトナム人の中年男、なにもかも仕切ってるつもり？　たぶん澪と沙津希がこの農業高校にくるよう仕向けたんでしょ。わたしも澪から連絡があったんじゃ無視できないし、銀座デパート事件の被害者がさらわれた以上、校内に立ちいらざるをえなかった」

見学中の澪と沙津希に、サリンプラントを発見させる企《たくら》みだったのだろう。沙津希がサリンに気づき、澪がこっそり結衣に連絡、そんな流れになるよう仕向けた。ところが沙津希は単独行動をとり、ひとり先にプラントの存在を知りパニックを起こした。まだ校内には生徒たちがいたため、騒動になったのでは一一〇番通報されてしまい、結衣がおびきだせなくなる。よって沙津希を薬で眠らせ診療所に運んだうえで、わざと不審な空気を漂わせ、澪が結衣に助けを求める隙をつくった。結衣は診療所までききたものの、澪と沙津希を連れ雑木林に逃れ、またも企みが崩れた。よって今度は凜香が結衣に接触することになった。結衣を校内に侵入させようと、凜香が苦しまぎれの船頭役を務めた。直前に沙津希がつかまったことを利用し、比留井らを捨て石にした。

凜香が鼻の下を親指でこすった。「苦労した。やっと計画どおりのタイムラインに戻った。ここで結衣姉ちゃんが死んだら、事件の首謀者確定だよね。父親の遺志を継いで半グレ同盟を復興、サリンプラント建設にも関与。警察官や教師を殺害。十七にして戦後最大の悪党じゃん」

「あんたもその後、優莉家の四女として、公安にマークされつづけるでしょ」

「わたしは守ってもらえるからいい。知ってる？　田代勇次ってやさしいんだよ。実の妹みたいに可愛がってくれる」

「裏切られる可能性を考えないの？　あんたはなぜきょうここに呼ばれてると思う？　サリンプラントで死ぬのがわたしだけじゃなく、優莉姉妹ふたりだったら、いっそう公安の狙いどおりになる。兄弟姉妹全員が危険って印象づけられるし」

「計画を知らない結衣姉ちゃんが、当てずっぽうでものをいっても無駄。誰の計画だかわかってる？　公安警察？　田代槇人？　ごちゃごちゃになってるじゃん」

「どうせシビックの資金提供でしょ」

じゃなくて?」

にしてないふりして強がって、ほんとは児童養護施設のベッドでめそめそ泣いてるん

たでしょ。可愛いのは自分だけだもんね。世間から害虫みたいに思われてるのに、気

凜香は憤りをのぞかせた。「結衣姉ちゃんは健斗が死んでも、なんとも思わなかっ

結衣はからかいぎみに笑った。「無知が露呈してるのに必死」

「クルマの話なんかしてない」

「田代槇人に雇われてる身なら、仲間を殺しちゃまずいでしょ。篠葉巡査や達橋って

教師や、檜蘇学園長も」

「まずくない。底辺の駒は使い捨てだし、失態を演じた輩《やから》は始末しろっていわれてる。

わたし、それだけ上位のあつかいだから」

「ピッキングがヘタで折檻《せっかん》されるばっかの四女じゃん。しかも母親が市村凜。血統最

悪。中二なだけに、いまはただの中二病」

挑発が功を奏したらしい。凜香はむきになった。「友達ふたりが目の前で死ぬのを

見て、ベソをかく結衣姉ちゃん三秒前。二、一……」

「銃弾が発射できればね」

凜香は表情を凍りつかせたものの、すぐに嘲《あざけ》るような目つきに戻った。「一発目が

空砲なのは都市伝説じゃなかったって？　五発実弾が入ってるって、結衣姉ちゃんがいったじゃん」

「それ信じる？　なんであんたに拳銃《けんじゅう》渡したかわかってる？　早朝の公園で熊江に突然襲われたとか、そんなの信憑性《しんぴょうせい》なさすぎでしょ。熊江は本気で首を絞めてなかった。じつは熊江から農業高校の生徒を殺すときいたからここへきたとか、苦しまぎれもいいとこ。偶然のばったりが多すぎ」

「いまになって気づいても遅い」

「前から気づいてたって。あんた先に農業高校に忍びこんでたくせに、なんでサリンのにおいに気づかなかった？　フェンス沿いのドアからでてきた以上は、工場棟を抜けてきたはずでしょ」

「武蔵小杉高校でもブラフばっかりで切り抜けたんだよね、嘘つき姉ちゃん。あんたこそ市村凜じゃん。むかしから信用ならなかった。お父さんからいちばん可愛がられてたクズ女。大嫌い」

「弾入ってる？」

「重さと振ったときの音でわかる。視線を逸《そ》らせようとしても無駄」

「三発外したら間合いに飛びこめる距離だけど」

凛香は不敵に笑った。「三発外すと思う？　最初に沙津希、次に澪。最後に結衣姉ちゃん。確実に仕留める」

「五歩先のカボチャに一発も当てられなかった凛香がねぇ」

「撃たないと思ってるんでしょ。残念、大はずれ。泣きっ面見せてよ、結衣姉ちゃん」

凛香が拳銃のトリガーを引き絞った。沙津希が恐怖に全身を萎縮《いしゅく》させた。

だが金属音が響いただけだった。

一瞬の静寂があった。凛香は息を呑《の》み、あわてて銃口を澪に向けると、ただちにトリガーを引いた。やはり発砲はなかった。次いで結衣を狙い撃とうとする。三度目の金属音が奏でられた。

結衣はもう凛香に詰め寄っていた。拳銃を持つ手首をつかんでひねりあげる。凛香が激痛に顔をしかめながら、いまだ信じられないという目を結衣に向けた。結衣はこぶしで凛香の頰を殴りつけた。拳銃が床に落下した。

サクラM360JはS&W社製だが、原型になった銃とちがい、素材をチタンからステンレス鋼に変えている。そのためシリンダーにさまざまな不具合が生じ、現在までに改良が重ねられている。

改良前のサクラM360Jは、数発撃つだけでシリンダー基部に亀裂《きれつ》が入った。現在も弾倉を展開した状態で、シリンダーを縦方向に力いっぱいねじると、以後は撃針が雷管からわずかにずれ発射できなくなる。ステンレス鋼の内部で応力腐食割れが発生し、強度が減退しているのが原因といわれる。ニューナンブM60を用いる警察官がまだ少なからずいるのもそのためだった。

通常こんな不具合は問題にならない。警察官が拳銃の弾倉を開けた状態で、他人に引き渡すことはないからだ。だが結衣はさっきその機会を得た。

ふいに凜香が身体をひねった。右手に握った特殊警棒を伸ばしたのがわかる。しかし振りあげる隙をあたえず、結衣は凜香の顔をさらに数発殴ったうえ、胴体を蹴《け》り飛ばした。凜香はもんどりうって倒れ、床の上を滑った。警棒は落下し、跳ねながら遠ざかった。

「立ちなよ」結衣はゆっくりと歩み寄った。「あんたいま澪も沙津希さんも、わたしも射殺したよね。トリガー引いたからには言いわけできない。覚悟をきめなよ」

凜香が上半身を起こした。頬に痣《あざ》ができ、口の端から血が滴っている。泣きそうな顔は幼少のころと変わらなかった。

ところがそのとき、頭上からコウイチこと織家の怒鳴り声が響いた。「凜香!」

キャットウォークから鉄の塊が投げ落とされた。凜香がびくっとしながら短機関銃を受けとった。

結衣はとっさに反応した。身を翻し、沙津希と澪をプラント内の通路に突き飛ばした。「走って！」

ふたりが悲鳴をあげながら逃げていく。結衣も追いかけようとしたが、短機関銃のセーフティレバーを解除する音を耳にした。はっとして凜香を振りかえる。いまだ尻《しり》餅《もち》をつきながら、凜香が短機関銃を発射姿勢でかまえ、結衣を狙い澄ましていた。

フルオートの掃射音が騒々しく鳴り響き、鉄骨に跳弾の火花が散った。結衣はやむなく別方向へと走った。後方に靴音をきいた。凜香が猛然と追いあげてくる。

プラントをでて、階段につづく門口に向かいだしたとき、キャットウォークの上からも銃撃が浴びせられた。結衣は転がりながら門口の奥に退避した。弾をプラントに当てまいと自粛していた敵が、ここぞとばかりに狙い撃ってくる。

凜香が短機関銃をかまえプラントから走りでてきた。鬼の形相が紅潮しているさまは、まさしくいじめられっ子の反撃だった。結衣は身体を起こすや、螺《ら》旋《せん》状の階段を全力で駆け上った。

澪と沙津希のことが気がかりになる。だが結衣が死んだのでは、あのふたりも殺される以外にない。いまはいったん逃れざるをえなかった。

階段を上りきり、地上階の工場棟にでた。そこかしこにある装置の向こうに、化学防護服が何人か見える。いっせいに振りかえり、MP5Kをかまえようとした。武器が手に入る好機だった。結衣は装置の陰に隠れながら敵の接近をまった。不意を突けば短機関銃が奪える。

ところが背後から銃撃音が鳴り響き、弾丸が耳もとをかすめ飛んだ。フルオート掃射がやむと、凜香の大声が辺りに反響した。「さがれ！　武器を奪われないよう侵入者から距離を置け」

化学防護服らが遠ざかっていく気配がある。結衣は苛立《いらだ》ちを嚙《か》みしめた。妹だけに姉の行動を読むのには長《た》けている。

だが敵の包囲が解かれたのは幸いでもある。結衣は工場棟から通路へと駆けだした。中庭めざして走る。凜香の靴音が追ってくる。また銃撃音がこだまし、ふいに途絶えた。弾切れを起こしたように思えたが、弾倉《マガジン》を投げ捨てたとおぼしき金属音につづき、新たなマガジンを挿入しコッキングする音をきいた。化学防護服の仲間から予備を受けとったのだろう。

結衣が中庭にでたとき、やはり短機関銃の掃射が浴びせられた。地面に着弾の砂埃《すなぼこり》が蛇のごとくうねり迫ってくる。ビニールハウスは遮蔽《しゃへい》にならない。ただちに校舎へと飛びこんだ。

校舎の一階廊下を走り、凜香が背後から迫るのを察知して、三つめの引き戸を開ける。教室内はほとんど物置だった。いくつかの段ボール箱に農具がおさめてある。靴音が接近してきた。結衣は戸口のわきに身を潜めた。

凜香が駆けこんでくる瞬間をとらえ、結衣は背後から飛びついた。左腕で凜香の首を絞めあげる。凜香はじたばたと暴れながら短機関銃を撃ったが、弾は辺りに撒《ま》き散らされただけだった。フルオート掃射はたちまち弾を撃ち尽くす。銃撃音がやんだ。凜香のMP5Kはただ持ちにくい鉄塊と化した。もう予備のマガジンを携帯していないことは、身体を密着していればわかる。凜香のポケットにはなにも入っていない。スカートベルトにも挟んでいない。

とはいえ凜香も優莉匡太の子供だけに、ひと筋縄ではいかない。結衣の足は床から浮きあがった。前まわり捌《さば》き、柔道の投げ技だと気づいたときにはもう遅かった。凜香は結衣を背負うように前方へと投げた。結衣は床に叩《たた》きつけられた。だが寸前に受け身をとったおかげで、痛みは最小限に留《とど》まった。ただちに転がって距離を置いたとき、わきの段ボール箱が目に入った。マーカーペンで草刈り用と書いてある。農業高校ならではの備品だった。なかを漁《あさ》っている暇はない。結衣は駆け寄るや箱を蹴り倒し、中身を床にぶちまけた。

除草具の類《たぐ》いが散乱した。L字型の雑草抜きや棒状の根切り、彫刻刀を大きくしたような木の皮削り。結衣は迷わず鎌をつかみあげた。凜香もやはり鎌を二本、左右の手に握っていた。考えることは同じだった。鎌術は兄弟姉妹のほぼ全員が習得させられた。凜香は琉球《りゅうきゅう》古武道の二丁鎌術に似たかまえをとった。結衣には左手の一本しかない。

「死ね！」凜香が叫びながら突進してきた。

耳に心地よい響きだと結衣は思った。きょうだい喧嘩《げんか》への迷いを断ち切るとともに、むしろ身内であればこその憎々しさが漲《みなぎ》り満ちる。澪と沙津希を殺そうとした凜香に手心を加えるつもりはなかった。

二本の湾曲した刃が襲いかかってくる。鎌術の鍛錬は空手の掛け組手に似て、凜香の動きも幼少期に教わったとおりだった。だがそんな動きで殺《や》られはしない。

結衣は鎌の刃に近い柄を右手で握り、凜香の刃を柄で受けると、すかさず柄の下方を左手で握り直した。勢いよく振って遠心力を加えながら、凜香の右手の鎌を弾《はじ》き飛ばした。シラット鎌術の基本、トマホークの応用だった。

凜香はびくついたものの、すぐに左手の鎌を右手に投げ渡した。結衣と同じく柄を長く持ち、刃で肘《ひじ》をひっかけようとしてくる。すばやく縦横に振られる刃の風圧に、結衣は息を呑んだ。凜香もシラットを体得済みとわかる。

狙いが同じせいか、互いの鎌は同じストロークを描いた。左利きの結衣と右利きの凜香、鏡像のごとく刃がぶつかりあい、反動でバランスを崩した。前のめりに倒れたのでは凜香の刃の餌食《えじき》になる。結衣は故意に身体を反らし、後方へと倒れこんだ。凜香も重心を背後にずらしたらしく、まったく同じタイミングで尻餅をついた。

凜香が近くの段ボール箱を漁り、ワイヤーの巻かれた束をとりだした。ワイヤーの端を鎌の柄に縛りつけようとしている。意図はあきらかだった。結衣も至近の段ボール箱に目を走らせた。林業と書かれた箱をぶちまける。炭素鋼のワイヤーロープがあった。結衣も大急ぎで柄を縛り、もう一方の端に鉄パイプを結わえつけた。こちらは分銅の代わりになる。

ふたりはほとんど時間差なく立ちあがった。双方とも鎖鎌術のかまえをとる。やはり鏡を見ているようだった。右手で鎌を、左手で分銅の鉄パイプを振りまわし、徐々にロープを長くし回転半径を増大させていく。結衣はあえて逆方向に回した。回転の軸を傾けながら間合いを詰める。互いにロープが絡みあったのでは命とりになる。凜香の刃が結衣の頬をかすめた。

とたんに凜香の分銅が投げられた。結衣の腰にロープが巻きつき、強く引っぱられた。距離が詰まった時点で、容赦なく凜香の鎌が襲いかかるのは必至だった。結衣はとっさに自分の分銅を投げつけ、凜香の脚に絡ませたうえで、力ずくで引っぱった。凜香は仰向《あおむ》けに転倒したが、ロープを巻かれた結衣も引き寄せられ、一気に間合いが詰まった。ふたりは接近戦術に備え、同時に自分の鎌の柄を握った。鎌の振り方はまたも共通していた。ぶつかりあった刃に火花が散り、制服をかすめ切りつけあう。つばぜりあいになり、互いに押しあった結果、それぞれ後方に吹っ飛んだ。

凜香はまたも尻餅《しりもち》をついたが、動きはとまらなかった。林業の段ボール箱のなかに、すでに新しい武器を見つけていたらしい。凜香の両手がつかみあげたのはエンジンチェンソーだった。巨木をも切り倒す長い刃が、けたたましい音とともに作動した。結衣が鎌を投げつけると、凜香はチェンソーを振りあげ、空中でロープを切断した。鎌も分銅もそれぞれ遠くに落下した。丸腰になった結衣に、凜香がチェンソーを振りかざし襲いかかってきた。

結衣は床に転がり危機を脱すると、戸口から廊下にでた。昇降口まで逃げきれるとは思えない。すぐ隣りの教室に飛びこむ。四方の壁には大きな袋が山積みになっていた。追ってきた凜香がチェンソーを振りまわす。騒々しい刃の作動音を聴覚にとらえながら、結衣は左右に身を躱《かわ》した。チェンソーが山積みの袋を切りつけると、白い粉末が教室内に飛散しだした。

小麦粉のようだった。ふいに凜香の目が怪しく光った。凜香は袋を次々と切り裂いていった。結衣が戸口に逃れようとすると、凜香はすかさず行く手をふさぎ、チェンソーの刃を振ってきた。結衣は教室の端に追い詰められ、刃をぎりぎりで躱したものの、その場に転倒した。

いまや教室じゅうに小麦粉が充満し、目も開けていられないありさまだった。凜香が戸口から駆けだしていく。結衣は立ちあがろうとしたが、そのときチェンソーとは別のエンジン音を耳にした。戸口から芝刈り機が無人のまま突入してくる。

凜香のしわざにちがいない。狙いもあきらかだった。大気中に二十一パーセント存在する酸素は、可燃性粉塵《ふんじん》を発火させるのに充分だった。芝刈り機の刃と床のあいだの摩擦が、静電気の火花を生じ着火につながる。

結衣は身体を起こした。廊下にはきっと凜香が待ち伏せしている。逃げられるのは屋外しかない。結衣は窓に向かって走り、跳躍するや左足の靴でガラスを割った。

風圧は前方からだけでなく、後方からも押し寄せてきた。それも熱を帯びた爆風だった。粉塵爆発による火球が一気に膨脹し、結衣を呑《の》みこもうとする。轟音《ごうおん》が耳をつんざくなか、結衣は地面に落下するとただちに前転し炎の滝から逃れた。振り向くと校舎の割れたガラス窓から、黒煙が勢いよく噴きあがっていた。

肥やしのにおいが濃厚に漂う。結衣は辺りを見まわした。プレハブ小屋の隣りに、地中から煙突状の物体が何本も突きだしていた。

校舎のほうでサッシを開け放つ音がした。隣りの教室の窓から凜香が飛びだしてきた。手にしているのはチェンソーではない、荒れ地の手入れ用の草焼きバーナーだった。バズーカ砲に似た円筒型の本体に、ホースで連結された小さなタンクを背負っている。凜香は突進してくると、草焼きバーナーを水平にかまえ、結衣を狙い澄ました。結衣は起きあがって駆けだした。火傷《やけど》しそうなほどの熱風を背後に感じた。草焼きバーナーの放射する火炎が追いすがってくる。

結衣はプレハブ小屋のなかに逃げこんだ。ここも実習用教室のひとつだとわかる。入ってすぐ、足もとに殺虫剤のスプレー缶があった。可燃性という表示を見てとる。結衣は戸口のわきに身を潜めながら缶を手にとり、即座に身を乗りだした。凜香が草焼きバーナーの炎を噴射してきた。結衣はすかさずスプレーを浴びせた。炎がうねりながら空中に燃えひろがり、凜香の全身を襲った。凜香は悲鳴を発し、のけぞって仰向けに倒れた。草焼きバーナーを地面に投げだすことで、凜香は間一髪で火炎を躱した。

たいした反射神経だった。並みの人殺しなら火だるまになっていたところだ。凛香は横たわった状態から弓反りになり、背筋力だけで跳ね起き、ただちに猛進してきた。

プレハブ小屋の内部はいくつかの部屋に分かれていたが、出入り口はひとつだけだった。そこから凛香が乗りこんでくる。望むところだと結衣は思った。素手の勝負なら凛香に負ける気はしない。

だが凛香はセーラー服の背から、ヘアードライヤーに似た物体をつかみだした。さっきの教室内で見つけたらしい。釘打《くぎう》ち機だった。鈍い音が響いた。至近距離から釘を発射してくる。まっすぐ飛んできた釘が結衣の腕をかすめた。制服が切り裂かれ、肌に激痛が走る。結衣は小屋の奥、ふたつめの部屋へと退避した。戸口を入るやドアを叩《たた》きつける。しかし建て付けが悪いらしく半開きになった。

ベニヤ板に囲まれた室内は雑然としているが、見たところ刃物類はなさそうだった。それでもバルサンのパックが目にとまった。凛香の靴音は途絶えている。戸口のすぐ外で釘打ち機を片手に、結衣がでてくるのを待ち伏せているようだ。

結衣はバルサンの包装を剝《は》がし、着火してドアの隙間に投げこんだ。次から次へとバルサンに火をつけては、部屋の外に放出する。

バルサンは催涙弾がわりになる、基本中の基本だった。凛香がむせながらドアを入ってきた。小屋から逃げださなかったのは賞賛に値するが、涙ぐんでいたのでは敵をとらえられない。釘打ち機が向けられる前に、結衣は凛香の腕をつかむや、満身の力をこめ壁に叩きつけた。釘打ち機が落下し床に転がった。結衣はそれを蹴《け》り、ドアの向こうに遠ざけた。

だが凛香も負けじと飛びかかってきた。ふたりとも転倒したが、両手でつかみあった状態では、互いにどうにもできない。それぞれ後方に転がって距離を置く。手近な物をつかんで起きあがった。ふたりの利き手でないほうの手に、今度も同じ物、生け花に使う剣山が握られていた。敵が繰りだしたこぶしを剣山でインターセプトし、カウンターを放つ。この勝負は双方がこぶしを剣山に打ちつけた時点で、痛み分けに終わった。凛香が血の滲《にじ》んだ手をかばいながら遠ざかった。結衣も同様だった。武器が互角では意味がない。腹立ちまぎれに剣山を床に叩きつけた。

凛香の動きに相応の経験を感じる。道具の利用法にも長《た》けていた。結衣はつぶやいた。「ひとりしか殺してないなんて嘘でしょ」

「結衣姉ちゃんには負けない」凛香がもうひとつのドアを開けた。室内に武器がなければ、ただちにほかをあたる、無駄のない行動だった。すぐさま凛香は段ボール箱を蹴りながら戻ってきた。箱からつかみだした鋤《すき》や剪定鋏《せんていばさみ》を次々に投げてくる。

刃物類は投げたところで、人体には深く刺さらない。ナイフ投げで致命傷を負わせられるのは映画のなかだけだ。そんなことが可能なら、この世に火薬の発射機構は要らない。結衣は投げつけられた刃をことごとく躱すと、そのなかから薪《まき》割り用の鉈《なた》を拾い、凜香めがけて突進した。

凜香は表情をひきつらせたものの、対抗しうる武器を箱から見つけたらしい。斧《おの》を水平に振り、結衣の鉈を弾《はじ》き飛ばした。

とっさに結衣は林業の木登り器をつかみあげた。左右の脚それぞれに巻きつける革製ベルトの輪二本が、短いロープで連結されている。ベルトにはいずれも、木の幹に突き刺すための刃が備わっていた。絞殺武器ガロートの持ち方と同様に、両手にひとつずつ輪を握り、あいだにロープを張る。凜香が振り下ろしてきた斧にロープを巻きつけ、頭上に両腕を振って斧を後方へと投げた。だがロープがしっかり斧に絡みついていたため、木登り器ごと飛ばさざるをえなかった。

また両者とも素手になった。凜香に一瞬の隙もあたえられない。結衣は凜香に体当たりし、ふたりは奥の部屋に転がった。

床は古新聞紙で養生してあった。結衣はうち一枚を剝がしとった。凜香も距離を置き、同じく新聞紙をとりあげると、あわただしく巻きだした。きつく巻いた新聞紙が棒状になる。凜香はそれを曲げ、右手の四本指に巻きつけた。メリケンサック状にこぶしをガードする。結衣のほうは新聞紙を縦に細くジグザグに折った。ハリセンを作るのに似ているが、扇のように広げず束ねれば、かなりの硬さになる。棒状になった新聞紙を上下にふたつに折り、こぶしのなかに握りこんだ。

凜香が殴りかかってきた。新聞紙メリケンサックによるこぶしのガードは完璧《かんぺき》だった。結衣は脇腹を強打された。だが激痛にのけぞっている場合ではない。リーチは結衣の武器のほうが長かった。新聞紙スティックで凜香の顎《あご》を突きあげる。凜香は背を壁に打ちつけ、ずるずると落ちていった。

ところがそのとき、外から男の声が呼びかけた。「凜香さん！　銃を持ってきました」

凜香ははっとして跳ね起き、前転しながら戸口へと逃れた。結衣はあとを追ったが、凜香の背が全力疾走で小屋を飛びだしていった。

結衣も外にでた。凜香の姿が消えた。辺りに視線を向けると、地中から金属製の円筒が何本も突きだす一帯に、凜香が身を潜めていた。化学防護服がひとり駆けつけ、短機関銃を引き渡している。

本物の武器を得た凛香は、勝ち誇ったように立ちあがった。「結衣姉ちゃんひとりじゃ檜蘇にもかなわなかった。あいつを殺せたのはわたしがいたから」

「無駄口叩いてる暇があったら、周りをよく見たら？」

短機関銃に狙い澄まされるより早く、結衣は爪先《つまさき》で草焼きバーナーをすくいとり、垂直に跳ねあげた。両手で握った草焼きバーナーの火力を全開にし、凛香に向け炎を噴射する。

凛香が一瞬あわてたように身を退いたのは、地中から突きだす円筒がなんなのか気づいたからだろう。牛糞《ぎゅうふん》の有機物を嫌気的に微生物へと分解させる、メタン発酵槽が埋まっている。

円筒から噴出するメタンガスに炎が引火した。地上に閃光《せんこう》が走るや、激しい爆発を引き起こした。轟音《ごうおん》が地面を揺るがし、高温の突風が押し寄せてくる。校舎の窓ガラスがいっせいに割れる音をきいた。竜巻のごとく砂嵐が吹き荒れる。結衣は顔をそむけた。

ほどなく熱風の勢いはおさまっていった。結衣は前方に目を戻した。地面にできた陥没は黒焦げになり、そこかしこに火がくすぶっている。化学防護服がひとり倒れていたが、凛香の姿は見あたらなかった。

吹き飛んだのか、あるいは逃げおおせたのか。凜香がかなり身軽なことはたしかだ。脱出できていてもふしぎではない。ろくに負傷していない可能性もある。とはいえただちに襲いかかってくるほど、凜香が余裕を残しているとは思えない。しばらくは耳もきこえないだろう。

これだけ手こずったうえ、なお仕留めたという確証を得られないとは、さすがに同じ教えを叩きこまれた妹だった。結衣は苦々しい思いで草焼きバーナーを投げ捨てると、足ばやに歩きだした。サリンプラントに澪と沙津希がいる。ほうっておけるはずがない。

21

澪はサリンプラントの一階部分で、両手首を鉄柱に縛りつけられていた。隣りの柱では沙津希が、同じように自由を奪われている。

不安に涙が滲《にじ》みでてくる。武蔵小杉高校の恐怖がよみがえってくるようだ。こんな状況に立たされるとは予想もしていなかった。しかも結衣と離ればなれになってしまった。心細くてたまらない。身体の震えがいっこうにとまらない。

化学防護服らは短機関銃を手に、長いこと澪たちを見張っていたが、抵抗の心配はないと判断したらしい。いまはサリンプラント内を遠ざかり、それぞれの作業に従事している。頭上に靴音をきいた。二階のキャットウォークを、革ジャンとロングコートが歩くのが見える。

ロングコートがぼそぼそといった。「そりゃ百均とマルシェのあいだでいいだろ」

革ジャンはやや不満げだった。「七時か八時のほうが人出も多そうじゃねえか」

「あの辺りのピークはもっと早《はえ》えんだよ」

もともと会話の声が不明瞭《ふめいりょう》だったが、通過とともに籠《こ》もりがちになり、いっそうききとれなくなった。靴音が小さくなっていく。澪たちの処遇について話しあっていたわけでもない。もう議論の余地すらないということか。

沙津希が泣きながらささやいた。「澪。ごめんね。こんなことになって」

「なんで謝るの？」

「わたしが勝手に動きまわったから……」

「ちがうよ。わたしたちはふたりともだまされてた。ここにくるよう仕向けられたんだって」

「あの人たち、なんなの？　なにが目的なの」

おおよそのことは結衣と凜香の応酬でわかった。澪はいった。「結衣に罪を着せようとしてるんだと思う。凜香もあいつらの仲間になってた」

「なんで？　妹さんなのに」

姉妹といっても長いこと疎遠だった。武蔵小杉高校にいたころ、兄弟姉妹どうしは会えない規則だと結衣が話してくれた。司法判断により絆《きずな》が分断された結果、それぞれの生き方を選ぶしかなかったのだろう。

澪は沙津希にきいた。「与野木農業高校は自分から希望したの？」

「いえ」沙津希が首を横に振った。「お父さんの貿易会社が倒産して、いまはほかの会社でお世話になってて……。田代勇次君っているでしょ、バドミントンの。あのお父さんが関わってる会社」

「田代……。ああ」

「なに？　さっきも結衣さんたちが、田代君の名前を口にしてたよね」

「うちの両親も、田代勇次君が広告塔を務める基金に頼ってた。高校事変被害者救済基金だっけ。きょうの見学がきまってから、お父さんとお母さんが教えてくれた。KNS免除も富津への引っ越しも、その基金から勧められたことだって。与野木農業高校に転校するよう強制されたも同然」

「だけど田代勇次君って……。会ったことないけど、とても感じのいい人でしょ？」

そのはずだった。だが結衣の発言をきいたあとでは印象も変わる。田代勇次は高校事変の発生直前に、ひとりだけ校舎から脱出した。以後はずっと火の粉の飛ばない安全地帯に退避していた。それがあらかじめ意図されていたとしたら、こんなに恨めしいことはない。

プラント内の階段に靴音が響いた。下りてきたのは三人だった。革ジャンとロングコート、それに化学防護服がひとり。銃を携えているのは化学防護服だけだった。

ロングコートは四十代で口髭《くちひげ》をたくわえていた。澪と沙津希の近くに立ち、淡々とした物言いで告げてきた。「俺は顆磯《つぶいそ》。こいつは織家《おりいえ》。むかし優莉匡太のもとで働いてた。ここのことは結衣からきいたんだろ。サリンを作る工場だ」

澪はしらけた気分でいった。「優莉匡太じゃなくて、田代勇次君のお父さんに雇われてるんでしょ」

織家が眉《まゆ》をひそめた。「なんだ。詳しいな」

顆磯は嘲笑《ちょうしょう》に似た笑いを浮かべた。「結衣がそういってたのか、情報が早いな。そりゃ運が悪かった。ここが優莉一派の復興の拠点だと信じて、ショックを受けてほしかった。結衣にそそのかされてたって証言してくれりゃ、それでよかった」

沙津希が静かにつぶやいた。「事実はちがうんでしょ」

「ちがう」顆磯が指先で髭を撫《な》でまわした。「だから知った以上は死んでもらうしかねえな。おめえらの屍《しかばね》がここで見つかりゃ、ニュースのあつかいも大きくなる。銀座デパート事件で両親を失った娘。優莉結衣の元クラスメイト。どっちも結衣の素顔を知って、無情にも殺害された。こりゃ公安のやつらも喜ぶ」

澪は軽蔑《けいべつ》とともにいった。「あなたたちも優莉匡太の半グレ同盟出身なんだから、容疑者になっちゃうでしょ」

織家が鼻を鳴らした。「ならねえよ。とっくに新しいとこに身を寄せてるしな。そっちのリーダー親子は世間様から嫌悪されてるどころか、愛されまくってる」

田代勇次と父親のことだろう。たしかに社会的イメージはとんでもなく良好だった。素顔との乖離《かいり》は想像を絶している。

半グレがどうやって生きつづけるのか、澪にも少しずつわかってきた。暴力団のように組を抜けられないとか、そんな縛りがなく自由なぶん、忠誠心も希薄なのだろう。リーダーが逮捕され、半グレ集団が解散したら、また新たな半グレ集団に加わる。凜香もまだ小さかったはずなのに、そんな業界の慣習に倣ってしまったのだろうか。だとすれば大人たちのせいだ。

反感ばかりが募ってくる。澪は織家を睨《にら》みつけた。「結衣がここをぶっ壊してくれる」

「壊す？」織家はへらへらと笑った。「勝手にすりゃいい。必要なぶんはもうできた」

顆磯が咎《とが》めるような目を織家に向けた。織家は気まずそうにうつむき、後頭部を掻《か》いた。

沙津希が震える声できいた。「必要なぶんって？　サリンのことですか。あんなことはもうやめてください」

「うるせえな」織家が両手をポケットに突っこみ、何歩か遠ざかった。「おめえらはここで死体になっててくれりゃいいんだよ。なるべく無残な死体にな」

ふいに辺りの気圧が変化し、全身を強く締めつけてくるように思えた。耳鳴りが生じるほどだった。澪の脈拍は異常に亢進《こうしん》しだした。顆磯と織家がそろって後ずさり、代わって化学防護服が銃をかまえながら近づいてくる。銃口が沙津希を狙い澄ました。沙津希の顔に恐怖のいろがひろがった。

だが次の瞬間、澪のなかに思いがけず喜びの感情がひろがった。

化学防護服の首にいきなり血飛沫《ちしぶき》が散った。短機関銃を手放したのち、身体ごとその場に崩れ落ちた。

すぐ背後に立っていたのは結衣だった。なにがあったのか、制服が粉末や砂にまみれている。据わった目で織家と顆礎を一瞥《いちべつ》した。手には農具らしき鋸鎌《のこぎりがま》を握っている。織家が床に転がり、短機関銃を拾いにかかる。結衣は銃の確保よりも、澪と沙津希の解放を優先した。鋸鎌をつづけて二回振り下ろし、両手首を縛る紐《ひも》を断った。

「走って！」結衣が怒鳴った。鋸鎌を敵に投げつけ、一瞬だけでも追跡に転じるのを遅らせようとしている。

澪は沙津希とともに、無我夢中で駆けだした。織家が拾った銃を乱射してきた。けたたましい銃撃音が後方に響く。頭の割れそうな騒音も、吐き気をもよおしがちな火薬のにおいも、なにもかも武蔵小杉高校と変わらない。

結衣が追いかけてきた。「とまらないで。どこへでもいいから走りつづけて」

頭上のキャットウォークを靴音が駆けまわる。階上のいたるところに化学防護服がいて、吹き抜けに差しかかるたび、手すりから身を乗りだし銃撃してくる。澪は悲鳴を発しながら、角という角をでたらめに折れ、通路をひたすら走っていった。

やがてサリンプラントを抜けだした。地階の内壁に迫った。先頭の澪は門口を発見したと思い、なかに駆けこんだ。ところがそこは門口ではなく、壁面にあるわずかな窪《くぼ》みにすぎなかった。奥行たったの二メートルほどで行きどまりだった。澪は振りかえり、沙津希や結衣に引きかえすよう目でうったえたが、同時にサリンプラントが視界に入った。キャットウォークの化学防護服らが短機関銃でこちらを狙っている。結衣が澪と沙津希を窪みのなかに押しこんだ。短機関銃の掃射音がこだまする。間一髪で銃撃を逃れた。柱の陰で三人が身を寄せ合えば、ひとまずサリンプラントからは見えなくなった。

だがぎりぎりの隠れ場所だった。結衣がため息まじりにいった。「追い詰められた」

「ごめん」澪は泣きそうになった。「最悪だよね」

「いいから。いまは仕方なかった。ふたりとも怪我してない？」

沙津希が青ざめた顔でささやいた。「無事だけど……。これからどうすればいい？」

顆磯の声が響いてきた。「結衣！　親父ゆかりのサリンプラントを墓場にしてやる。せめて最期ぐらい潔くでてこい」

化学防護服のひとりらしき声が発言した。日本語のようだが、東南アジア系の訛《なま》りが強すぎてよくききとれない。

織家には理解できたらしい、即座に怒鳴った。「いや、接近はするな！　遠巻きにしっかり狙ってろ。近づいたらどんな手を使って銃を奪うかわからねえ」

結衣が顔をしかめた。「なんでもお見通しか。田代槇人から情報を得てるだけじゃなくて、もともと優莉匡太の下にいたやつらだから」

澪は不安とともにきいた。「結衣。どうするの？」

どんな修羅場も驚くべき機転と行動力で切り抜けてきた。そんな結衣が今度もどうにかしてくれる、澪はそう信じたかった。

けれども結衣は陰鬱《いんうつ》な顔で澪を見かえすと、黙って視線をおとした。その仕草が表わす意味はひとつだけだった。

「まさか」澪は動揺とともにたずねた。「打つ手なし？」

「悪いけど」結衣はつぶやいた。「ここからは逃れられない」

沙津希が目に涙を溜《た》めている。澪も胸が苦しくなった。とうとうこんなときがきてしまった。

静寂のなか、結衣のあきらめたようなまなざしが見かえした。「自分たちじゃどうにもならない。せめて助けが呼べれば」

「助けって？　誰か仲間がいるの？」

「いない。でも常識的に考えてみれば」結衣はスマホをとりだした。電源が切れている。彼女のスマホだった。「こんなときには警察を呼ぶしかない」

澪は面食らった。「まってよ。スマホの電源をいれるだけでもやばいんでしょ？

結衣がここにいることがばれちゃう。まして通報だなんて」

「ほかに方法がない」

沙津希が結衣の手にそっと触れた。「だめ。これは罠《わな》だったんでしょ? サリン製造もなにもかも、結衣さんのしわざに見せかけようとしてる。通報なんかしたら……」

敵の思うつぼだ。澪は寒気をおぼえたが、結衣は承知しているといいたげな顔になった。

結衣が静かにいった。「わたしからの通報なら、公安警察だろうと刑事警察だろうと無視できない。優莉結衣がサリンプラントの在処《ありか》を告白してきたんだから」

澪のなかに哀感が鋭くこみあげてきた。「そんなのだめだってば。やめてよ。結衣がなにをいおうが、犯罪者に仕立てられちゃうよ。世間もみんなそう思いこむ」

けれども結衣はうつむきながらつぶやいた。「警察官職務執行法の第五、六条に基づいて、令状なしに突入してくる。いえ、それより自衛隊の治安出動のほうが先かも。木更津《きさらづ》駐屯地が近いし、総理じゃなくても県知事の要請で実行できるし」

「逮捕されちゃうよ……。結衣はやっぱり優莉匡太と同じだったって、みんなにいわれる」

「知ってるでしょ。人殺しなのはまちがいない」

沙津希が泣きながら首を横に振った。「あなたはちがう。悪い人じゃない」

織家の怒鳴り声がまた呼びかけた。「結衣！　どういう順番で殺してほしい。友達より早く死にたいか？　そのふたりが蜂の巣にされるのを見るのは苦痛だろう？」

結衣がわずかに顔をあげた。沙津希の悲嘆に暮れた目が、懇願するように結衣を見つめる。しかし結衣は沙津希の重ねた手をそっと遠ざけた。

結衣がスマホの電源をいれた。いまこの瞬間、位置情報が携帯キャリアに飛んだ。常に公安がマークしつづける優莉結衣。誰もが予期せぬ場所にいると判明した。

次いで結衣はカメラアプリを起動させた。柱の陰からスマホを突きだし、画像を撮影した。サリンプラントを克明にとらえた静止画を、メールに添付する。

澪は沈痛な思いとともにたずねた。「送るあてはあるの？」

「山ほど」結衣は画面をタップした。「警視庁。いままで世話になった所轄。公安の分室。わかってるかぎりぜんぶのメアドに一斉送信する」

「あのさ」澪はうわずりがちな自分の声をきいた。「総理官邸に送ったら？　矢幡首相なら力になってくれるでしょ。あとSPの錦織さんだっけ。あの人にも……」

「いいえ。総理官邸には送らない。錦織さんのメアドも知らないし」

「なんで総理官邸に送らないの？」

「政治家と警察のあいだで揉《も》めだしたら、突入が遅れる。サリンプラントの画像を見たとたん、ただちに出動をきめる、そういう人たちだけに送る」

胸が張り裂けそうな思いとともに、澪は切実にうったえた。「結衣。それじゃあいつらの目論見《もくろみ》どおりじゃん。結衣ひとりが悪者にされちゃうなんて、そんなの耐えられない」

すると結衣の澄んだ目が、まっすぐに澪を見つめてきた。「感謝してる。澪」

「なにを?」

「あなたのおかげで目が覚めた。武蔵小杉高校で、澪に無事でいてほしいと思ったのが、すべての始まりだった。だから後悔なんかしてない」

澪は絶句した。結衣。

スマホ画面がタップされた。軽い電子音とともに、送信完了と表示がでた。優莉結衣からのメール、サリンプラントの画像と位置情報が、警察組織のあらゆる部署に一斉送信された。

沙津希が両手で顔を覆い、肩を震わせながら泣きだした。澪も言葉を失っていた。とめどなく流れおちる涙をどうにもできなかった。

結衣はむしろ澪を慰めるように、そっと頰に手を這《は》わせてきた。その温かさが地肌につたわってくる。ふしぎな思いが澪のなかに生じた。こんな関係をずっと求めていた気がする。なのにそれが果たされたいま、すべてを否定したくなる。結衣には曖昧《あいまい》なままでいてほしかった。世間に犯罪者だなんて認定させたくなかった。澪に対してもそうだ。ぶっきらぼうで仏頂面で、やさしいかどうかよくわからない結衣でありつづけてほしかった。本当に心が通いあうとわかったいま、こんなに辛《つら》く苦しいことはない。

結衣は吹っきれたように、小さくため息をついた。「木更津のヘリコプター隊が到着するまで十五分ぐらいか。それまで時間をつながなきゃ」

そういうと結衣は柱の陰からでていこうとした。澪はあわてて引き留めた。「まって」澪は結衣の腕をつかんだ。「どうする気よ」

「沙津希さんと一緒にいてあげて」結衣は穏やかにいった。サリンプラントのほうに向き直ると、一転して強気に声を張った。「タキ、コウイチ。いまでてくから、しばらく撃つのを控えてくれる？」

織家の声は怒りの響きを帯びていた。「呼び捨てかよ」

顆磯のほうの声はわりと冷静だった。「まあまて。おい結衣！　小細工するなよ。四方八方から銃が狙ってる。おまえが逃げだしたとたん、友達ふたりは盾を失いあの世いきだ。見殺しにする気か？」

「そんなつもりはない！」結衣は怒鳴りかえしたのち、澪を振りかえった。ごく自然なまなざしが、手を放すよううながしてくる。

澪にはどうにもできなかった。結衣は澪のもとから離れ、柱の陰をでると、サリンプラントのほうへ歩いていった。

沙津希が澪に抱きついてきた。澪は結衣の遠ざかる背を見送った。時間をつなぐと結衣はいった。彼女自身のためではない、澪と沙津希のためだ。その思いに触れただけでも無性に悲しくなる。結衣を失ったら空虚さしか残らない。

22

結衣はサリンプラントを仰ぎ見る位置に立ちどまった。三階までのキャットウォークに、化学防護服が均等に配置されている。そろって短機関銃を向けていた。たしかに念のいった狙撃《そげき》態勢だった。結衣を撃ち損じることはまずありえない。だが結衣も逃げる気はなかった。背後の窪《くぼ》みにいる澪と沙津希を見捨てられない。ふたりのために時間を稼ぐ。

かつて父の半グレ同盟にいたふたりは、二階のキャットウォークから結衣を見下ろしていた。ロングコートがタキこと顆磯《つぶいそ》、革ジャンはコウイチこと織家《おりいえ》。

顆磯が高慢な態度をのぞかせた。「美人になったもんだ。すすんで銃殺刑に臨むとは、なんとももったいねえな。だがこっちも決定は変えん。おまえがどれだけ危険な悪女に育ったか知ってるんでな」

結衣は淡々といった。「タキ兄ちゃんには感謝してるよ」

「あん？」

「わりと子供をいじめないほうだったから。コウイチは嫌いだったけど」

織家が身を乗りだした。「減らず口を叩《たた》くんじゃねえ！」

すると顆磯が笑い声を発した。「結衣。正直なとこ、子供を後釜《あとがま》に育てたがってた匡太さんの方針は、俺にゃよくわからなくてな。しごいたところで、ままごとにしかならねえし、つくづく馬鹿げてると思った。ガキどもが震える手で、でかい拳銃《けんじゅう》を持って、へっぴり腰でかまえてやがる。撃つたびに泣きやがる。くだらねえってな」

それらの経験がいま自分のなかにあるすべてだった。結衣は否定した。「ままごとじゃなかった」

「だろうな。おまえにとっちゃそうだろう」顆磯がふと思いだしたように問いかけてきた。「凜香はどうなった？　あれも中二のわりに、なかなかやる女に成長してただろ」

答える義理はない。結衣はたずねかえした。「兄弟姉妹のなかで田代槇人に与《くみ》したのって、凜香だけ？」

「いや。ほかにも何人かいたっけな。俺たちゃあまり会わねえ。それぞれに仕事があるしな」

「半グレの幹部だったくせに、死刑にならずに済んじゃうと、ろくな人生を歩まない」

織家が凄《すご》んだ。「なんだと？」

結衣はしらけた気分で織家にいった。「コウイチは幹部じゃなかったでしょ」

「このクソガキ……」

「よせ」顆磯がなおも笑いながら織家を制した。「いよいよ結衣の死刑執行だ、好きに喋《しゃべ》らせとけ。俺が合図したら一斉射撃だ」

いまさら臆《おく》するつもりはない。結衣は顆磯を見つめた。「あんた、証言の価値が認められて減刑された身でしょ」

「だからなんだ？　親父を裏切ったって？　あいにくだがな、俺は暴力団優莉組の若頭じゃねえ。あくまで半グレ集団の出琵婁《デビル》が気にいって、そこに身を置いてただけだ」

「暴走族の出琵妻が半グレ集団になったころは、板橋《いたばし》のワルがつるんでるだけの仲良しグループだっただろうけど、ちゃんと束ねたのはうちのお父さんじゃなかった？」

「たしかに優莉匡太が上にいたが、半グレは自由にやるのが原則だ。グループが潰《つぶ》れたら別のグループへ行く。いちばん力がある最大手にな」

「ああ。凜香もさっきそういってた」

「おまえも自分に正直に生きりゃよかったのにな。いまじゃもう無理だ。パグェの被害が甚大だって、槇人さんがカンカンでよ」

「天敵だったパグェと、いまじゃ同系列とはね」

「パグェとぶつかってたのはクロッセスと死ね死ね隊だろ。出琵妻は関係ねえよ。首都連合もな」顆磯が織家を見やった。「だろ？」

織家は忌々しげに唸《うな》った。「いつまでこんなクソガキにほざかせとくんだよ。むかつくぜ」

「まあな、気持ちはわかる」顆磯が真顔でうなずいた。「結衣。そろそろ射殺される苦しみを実感する時間がきた。覚悟はできてるだろうな」

結衣はいった。「タキ兄ちゃんもムショ送りの前に精神鑑定受けた？」

「ああ、受けた」顆磯が睨《にら》みつけてきた。「俺が異常だっていいてえのか」

「べつに。あんなテストでなにがわかるのかと思って」

「そうだな」顆磯の口もとがゆがんだ。「笑わせてくれると思ったぜ。なんだったかその、IQテストってやつか。あと図形を組みあわせる、幼稚園みたいなパズルもあった。おまえも受けて知ってるだろ？」

「図形のパズルは出題されたけど、幼稚園みたいかどうかは、行ってないからわからない」

「ありゃ注意力や観察力を測るのが目的だってよ。言葉遣いとかの文章問題もあったな。あと二桁《ふたけた》の足し算とか。小二かよ」

隣りで織家がうんざりしたような反応をしめした。「勘弁してくれよ」

結衣はくつろいだ態度をとってみせた。「小二かどうかもわからない。そのころ学校に行ってないし」

顆磯が饒舌《じょうぜつ》になった。「へんな心理テストもあったな。質問に三択で答えろとか、木の絵に実を描けとか」

「山と田んぼと道と……」

「おお。家と木と人と、あと動物だっけな。一枚の絵にそれらを描きゃ性格がわかるってよ。あんなので飯が食えりゃ人生楽できるぜ」

「結果をきいた？」

「詳しくはきいてねえ。だがムショで人権を学ぶセミナーとやらを受けさせられた。精神鑑定を踏まえてのことだとよ」

「出所後もまた半グレになったんじゃ、セミナーの甲斐《かい》はなかった」

「ちがうな。俺は人権を重視してるからこそ半グレをつづけてる。この世は差別ばかりだ。不公平でな。半グレってのは自分たちの力で、それを是正させようとする連中のことだ」

結衣はからかうような口調できいた。「半グレが差別されるのなんて当然じゃね？」

「当然じゃねえよ。知ってるか。刑を終えて出所した人間に対し、就職差別が発生してるって、法務省のパンフにも書いてある。社会復帰のためには本人の更生意欲だけじゃなく、周りの理解と協力も必要だってな」

「半グレ集団に再就職しといて、更生意欲もへったくれもなくない？」

「差別が根強いからだ。ねじれた社会に復讐《ふくしゅう》してんだよ。そこの沙津希にきいてみろ。犯罪被害者も差別を受け、人権を侵害される。謂《いわ》れのない噂や中傷で傷つけられて、プライバシーも拡散されちまう。ちょっと人とちがってるってだけのマイノリティが差別されるんだよ。だから半グレは……」

「児童虐待、女の虐待。高齢者は詐欺の標的、障害者も詐欺の標的。銀座のデパ地下にサリン撒《ま》いて、実況中継を酒の肴《さかな》にするやつらが、社会への復讐とか差別の是正とか、なにより人権とか、まじウケる」

顆磯が目を怒らせた。右手を振りあげる。化学防護服らが短機関銃をいっせいにかまえた。

「おい結衣」顆磯が見下ろしながらいった。「おまえの精神鑑定の結果は?」

藤沢という医師の顔が目の前をちらついた。結衣はぼんやりとつぶやいた。「いちど死にかけて、でも意識が戻ったとき、担当医の先生がわたしをのぞきこんでた。うっすら涙が浮かんでた。なんで泣いてるのかもわからなかった。先生はわたしにいった。嫌なことはいっさいやらなくていい。好きなことを好きなだけやれば、まともな人間になれるって。だから実践してる。でもまともな人間からは、どんどん離れてく」

「なんの話だよ」顆磯が冷ややかな視線を投げかけた。「いいか。俺はこの手を振り下ろす。それがおまえの見る最期の景色になる」

「人権って言葉の意味わかってる?」結衣はささやいた。「わからないよね。本当に侵害された人間にしか理解できない」

沈黙が生じた。顆磯が表情を凍りつかせた。右手はまだ宙に留《とど》まっている。

織家が怒鳴った。「タキさん、さっさとケリつけろよ！　クソガキなんかに時間をとられてちゃ……」

だしぬけにブザー音が鳴り響いた。警報のようだった。くぐもった声のアナウンスが大音量で告げた。「緊急事態。上空にアパッチ接近。四機がホバーリング飛行、ロープで侵入者が降下。地上階への支援求む」

非常ランプがいっせいに点灯し、サリンプラントをオレンジいろに染める。化学防護服らが狼狽《ろうばい》をしめしていた。顆磯と織家も緊迫した顔を見あわせた。

やはり木更津からの治安出動が第一陣になった。案外早かった、結衣はそう思った。それだけ重大なことと受けとめられたのだろう。司法がいかに優莉結衣を警戒していたかうかがい知れる。

敵の注意が逸《そ》れた。結衣は全力疾走で窪《くぼ》みに引きかえした。銃撃音が轟《とどろ》いたが、狙いは微妙に外れている。さっきまで立っていたコンクリートの床が被弾し、破裂も同然に砕け散った。

顆磯のわめく声がこだました。「いますぐ撃ち殺せ！」

だが軍勢は自衛隊の突入を気にかけていた。態勢の立て直しにも数秒を要した。結衣が窪みに逃げこむには充分だった。柱の陰に隠れ、澪と沙津希に合流した瞬間、近くのコンクリート壁が無数の破片を飛散させた。ふたたび正確に狙い澄まされている。澪が怯《おび》えた顔できいた。「どうするの?」

結衣は澪を手で制した。敵が近づいてくる気配がないか、結衣は神経を尖《とが》らせていた。しかし化学防護服らはやはりキャットウォークからの狙撃《そげき》に徹している。接近戦に持ちこみ銃を奪う機会がない。結衣たちはこの場に釘付《くぎづ》けにならざるをえなかった。

とはいえ治安出動の自衛隊員らはすでに降下している。突入も時間の問題だった。サリンプラントは工場棟、葉物野菜洗浄装置わきの下り階段、メールにそう書いておいた。地上階に化学防護服が展開していても、自衛隊の急襲に対抗しきれる頭数ではない。すでに突撃部隊の第一陣が階段を駆け下りていてもふしぎではなかった。

ＭＰ５Ｋと似て非なる掃射音が、地階にけたたましく反響した。結衣は柱の陰から顔をのぞかせた。門口を固めていた化学防護服が次々に撃ち倒され、迷彩服の群れが侵入してくる。ヘルメットにゴーグル、マスクで頭部を完全に覆い尽くし、胴体も防弾ベストやパッドで固めたいでたちが、異様にずんぐりして見える。それでも動作はきわめて機敏だった。ひとまわり大きな短機関銃、ＭＰ７でキャットウォークにフルオート掃射しながら、隙を突いて催涙弾を投げこむ。サリンプラントに煙が充満しだした。化学防護服らは二階以上に退避し、必死に防御の弾幕を張りつづける。

耳をつんざく騒音のなか、澪が声を張った。「逃げられる?」

結衣は首を横に振った。階段につづく門口は、侵入してくる自衛隊員と防御の化学防護服がぶつかりあい、一進一退の攻防がつづいている。あのなかを突破するのはまず不可能だった。

キャットウォークの二階部分に火柱があがった。化学防護服が三人ほど炎に包まれ、手すりから前のめりに落下した。大小のタンクが破損し、白煙が噴きだしている。自衛隊が手榴弾《しゅりゅうだん》を投げたのか。いや二十二ミリ小銃擲弾《てきだん》を携えた隊員がいる。ダイキン工業製のライフルグレネードだった。キャットウォークの二階半分に激しい爆発が連続する。炎が地階の天井近くまで達し、灼熱《しゃくねつ》地獄のごとく熱風が吹き荒れる。

治安出動の使用武器は、警察官職務執行法に準じ制限されるはずだが、この自衛隊はかなりの武装を誇っている。武蔵小杉高校事変以来、治安出動の概念が根本的に変化したのだろう。あるいはそれだけ優莉結衣を脅威とする見方があったのかもしれない。結衣は皮肉に思った。そのぶんは化学防護服らの甚大な被害につながった。

煙のなかを化学防護服とは異なる人影が横ぎった。シルエットからロングコートと革ジャンだとわかる。顆磯と織家だった。化学防護服らに援護射撃させながら、階段のある門口とは逆方向に駆けていき、コンクリート壁の窪みに逃げこんだ。鉄製の扉が開閉するのが垣間《かいま》見えた。

結衣はいった。「あっちに別の道がある。ついてきて」

返事をまたず飛びだした。催涙弾の煙が充満し、目を開けつづけるのは困難だった。だがそれは化学防護服らも同様のはずだ。銃火をかいくぐりながらジグザグに前進していく。ときおり背後を振りかえった。澪と沙津希が手をとりあいながら追いかけてくる。

悪臭がひどくなっていた。破壊したタンクから気体が噴出したせいだ。もっともサリンプラントに関しては、自衛隊も構造を学習済みだろう。二階を集中的に攻撃しているのは、比較的毒性の少ない中間物の貯蔵庫だからだ。三階はおそらく火炎放射による熱で、サリンの無効化をはかる。あるいは……。

だしぬけに大量の水が撒き散らされた。自衛隊員の背後に消防隊員が展開している。無数のホースが放水を開始していた。

予想どおりだった。サリンによる犯罪を経験した唯一の国だけに、やはり対策は抜かりない。熱だけでなく水でもサリンは容易に分解する。

地階に散布される水量はすさまじく、ほぼ滝壺《たきつぼ》と化していた。三階のキャットウォークから濁流に押し流され、化学防護服らが階段を転げ落ちてくる。

濃霧が発生したように、ひどく見通しが悪くなった。床もぬかるんできた。そう思ったとき、沙津希の悲鳴があがった。足を滑らせて転倒している。澪が助け起こそうとした。だが声に気づいたらしい、白煙が立ちこめるなか、近場の化学防護服が振りかえった。

結衣は猛然と襲いかかり、化学防護服の側面から体当たりを食らわせた。突っ伏した敵の背後にまわり馬乗りになる。左のこぶしを敵の腎臓《じんぞう》に叩《たた》きつけると同時に、右の前腕部で敵の喉頭《こうとう》を強く圧迫する。結衣がすばやく左脚を引くと、敵はのけぞった姿勢になった。これでもう腹筋の力では起きあがれない。左前腕と左脚により、梃子《てこ》の力が加えられる体勢に入った。結衣は敵の首に体重をかけた。二秒とかからず骨の折れる音がした。絶命した敵がつんのめり動かなくなった。

すかさず結衣は短機関銃を拾いあげた。視界不良のなかを駆けつけた化学防護服らに、間髪をいれずフルオート掃射を浴びせる。血飛沫《ちしぶき》と絶叫が同時にあがり、敵の群れがいっせいに倒れた。マガジンがからになるや、結衣は前転で床に飛びこみ、別の死体から銃を奪った。キャットウォーク二階から身を乗りだす敵を銃撃する。見える範囲の敵をひとり残らず転落させた。

結衣は背後に怒鳴った。「先に行って！」

澪が沙津希を助け起こし、ふたりで走りだした。放水は地階の天井に浴びせられ、巨大な波紋を描きながら、壁づたいに降り注ぐ。サリンプラントは豪雨と洪水の様相を呈していた。だが戦闘はいまだ収束しない。三階で孤立状態になった化学防護服らが必死の抵抗をつづける。より大きな機銃掃射の騒音が鳴り響いた。自衛隊が重機関銃を持ちこんだらしい。大砲に似た轟音《ごうおん》は四十ミリの擲弾発射機だろう。サリンプラント三階に大規模な爆発が起き、鉄骨の梁《はり》が斜めになった。崩落が始まった。大小の金属片が辺りに飛散し、タンクや配管が分解しながら落下する。化学防護服らの悲鳴も激しいノイズに掻《か》き消された。

結衣は進路をふさぐ敵に対し、容赦なく短機関銃の掃射で仕留めていった。前方で澪と沙津希が鉄製の扉に行き着いた。結衣は背後を振りかえり追っ手を銃撃した。血まみれになった化学防護服が仰向《あおむ》けに倒れると、水飛沫が高々とあがった。いまや床はそこまで浸水していた。

激しい縦揺れが襲った。見上げた瞬間、結衣は衝撃を受けた。サリンプラントが倒壊してくる。柱や梁がねじ曲がり、いたるところで配線がショートし、青白い閃光《せんこう》を放つ。あらゆる構成物が轟音とともに落下してきた。

化学防護服らが逃げ惑い、一部はこちらに向かってきた。だが結衣は戸口に入り、ただちに鉄製の扉を叩きつけた。鍵《かぎ》はついていなかった。長居はできない、敵も踏みこんでくる。

そこは地下通路だった。非常灯の黄いろい光だけが足もとを照らす。無数の配管が壁を水平に走る。三人ともずぶ濡《ぬ》れだった。結衣は澪と沙津希をうながし走りだした。

まっすぐ延びる通路をひたすら駆けていく。背後で扉が開く音がし、地階の轟音が通路じゅうに反響した。結衣は振りかえり、後方に銃撃を浴びせた。化学防護服らがつんのめり積み重なっていく。

前方に向き直ると、上り階段が見えた。しかし影がおちていた。誰かが下りてくる。結衣は全力疾走しながら怒鳴った。「伏せて！」

澪と沙津希が床に突っ伏す。結衣はふたりを飛び越えると、階段に這《は》った。下ってきた化学防護服ふたりが、そろって短機関銃をかまえたものの、結衣の銃撃のほうが早かった。ふたりの敵が転落してくると、結衣は短機関銃をわきに抱えた。敵がそれぞれに保持していた短機関銃のマガジンを両手で抜き、スカートベルトの腹に挟む。澪と沙津希に手を振り、ついてくるよう合図した。そのまま階段を駆けあがる。

長い階段だったが、方向はまっすぐ前に延びていた。ときおり踊り場を経由しながら上昇していく。斜め上方に空の明るみが見えてきた。出口が迫ると、結衣は歩を緩めた。短機関銃をかまえ直し、慎重に地上をのぞきこむ。

畜舎らしき長屋の狭間《はざま》だった。だがにおいはさほどでもなく、動物の鳴き声もきこえない。しばらく使用していないのか、老朽化が著しい。人影も見あたらなかった。

地鳴りが響いてくる。階段を上りきって振りかえると、校舎や工場棟が遠くに見えていた。現在地はまだ学校の敷地内だが、正門からみて反対側にあたるらしい。工場棟の上空にはＡＨ１Ｓ対戦車ヘリ、通称アパッチが十数機も旋回している。なおもロープで降下する隊員たちがいた。校舎周辺は黒煙に包まれ、いたるところで火球が膨れあがる。消防車による放水が地上でも展開していた。建物の内と外を徹底的に洗浄するつもりだろう。

風の冷たさを感じる。ずぶ濡れなだけに当然だった。結衣はきいた。「制服はウール？」

澪と沙津希がうなずいた。なら低体温症の心配はない、結衣はそう思った。女子高生の制服はたいていウールだった。木綿とちがい水分を吸収しない。編目のあいだに体温をとらえるため、むしろ湿って地肌に貼りついたほうが、保温効果を生じる。

そのとき異音をききつけた。澪と沙津希が頭上を仰ぎ見ている。ドローンが低空飛行で近づいてきた。機体下部に与野木農業高校と書いてあった。学校の備品のようだ。

農薬散布用の小型タンクが取り付けられている。

ふいにタンクが開き、粉末が撒《ま》き散らされた。煙のごとく空中を漂いながら降り注いでくる。

喉《のど》に痛みが走った。結衣は気づいた。澪と沙津希に怒鳴った。「息をとめて!」

呼吸が苦しくなる。三人は膝《ひざ》をつき、地面にうずくまった。フッ化ナトリウム、害虫駆除や木材の防腐剤として使われる。だがこれだけ大量に散布すれば、人の命を奪う劇薬になりうる。

結衣は仰向けになり、短機関銃でドローンを狙った。しかし数発で発射が途絶えた。苛立《いらだ》ちをおぼえながらマガジンを抜き、予備のマガジンに交換する。コッキングしてトリガーを引いた。モーターが内蔵されているとおぼしきスキッドに命中させた。被弾したドローンは急速にバランスを失い、近くの地面に落下し破損した。より多くのフッ化ナトリウムが飛散する。結衣は息を吸うまいとしながら、沙津希を助け起こした。「澪。風上に逃げて。あっち」

ふらつきがちな沙津希を、澪が支えながら遠ざかっていく。結衣は辺りを見まわした。ドローンの操縦者は近場にいる。

畜舎の陰に立つロングコートを見つけた。顆磯がコントローラーを投げだし、逃走を図った。結衣はフルオート掃射を浴びせた。着弾の砂埃《すなぼこり》が顆磯の足を追ったが、また弾を撃ち尽くした。急ぎ最後のマガジンに入れ替え、ふたたび銃撃する。またも撃ち尽くす寸前、顆磯が前のめりにつんのめった。弾が当たったとは思えない、足がもつれただけだ。だがそれで充分だった。

残弾ゼロになった短機関銃を放りだし、結衣は顆磯へと近づいていった。畜舎の外に立てかけられたピッチフォークを手にとる。一メートル以上の柄の先に、四本の長い歯が突きだしている。西洋の悪魔の絵は、たいていピッチフォークを持っている。たぶん悪魔もこんな心境なのだろう。

顆磯が起きあがった。砂まみれのロングコートの懐から、刃渡りの長いナイフを引き抜いた。顆磯は悠然と告げてきた。「結衣。人権ってのはな、誰もが生命と自由を確保し……」

御託をきく気はなかった。結衣はピッチフォークを薙刀《なぎなた》のごとく保持し、顆磯に襲いかかった。顆磯は必死にナイフで歯を撥《は》ね除《の》け、かろうじて後方に逃れた。

表情を険しくしながら顆磯がつづけた。「それで成長したつもりか。甘ったれんないいか。よく女の分際で人権がどうのと……」

演説が始まるや、結衣はまたピッチフォークで激しく突きを放った。

顆磯は泡を食ってナイフでの防御に徹した。さっきのように長々と喋《しゃべ》って精神的優位に立ちたがっているのは明白だった。結衣にしてみれば、もう時間稼ぎの必要などない。幼少のころ知りあいだっただけのゴロツキと、会話を楽しむ趣味もない。

「きけ！」顆磯がたまりかねたように怒鳴った。

「断る」結衣はピッチフォークで顆磯の胸部を貫いた。

　呻《うめ》き声が一瞬だけ漏れた。それが顆磯の反応のすべてだった。口の端から血が滴りおちた。顆磯は大きく目を見開いたまま両膝をつき、地面に横倒しになった。ピッチフォークの歯の先端が、死体の背中から突出していた。

　幼少のころ兄ちゃんと呼んだのは、そう呼べと強制されたからだ。どのつながりも生きていくために必要だっただけで、本当は誰とも打ち解けていなかった。なのにどいつもこいつも勘ちがいをする。殺しにきたくせに、むかし話をすれば許されると思っている。凜香にもそんなところがあった。まるでわかっていない。どうせひとりで死ぬ。家族など無意味なものとして生まれてきた。身内に対し無条件に優先しうる情などない。

　死体のポケットをまさぐった。スマホが見つかったものの、やはりロックがかかっている。顆磯の顔に向けても解除は不可能だった。結衣はスマホを放りだした。

「結衣」澪の声がきこえた。

澪が沙津希を連れ、ゆっくりと近づいてくる。沙津希の足どりはおぼつかなかったが、なんとか歩けているようだ。

いきなり縦揺れが突きあげた。轟音が響き渡る。畜舎の向こうに火柱があがっていた。たちまち砂嵐が吹き荒れだした。

たぶん迫撃砲だった。敷地内の無人地帯を隈《くま》なく爆破するつもりか。地下施設があれば、隠れている敵をいぶりだせると考えているのだろう。まさしく戦争以外のなにものでもなかった。優莉結衣はＩＳの指導者並みにとらえられていたらしい。

沙津希が見つめてきた。「結衣さん。逃げて」

澪も切実にうなずいた。「そうだよ。ここにいて捕まることなんてない」

急ぐことはないと結衣は思った。「サリンプラントは壊れた。もう脅威はない」

「ちがう」沙津希が語気を強めた。「革ジャンの人がいってた。必要なぶんはできたって」

緊張がじわりと結衣の胸にひろがった。「必要なぶん?」

サリンを精製したのか。あの大量生産可能なプラントはそもそも、半グレ同盟復興の証拠を捏造《ねつぞう》する目的で建造された。田代槇人が首謀者に手を貸したのは、そこまでだと思っていた。だが少量でも精製済みのサリンが持ちだされたとなれば、絶対に無視できない。

たしかにサリンによるテロが発生すれば、事件の緊急性もより高まる。公安の予算拡大が首謀者の目的なら、ただサリンプラントを発見しただけでなく、実際にサリンの恐怖を三たび国民に植えつけたほうが、官民双方からの賛同も得られる。

結衣のなかで焦燥が募りだした。「持ちだしたサリンはどこに……」

澪が早口にまくしたてた。「百均とマルシェのあいだ。人出が多いのは七時か八時じゃなくて、ピークはもっと前」

「誰にきいたの？」

「革ジャンの人と、そこで刺されて死んでる人」

織家と顆磯か。結衣は澪を見つめた。「百均ってダイソー？」

「たぶん。だったらあそこしかなくない？」

同感だった。午後七時より前に人出のピークを迎える、その条件にも当てはまる。またも激しい震動が地面を揺さぶった。迫撃がつづいている。

サリンによるテロが起きる寸前となると、むろん身柄を拘束されるわけにもいかない。もともと結衣にそんな気はなかった。「畜舎の向こうはなにもないグラウンドみたいだけど、そこを突っきれば、たぶんフェンスに行き着く。誰にも気づかれず学校をでるにはそれしかない」

沙津希がうなずいた。「行こ。わたしも走るから」

「ふたりはここに……」

澪が制してきた。「議論は時間の無駄。JK文化の中心地に向かおうってのに、結衣ひとりだけに抜けがけさせない」

思わず言葉を失う。結衣は澪を見つめた。澪の澄みきった目が見かえした。沙津希の顔にも迷いのいろひとつない。

ときおりこんな気分になる。田代槇人がいっていた。犠牲を厭《いと》わず人を利用できるのが、優莉匡太から結衣が受け継いだ資質だと。自分の真意はどうなのだろう。本当に澪と沙津希のことを思えば、無理にでもここに留《とど》めるべきではないのか。いや。このふたりを利用する気などあるはずがない。ただ一緒にいてほしい。

「わかった」結衣は歩きだした。「とにかく全力で走って。絶対にとまらないで」

ふたりが無言でついてくる。畜舎の角を折れた。視界が開けている。緩やかに隆起しているせいで、行く手は確認できない。

結衣は歩を速めた。数秒のうちに全力疾走に移った。澪と沙津希もがむしゃらに走る。右前方に爆発が起き、砂煙が放射状に噴きあがった。またも激しい震動に見舞われる。断続的にあがる火柱は間欠泉に似ていた。迫撃砲の着弾がきわめて近い。結衣はわずかに進路を変えた。目前に閃光《せんこう》が走り、地面が広範囲に砕け散った。爆風に吹き飛ばされ三人は転倒した。耳がきこえなくなったものの、結衣はすぐに立ちあがった。倒れていた沙津希を助け起こす。澪は自力で体勢を立て直していた。また三人で走りだす。

自衛隊は双眼鏡で着弾点を確認しているはずが、おそらく煙でなにも見えないのだろう。こちらも視界不良にまぎれて逃げようとしている手前、文句がいえる立場にはない。連続爆発が四方八方で砂埃を撒《ま》き散らし、いっそう視野を閉ざしていく。行く手がまるで見えなくなってきた。

だが下り坂に差しかかったのを靴底に感じた。隆起の頂点を越えた。目を凝らすと前方にフェンスが確認できた。その向こうは雑木林だった。安堵《あんど》をおぼえた瞬間、またも後方の至近距離に爆発が起きた。すさまじい爆風に身体が押され、三人は坂を転げ落ち、前のめりに突っ伏した。

澪の身体は砂で真っ白に染まり、まるで石でできた人形のように見える。沙津希も同様だった。自分もそうなのだろうと結衣は思った。澪とともに沙津希を助け起こし、足をひきずりながらフェンスに近づいた。きわめて近い位置に爆発が集中する。肌を焼くような熱風を全身に受けながら、フェンス沿いに駆けていき、必死に出口をさがした。

やっとのことでドアが見つかった。解錠して開け放ち、ただちに外にでる。ふらつきながら雑木林のなかに駆けこみ、三人同時にへたりこんだ。

迫撃砲の着弾がグラウンドを一掃していく。遠くに見える校舎の窓から白煙があがっていた。催涙弾を投げこんだのだろう。あちこちの建物に浴びせられる放水は二十本、いや三十本はある。旋回するヘリがさっきより数を増やしている。

武蔵小杉高校の地獄絵図がここによみがえった。いや敷地面積が広いぶん、規模もより拡大している。結衣はぼんやりと思った。やはりまたこうなった。行く先々で破壊が起きる。

だがいまはもの思いにふけってはいられない。重大な課題を残している。結衣は空を仰いだ。わずかに赤みがかっていた。冬は陽が傾くのも早い。腕時計に目をおとした。午後三時三十六分。

沙津希が息を切らしながらささやいた。「原宿へ行くなら、もう出発しないとやばくない？　七時より前ってことは、五時か六時でしょ」

結衣は憂鬱《ゆううつ》な気分でうなずいた。「そうだけど、ここからどうやって移動すればいいか……。周辺道路は絶対に閉鎖されてる。バスもこないしタクシーも呼べない」

澪が遠くを眺め、深々とため息をついた。

「しゃあない」澪はつぶやいた。「高校生が下校時間逃したら、方法はひとつだけだよね。親に迎えにきてもらう」

23

結衣は澪と沙津希を連れ、雑木林を抜けてからもなお、盆地を延々と歩いていった。道路を避け、人目につかない木立のなかを進んだものの、ふつうクルマの走行音ぐらいはきこえるはずだ。なのにほとんど耳にしない。稀《まれ》にエンジン音が近づいてきたと思えば、木々の隙間から16式機動戦闘車がのぞくばかりだった。一般道の通行止めはもっと遠方に張られているのだろう。

峠の上り坂に差しかかるたび、結衣は沙津希を持ちあげ横抱きにした。体重がいっそう軽く感じられて心配になる。太陽が徐々に傾いていくなか、北東へ二キロ近くも歩いた。

空の赤みがより濃くなった。鉄塔と高圧電線しかなかった原っぱに、ふいに上下二車線の道路が現れた。県道256号線だった。通行止めの区画からは離れているはずだが、クルマの往来はなかった。ただし遠方でコンパクトカーが路肩に停車し、ハザードを点滅させている。目を凝らすと日産ノートだとわかった。

結衣はきいた。「あれがそう?」

「そう」澪が疲れきった顔で応じた。ノートに向かって手を振る。

ほぼ予定どおりの場所にでたらしい。結衣は安堵をおぼえた。農業高校をあとにしてすぐ、スマホの地図表示を頼りに、人目につかないピックアップ・ポイントをさがしておいた。飯伏《いいぶし》不動尊から半キロぐらい北、そんなふうにしか伝えようのない場所だった。だが周囲に目印のない場所だからこそ、秘密の待ち合わせ場所には適していた。

クルマは近づくにつれ、どことなく戸惑いがちに速度を落とした。いまや徐行しながら目の前に迫ってくる。助手席から顔をのぞかせたのは、澪が歳を重ねて太ったらこんなふうになる、そんな印象の女性だった。美容師だけに巻き髪が洒落《しゃれ》ていた。

路肩に寄せた車体がゆっくりと停車した。まず運転席のドアが開いた。降り立ったのは四十代の男性で、オールバックの髪に口髭《くちひげ》をきちんと整えている。やはり美容師ならではの身だしなみと思えた。ワイシャツに黒のダウンジャケットを羽織っていた。警戒するような目をこちらに向ける。やはり澪の面影があった。

澪が結衣に耳打ちしてきた。「うちの両親。宏孝と菜子」

宏孝は助手席の菜子に視線を向けた。菜子がためらいがちに降車する。オレンジの縮絨《しゅくじゅう》ニットコートに身を包んでいた。

「あの」澪がうわずった声でいった。「お父さん、友達の梶沙津希。話したでしょ、きょう一緒に見学するって……。それと武蔵小杉高校でクラスメイトだった、あのう、優莉結衣」

静寂がひろがった。遠くから響くヘリの音以外、なんの音もしない。宏孝は結衣を一瞥《いちべつ》した。すぐにつかつかと歩み寄ってくると、澪の腕をつかんだ。

「行こう」宏孝は沙津希と結衣に目もくれず、ただ言葉だけを投げかけてきた。「悪いが、娘を迎えにきただけなんで」

「ちょっと」澪は宏孝の手を振りほどいた。「まってよ。周りを見て。こんななんにもない場所に、友達を置いてきぼりにできないでしょ」

「友達?」宏孝の眉間《みけん》に皺《しわ》が寄った。「梶さんはわからんでもないが、その、もうひとりの子とは、ずっと会ってなかったんだろ」

菜子が小走りに近づいてきて、さも気遣わしそうな声を発した。「澪。どうしたの、砂まみれになって。テレビは与野木農業高校のことばっかりで、本当に心配してたのよ。とにかく、まず帰りましょ。話はそれからにして」

澪はむっとして声を荒らげた。「友達を置いとけないんだって！　沙津希も、もちろん結衣も」

宏孝の視線がようやく結衣に向いた。真顔でぼそぼそと告げてきた。「なにがあったかは知らないが、澪とのつきあいはこれっきりにしてくれないか。きみにもいろんな事情があるかもしれないが、それはこっちも同じだ。頼むよ」

深々と頭をさげられてしまった。結衣は当惑とともに黙りこむしかなかった。

「ねえ」澪がじれったそうに話しかけた。「お父さん。三人とも乗せていってよ。駅まででいいから。わたしたち、都内に向かわなきゃいけないの。原宿に」

「原宿？」宏孝が訝《いぶか》しげな顔になった。

菜子がとり乱したように告げてきた。「澪、いったでしょ。竹下《たけした》通りはお店がお洒落なだけで、アイスクリームならマザー牧場のほうがずっと上質なの。だいたいこんなときに現実逃避しないで」

澪の顔に憤りのいろが浮かんだ。「スイーツ食べにいきたいんじゃないの！　結衣が五時か六時までに原宿に着かなきゃ、たいへんなことになるんだって」

宏孝が表情を硬くした。「もうなってる。いいか、あのう、優莉……結衣さん。娘を持つ親として、どうしても心配になるのは、わかってくれるね？　ほかにも気がある友達は見つかると思う。澪が与野木農業高校を見学する日に、なぜきみが一緒にいたかわからないが、とにかくもう関わらないでくれ」

「お父さん」澪はいまにも泣きそうな顔になった。「なんでそんな言い方ができるの。結衣はなにも悪いことしてない」

「そんなはずあるか！」宏孝は怒鳴ったものの、すぐに悔やんだようにトーンダウンした。「澪のいうことは信じてあげたいよ。でも武蔵小杉高校につづいて、またこんなことになってるじゃないか。こっそり迎えにきてなんて、なぜそんな電話をしてきたんだ。こっちからの電話には、ずっとでなかったのに」

「わたしのスマホはとりあげられちゃったの。結衣のスマホで電話した」

「ああ。たしかに見知らぬ番号だったからびっくりした。無事に会えるかどうか、さっきまで気が気じゃなかった」

「ならいまはほっとしたでしょ。わたしを信じてよ。学校が二度もめちゃくちゃになったけど、結衣のせいじゃない」

「誰もそうは思わない。いいか。悪い噂がいろいろあっても、お父さんやお母さんは、すべてを鵜呑《うの》みにしてるんじゃないんだ。ただ澪はあの日以来ずっと、食べ物も喉《のど》を通らなかったじゃないか。娘を心配しない親なんかいない」

それはちがう。結衣は心のなかでそうつぶやいた。娘を心配しない親はいる。でなければこんな人生は送っていない。

澪が宏孝を睨《にら》みつけた。「悪い噂ってなに？」

「なにって、その……」

「結衣が人を殺してるとか？　ならいま正直に打ち明けるね。矢幡首相がきた日、わたしと結衣は地歴室で自習させられてた。銃を持った男が地歴室の前まできたけど、結衣が殺した」

菜子が驚愕《きょうがく》のまなざしで澪を見つめた。「なんてこと」

「よせ」宏孝は首を横に振った。「そんな話はききたくない。嘘でも本当でも喋《しゃべ》るな」

だが澪は顔を真っ赤にしてまくしたてた。「嘘なんかじゃない！　わたしは排水溝に隠れたけど、結衣からもらった注射器で敵を撃った。そのう、毒針が発射できるように改造してあったの。わたしのためを思って預けてくれたの！　でもそいつ倒れなかったから、結衣が首を掻《か》っ切って殺した。そうしてくれなきゃわたしは死んでた。

第一家庭科室でも射殺されてた。結衣があいつらを殺してくれなかったら、わたしはいまここにいない。結衣を否定するなら、それはわたしを否定するのと同じなの！」

宏孝が絶句する反応をしめした。菜子も言葉を失っている。斜陽がそれぞれの顔に明暗をつくった。衝撃だけではない、極度の怯《おび》えが見てとれる。恐怖の対象はむろん結衣だった。

沈黙が長くつづいた。やがて宏孝が澪に手を差し伸べた。「いまの話は、警察や学校からの説明と大きくちがってる。報道もそんなことをいってなかった。だからきかなかったことにしたい」

「無理」澪は後ずさり、父親の手を拒絶した。「事実を事実と認めないのなら、わたしの両親じゃない」

「馬鹿なことをいうな。澪、常識で考えてくれ。相手が誰であれ、人を殺したというのが事実なら……」

沙津希がいった。「いまからサリンが撒《ま》かれるんです。原宿に」

宏孝は愕然《がくぜん》として沙津希を見つめた。「なに？」

「もちろん結衣さんのせいじゃありません」沙津希の目は潤みだしていた。「わたしは九歳まで森沙津希でした。実の両親は銀座のデパ地下で死にました。現場にわたしもいたんです」

菜子が驚きの声をあげた。「あのニュースでよく観た……女の子？」

「わたしです」沙津希が震える声でささやいた。「これは意図的なことなんです。なにもかも結衣さんのせいにしようとする人たちがいるんです」

宏孝が困惑顔でいった。「警察に通報するべきだろう」

「だめです。大人たちは結衣さんに偏見を持ってます。犯罪かどうか以前の、正しいか正しくないかを判断してほしいんです」

「無茶なことをいわないでくれ。だいたい突拍子もない話じゃないか。急に信じろというほうが無理だよ。わからないか」

「信じてください！」沙津希は切実にうったえた。「わたしはいつも無関心な大人たちに傷つけられてきました。サリンを病原体のようにとらえて、うつるから近づくなとか、担任の先生までがそんなことをいうんです。事件についてのことになると、みんな煩わしそうな顔で遠ざかる。わたしはいつもひとりでした。養父母に引きとられても、本質的にはなにも変わらなかった。でも無関心でいるから、こんなことが起きるんじゃないですか。大人ならどうして、事前に知っていてくれなかったんですか、与野木農業高校にサリンプラントがあるなんて！」

澪も真剣なまなざしを両親に向けていた。「お願い。お父さん、お母さんも。ほうっておくのは簡単でしょ。それで娘を守ってるとか言いわけできるよね。でも本当は守ってくれてない。理解できないんじゃなくて、最初からしないときめてる。そんなんじゃわたし、どうしたらいいかわからない。わからないよ。だからいまは信じて。結衣は悪くない」

かすかにサイレンが湧いている。どこか遠くを緊急車両が駆け抜けていった。ドップラー効果で音程が変化し、やがて風のなかに消え、またなにもきこえなくなった。静寂のなかで、宏孝が深く長いため息を漏らした。その顔が結衣に向き直った。ためらいがちに宏孝がつぶやいた。「正直にいう。きみが怖いよ。とても怖い。でもひとつだけたずねたい。私たちは澪を信じるべきなのか？」

混乱した問いかけだった。結衣にきいたところで、根本的に恐れているのなら、質問自体が意味をなさない。宏孝はそれだけ動揺しているのだろう。

結衣の視線は自然におちた。「親と子のあいだであっても、信じられるかどうかなんて、半々じゃないですか。心が和むか、胸が痛むか、半々です。うちは半々じゃなかった。なにも信じられませんでした。澪は恵まれてるって、いまはそう思います」

宏孝はしばし黙って結衣を見つめた。やがて生真面目な口調でたずねてきた。「友達どうしならどう思う？　信頼度はやはり半々か？」

「いまは完全に澪を信じてます」

「なぜそういえる？」

「それまでで初めてだったからです。わたしのことを少しでも信じてくれるクラスメイトは」

結衣は顔をあげた。澪が結衣を見かえしている。夕陽に赤く染まった顔に、唯一光を射《は》ねかえす涙の粒があった。

冷たい風が吹きつけた。冬の風だった。陽が沈むにつれ、寒気だけが運ばれてくるのだろう。いつもなら体温が奪われることを恐れたりはしない。いずれ死ぬのはわかっている。六歳ぐらいからそう思ってきた。

けれどもいまは命をつなぎたい。父のサリン製造など過ちでしかなかった。優莉匡太の子に生まれておいて、またもサリンが撒かれると知りながら、無責任な死に逃げられるはずがない。

菜子がささやいた。「原宿か、その近くまでは行って、それから現地の警察に相談するのが、現実的な解決策かも」

宏孝は菜子に目を向けた。「青堀駅から東京行きがでてる。でもクルマでアクアラインを渡ったほうが早い」

ふたりの声は落ち着きだしていた。吹っきれた思いが伝わってくるようだった。

やがて宏孝が運転席に向かった。「移動するうちに、いろいろ考える時間もあるだろう。三人は後ろに乗ってくれ。順調なら一時間ちょっとで着く。いまじぶんはどうかな」

沙津希が微笑とともに見つめてきた。結衣は沙津希とともに後部ドアに向かった。

菜子が穏やかにいった。「澪。きて」

澪が菜子に抱きついた。菜子も澪を抱きしめた。宏孝が表情を和ませている。やっと触れあえた、どの顔にもそんな安堵《あんど》のいろが浮かぶ。いままで親子が互いに、再会の喜びを表せずにいた。それも結衣のせいにちがいなかった。

ひとしきり抱きあったのち、澪はふと思いついたようにいった。「あ、お母さん。スマホの電源オフにして。お父さんも」

宏孝が眉《まゆ》をひそめた。「どうして?」

「いいから」澪が結衣に笑顔を向けてきた。「重要なことなんだよ。ね、結衣」

いっそう鮮やかさを増した夕陽が、澪の顔をオレンジいろに照らしている。生きているかぎり、この光景を忘れることはないだろう、なぜかそんなふうに思った。

24

日産ノートが都内に入ったとき、すでに辺りは暗くなり、夕闇が空を包んでいた。午後五時をまわっている。結衣はアクアラインから近い山手線《やまのて》の駅、品川《しながわ》駅で降ろしてくれるよう頼んだ。

駅の近くにクルマを停めると、澪の両親は当然、娘を引き留めようとした。だが澪は真っ先にクルマから遠ざかった。あわてる宏孝と菜子に頭をさげ、結衣は沙津希とともに駅構内に駆けこんだ。

ここにくるまでの車中で、澪は父母に通報しないよう、繰りかえし説得しつづけていた。それがききいれられると信じたい。たとえ娘を心配する親にとって、非常識でありえないおこないであっても。

改札を入る前に、まとわりついた砂を払い落とし、なんとか奇異な目を向けられない外見にはなった。いったんずぶ濡《ぬ》れになって乾いたせいか、さほど汚れはめだたなかった。ホームでも駅員に声をかけられずに済んだ。

混みあう山手線の車内で、澪が不安そうにささやいた。「間に合わなかったら?」

結衣は腕時計を眺めた。午後五時三十六分。小声で澪に応じた。「原宿の人出のピークが五時ってことはない。言い方からして六時台だと思う」

スマホの電源は切ってある。移動の痕跡《こんせき》を残したくない。それでも周りの乗客はみなスマホをいじっている。原宿で一大事が発生すれば、たちまちＳＮＳに情報が拡散されるだろう。いまのところ人々にそれらしき反応はない。

原宿駅は都心にそぐわないほど小ぶりなホームと駅舎から成る。地方から上京したら、その素朴さに面食らわずにはいられない。ただし降車人数は膨大だった。祭りも同然の人混みが、いっせいに竹下口改札へと殺到する。そこを抜け、横断歩道を渡ってすぐ、竹下通りが三百五十メートルほど延びている。これも規模にしろ、小さな店舗が軒を連ねるさまにしろ、地方の商店街と変わらない。実際より長く感じるのは、やはり異常なほどの混雑のせいだった。初詣《はつもうで》の参道並みの人出が、たった五メートルほどの道幅にひしめきあい、流れを慢性的に滞らせる。

黄昏《たそがれ》をわずかに残す空の下、結衣たちは群衆の隙間を縫うように先を急いだ。女子高生や女子中学生が大半を占める。談笑する声があちこちに飛び交う。甲高い笑い声もこだまする。

誰も結衣たちを避けようとしなかった。竹下通りに入ってすぐ、まだ猫カフェ〝モカ〟の前だというのに、もう牛の速度の歩みに巻きこまれた。

澪が不満そうにいった。「ずぶ濡れになったせいで、消臭スプレーをつけてもいないのに、においが落ちきっちゃったのかな」

考えてみればウールの制服が乾ききるまで、寒さをまるで感じなかった。ずっと身体が火照っていたようにも思う。なんにせよ中途半端に身ぎれいになったせいで、人混みが行く手を阻みつづけている。

沙津希が辛《つら》そうにうつむいている。結衣は沙津希を見つめた。だが沙津希は顔をあげて見かえした。平気だと目でうったえてくる。無理をしているのはあきらかだった。とはいえいまさら混雑を脱するのは不可能だ。

竹下通りに街頭防犯カメラはあちこちにある。それらにもかまってなどいられない。左手にマクドナルド、右手にノアカフェ。腕時計は五時五十一分を指していた。じれったさばかりが募る。強引に身体をねじこみ先を急いだ。

左手にダイソーが見えてきた。その隣りは激安アクセサリーのＲＵＯ。店頭をＴシャツが埋め尽くしている。隣りのピンクいろに塗られた二階建てビルは、服の品揃えもカラフルなショップ、ダブルシーだった。その隣りの三階建てビルが、ファッション雑貨のマルシェになる。いまはマイポーチ・バイ・マルシェと看板を掲げ、韓国系コスメショップのいろを濃くしていた。

結衣は振りかえった。「ダイソーとマルシェのあいだっていうと、この二軒しかない」

喧噪《けんそう》のなか、澪が声を張りあげた。「ＲＵＯかダブルシーだよね。手分けしてさがす？」

「だめ。離れないで、一緒についてきて」

ふたりだけ危険にさらすわけにいかない。三人で一か所をあたったほうが、不審物を発見できる公算は大きくなる。

ダブルシーの間口は狭く、店内も広いとはいいがたいが、ディスプレイされたアイテムがところ狭しと並ぶ。ほぼピンクいろに統一された無邪気な商品とインテリア、ＢＧＭもあいみょんのインスト。やはり女子中高生が多く来店中で、あちこち動きまわるのにも難儀する。

「ねえ」澪が小声できいた。「サリンがしかけられるとして、どんな物に入ってるの？　どこに置く？」

沙津希が緊迫した声で応じた。「デパ地下では、市販の噴霧器を改造した物が、カバンに入った状態で放置されてたって」

結衣はうなずいた。「精製済みだから、地下鉄サリン事件みたいに別々のビニールに入った液体を混ぜる必要がない。すでにひとつの液体になってる。揮発性が高いけど、気化させるんじゃなく噴霧で散布するのが、最も被害の拡大につながる。設置場所はたぶん床」

「この店」沙津希が売り場を見渡した。「においはないみたい」

「液体そのものは無臭」結衣はいった。「でも空中に拡散されると、独特の臭気を放つ。そうなったらもう遅い」

澪が口に手をやり、不安そうにささやいた。「もし吸っちゃったら……」

「どうにもならない。息をとめても無駄。サリンは呼吸器系だけじゃなく、皮膚からも吸収される。水滴がひと粒、皮膚についただけで死ぬ」

沙津希は悲痛な顔で否定してきた。「デパ地下には大勢閉じこめられたけど、死んだ人はごく一部……」

「あれは」結衣はため息まじりに遮った。「震災後の対策で、デパ地下の換気装置が強化されてたから。ここにはそんな物がない」

店内には澪のほうが詳しそうだった。床を眺めながら足ばやに動きだした。「たぶん奥のほうにあるんじゃないかと思う」

一理ある。密閉に近ければ近いほど殺傷効果も高まる。結衣も売り場を歩きまわった。足もとはわりと広く空いている。なにか置いてあればめだつ。

腕時計で時刻を確認した。午後五時五十六分。狭い店内だけに、さがせる範囲もごくわずかだった。一階にそれらしい物は見あたらない。

ひょっとして売り場にはないのか。しかしバックヤードへの設置などまずありえない。噴霧の影響が最小限に留《とど》まるからだ。カウンター奥にもドアはなかった。店内の階段を二階に上った。そこは古着《ユーズド》コーナーだった。また床を見下ろしながら、三人でひたすらうろついた。

澪が呼んだ。「結衣。これは？」

結衣は駆け寄った。加湿器が置いてある。蒸気が噴きだしていた。これがサリンなら、すでに命はないはずだ。だが内部で液体が切り替わる仕組みかもしれない。結衣はしゃがみこむと、慎重にタンクを外してみた。けれども異常はない。ただの加湿器だった。

女性の声がきいた。「なにか？」

はっとして振りかえると、店員が妙な顔をして立っていた。

澪がひきつった笑いとともに応じた。「すみません。脚がぶつかって、外れちゃったみたいで」

「やっておきますから」店員が加湿器に身をかがめた。

結衣はおじぎをし、澪と沙津希をうながした。「ここにはなさそう。隣りに行く」

沙津希が深刻な顔でささやいた。「もう六時だけど……」

急いで階段を駆け下りると、三人で店外に飛びだした。人混みを掻《か》き分けながら、隣りのRUOへと向かう。

外から見上げると二階らしきものがある。ただし木製のフェンスで目隠しされていた。たんなるバックヤードのようだ。売り場は一階のみだった。ここの間口も狭かった。アクセサリー類の並ぶ大きなショーウィンドウが、店舗面積のほとんどを占める。なかはダブルシーほど混んではいないが、やはり客が絶えなかった。奥を確認しようにも、あっという間に行きどまりになる。足もとを丹念に観察したものの、床に放置された物はなく、ほとんど捜索のしようがない。

すでに六時をまわった。サリンの散布が何時かは不明だが、七時より前なのはたしかだ。ぐずぐずしてはいられない。なのにそれらしい物は見あたらなかった。加湿器や空気清浄機すら皆無だった。

おかしい。発見が困難という以前に、なぜこんな場所を選んだのだろう。無差別殺人を画策するなら、もっと人の集まる場所がある。むしろ竹下通りの路上に噴霧器を放置したほうが、よほど甚大な被害につながる。ただしそれでは不審物としてほどなく通報されるだろう。ならどこにしかけたのか。

　ふとひとつの考えが脳裏をよぎった。結衣は澪にささやいた。「沙津希さんと一緒に、店のなかを隈《くま》なくさがして。絶対に外にでないで」

　澪が切羽詰まった顔できいた。「どこへ行くの?」

「店の外を調べる」

「外って、せいぜい表だけでしょ?」

「いいから」結衣は返事をまたず、竹下通りの雑踏へと飛びだした。

　空はもう真っ暗だった。ネオンがくっきりと映えている。人混みのなか、結衣はふたたびダブルシーに向かった。だが店内には入らず通りすぎた。隣りのマイポーチ・バイ・マルシェ前も横ぎっていった。さらに隣りはファストフード店だった。看板には赤毛の少女の顔。英字でウェンディーズ・ファーストキッチンとある。両チェーンの共同出店で、ここは原宿竹下通り店になる。

　品のない輩《やから》はファーストキッチンをファッキンと略す。顆礎と織家の会話なら充分にありうる。澪はそれを百均とききあやまったのかもしれない。

マルシェとウェンディーズ、ふたつのビルの谷間はごく狭かった。犬走りほどの幅もなく、入口は縦長の鉄格子フェンスにふさがれている。

歩み寄って鉄格子をのぞきこんだ。暗く狭い空間だった。剝《む》きだしの地面ではなくコンクリート敷だが、亀裂《きれつ》と苔《こけ》だらけなのが見てとれる。

結衣のなかに衝撃が走った。鉄格子から二メートルほど奥、黒のスポーツバッグが放置してあった。まだ新しいとわかった。上部のジッパーが開けられている。

鉄格子をつかんで揺すったがびくともしない。あのスポーツバッグからサリンが噴出すれば、竹下通りに被害がおよぶ。結衣は頭上に目を向けた。フェンスを乗り越えようにも、すでに通行人が不審そうな顔を向けてくる。めだつ行動をとった結果、足をとめる人が増えれば、遠方からの監視にも気づかれる。リモコン操作で散布が始まらないともかぎらない。噴霧装置は時限式かもしれないが、なにひとつわからない以上、うかつな行動はとれない。

結衣は走りだした。ウェンディーズの前を通りすぎると、その先の角を左に折れた。路地に入って左手、サンキューマートとブロック塀の隙間に飛びこんだ。人が横歩きでぎりぎり通れるぐらいの幅しかない。ゴミ袋やガスメーターを乗り越え、結衣は駆けていった。行く手のL字を左に折れれば、黒のスポーツバッグにたどり着く。

いまも澪と沙津希はRUOの店内をさがしまわっている。結衣はわざとふたりをあの場所に留めた。サリンの散布がウェンディーズとマルシェのあいだなら、そこから三軒先のRUO店内には被害がおよびにくい。危険な目に遭うのは、やはり結衣ひとりで充分だった。

L字を折れた。細いビルの谷間、前方の鉄格子フェンスまではかなりの距離がある。その向こうには竹下通りの往来が見える。フェンスのこちら側の暗がりに、わざわざ目を凝らす通行人はさすがにいない。

結衣は黒いスポーツバッグに駆け寄った。手にとったが、異様に軽かった。開けてみると、中身はビニール袋だけだった。箱形の物体をおさめていたらしい、ビニール袋に折り目が残っている。

スポーツバッグに注意を向けていたせいか、背後の気配を察するのが遅れた。風圧を受け、初めて身体が反応した。結衣は故意に足を滑らせ、仰向《あおむ》けに倒れこんだ。背中を狙ったナイフの突きは空《くう》を切った。

革ジャンが近くに立っていた。コウイチこと織家《おりいえ》が血走った目で見下ろしてくる。ナイフを振りかざした。結衣は跳躍し、両太股《りょうふともも》で織家の胴体を挟みこむと、空中で身体をひねってねじ伏せた。織家の上を飛び越え、鉄格子フェンスから遠ざかる。通行人の関心を惹《ひ》かないためだった。

織家が立ちあがった。激しい憤りをしめし、足ばやに距離を詰めてくる。「クソガキ。こんなところまで嗅《か》ぎつけやがって」

ビルの谷間に駆けこむ結衣を目にし、ただちに追ってきたにちがいない。それまで織家は近くにいたことになる。結衣は油断なくきいた。「サリンはどこ?」

「ここにあるとでも思ったかよ、馬鹿が」

「あんたほどじゃない」結衣は挑発した。「コウイチだけに頭も高一レベル。いまだに幹部のなり損ない」

たちまち織家の顔面が紅潮した。「てめえになにがわかる」

「コウイチの知らないことも知ってる」

「ほざけ。なんで原宿なのか、それにすら気づいてねえくせに」

結衣のなかに微量の電流が駆け抜けた。「あー。この環境でめだたない人間にサリンを預けたとか? 凜香はどこよ」

自分からヒントをあたえてしまったと悟ったからだろう、織家は激昂《げっこう》するや突進してきた。「なめたクソガキめ、素っ裸にして切り刻んでやる!」

刃の尖端《せんたん》が接近するまでまち、瞬時に横っ飛びに躱《かわ》した。ナイフをつかむ織家の手を、結衣は下から両手で包みこんだ。力ずくではない、織家の勢いを利用して有鉤骨《ゆうこうこつ》をひねり、切っ先を織家に向ける。織家が息を呑《の》んだのがわかった。結衣はすばやく織家の背後にまわり、胸椎《きょうつい》に肘鉄《ひじてつ》を食らわせ、身体ごとビルの壁面に叩《たた》きつけた。織家は呻《うめ》いて痙攣《けいれん》し、その場にくずおれた。腹にナイフが深々と刺さっている。

返り血を浴びない殺し方だった。薄汚いビルの谷間でコウイチは死んだ。結衣はささやいた。「詠美を侮辱した罰」

鉄格子フェンスを眺めた。小競りあいに気づかれたようすはなかった。人々はなにごともなく通りすぎていく。

織家のポケットをまさぐったものの、スマホやサイフすら持っていないとわかった。クルマのキーもコインロッカーの鍵《かぎ》もない。誰か仲間に預けてあるとしか思えない。

結衣はビルの狭間《はざま》を引きかえし、さっきの路地に戻った。また竹下通りの雑踏に加わる。駅方面を背にし、明治通りをめざし歩きだした。

左手に地下への階段が延びていた。アイドルの生写真を売る店だった。右手にはアルタ原宿。とても一軒ずつ店内をたしかめる暇はない。

焦りと苛立《いらだ》ちが同時にこみあげてくる。もう六時十三分。決行は六時十五分かもしれないし、三十分の可能性もある。きりのいい時刻でないことも充分に考えられる。

いつ発生してもおかしくない。なのに凜香の行方すらわからない。この人混みのなか凜香ひとりをさがすなど、まさに干し草のなかの針を見つけるに等しい。

竹下通りのほぼ中間地点まできた。左手にはセブンイレブンがあった。さらに進んでいくと、右手にキュートキューブ原宿なる幅広の三階建てビルが建っていた。エントランス前に大勢の女子中高生が群がっている。凜香らしき姿はなかった。そこを過ぎると、混雑はいくらか緩和された。結衣は歩を速めた。

黒いスポーツバッグの容積と、ビニール袋にうっすら残った折り目から、ブツの大きさを想像した。高さ三十センチ、幅四十センチ、奥行き二十センチぐらいか。銀座デパート事件のときより、ひとまわり小さくなっている。それでもサリンのタンクと噴霧機構の両方を内蔵するのだろう。

ウェンディーズとマルシェの谷間は、凜香が装置を受けとる場でしかなかった。織家がスポーツバッグにいれてきたブツを、凜香は自前のカバンかなにかにおさめ、どこかに姿を消した。竹下通りには、さほど大きな荷物を持つ女子中高生はいない。小柄な身体に見合わないサイズのブツを抱えた女子中学生。いればそれなりに目につく。まだ装置を運んでいればの話だが。

制服の警察官ふたりとすれちがった。結衣の顔を注視するようすはなかった。澪の両親は通報を控えてくれているのか。夫婦で激論を戦わせている最中かもしれない。だとするならあと少しだけ、決着が先延ばしになるとありがたい。

右手のコクミンドラッグ前を通過した。しばらく行くと左手にアシックスがあった。神宮前タワービルディングだった。その先にはもう大通りが横たわっている。明治通りにでた。クルマがひっきりなしに走り、歩行者も多く賑《にぎ》わっている。

原宿といっても竹下通りにかぎらない。大規模な商業ビルのなかのほうが、やはり狙われやすいとも考えられる。裏原宿まで含めると、人で賑わう場所は枚挙にいとまがない。絞りこむのはまず不可能だった。

ふと明治通りの眺めに注意を喚起された。路側帯に停めているセダン。スズキのキザシ、前に見かけた公安の覆面パトカーと同一車種だった。

ひとりのスーツが車外にでて、クルマに寄りかかっている。年齢は三十代、引き締まった身体つきで、目は豹《ひょう》のように鋭い。髪を長めに伸ばし、口髭《くちひげ》をたくわえていた。油断ならないまなざしで歩道を見つめている。結衣は男の視線を避け、ビルの角に身を潜めた。

公安にはちがいない。だがキザシに乗っている以上、結衣を追ってきたとは思えない。新たな人員を送りこんでおきながら、監視対象に認知されたのと同じ車種は選ばない。

口髭の男は表参道《おもてさんどう》交差点方面に視線を向けていた。ほどなくその顔が気色ばんだ。ゆっくりとした足どりでクルマを離れる。スーツの胸もとを手でさすった。ホルスターの拳銃《けんじゅう》を確認したようだ。

結衣は男の見つめる先を目で追った。はっとして背を向け、近くのショーウィンドウを眺める。

ガラスに反射する後方視界を観察した。ロリータファッションの派手なドレスが、表参道のほうから歩いてくる。大きなラフォーレの紙袋を肩にかけていたが、中身はちょっとした家電サイズだ。金髪のショートボブは、浮世離れした服装と違和感なくそぐう。凜香だった。ラフォーレで買ったドレスに着替えてきたようだ。メタンガスの爆発からは、直前に脱出できていたらしい。

凜香は竹下通りに入っていった。かなりの間をおき、口髭の公安が動きだした。尾行のわりにはずいぶん距離をとる。結衣は公安の男を追い始めた。

状況が呑みこめてきた。公安の男がこれまでずっと、凜香を尾行していたとは思えない。ラフォーレはここからあるていど遠い。凜香が竹下通りに戻ってくるのを、あの公安は知っていた。凜香がサリン噴霧装置をしかけ、騒動が発生する瞬間を、公安の男はまっている。直後に凜香を射殺する気だ。

サリンによる惨劇を事前に食いとめるつもりなど、公安の男にはない。距離を置いて尾行していることがその証《あかし》だった。きょう予定されていた筋書きがあきらかになった。結衣は農業高校のサリンプラントで殺される。凜香のほうは原宿でサリンを撒《ま》き散らしてから射殺される。優莉姉妹によるテロが日本を震撼《しんかん》させ、公安は優莉匡太の子供への監視強化を表明、まんまと調査費の予算拡大に成功する。結衣の過去の犯罪疑惑についても徹底追及が始まるだろう。高校事変で露骨に結衣をかばった矢幡総理も、退陣を要求されるかもしれない。

首謀者が誰かはわからない。高校生の頭で想像するには限界がある。理解できているのは、幼少のころから嫌というほど目にしてきた、薄汚い公安のやり方だけだ。証拠のでっちあげは公安の常套手段《じょうとうしゅだん》だった。いまは田代槇人が力を貸している。捏造《ねつぞう》する証拠の規模も極端に大きい。

結衣は臆《おく》しなかった。こういう機会をまっていた。斜め前方に制服警官ふたりが近づいてくるのを見た。むしろ好都合だ。

ただちに歩を速め、結衣は公安の男を追いあげ、背中にぶつかった。すべきことを一瞬で済ませた。男はぎょっとしたような反応をしめし、結衣の顔を見つめてきた。

目を剝《む》き、信じられないという表情で、まじまじと結衣を凝視する。

すかさず結衣は走りだした。背後から公安の男が追ってくる。結衣はわざとばたつく走り方で、制服警官らの注意を引いた。うつむきながら警官のわきをすり抜ける瞬間、結衣はぼそりといった。「変質者です」

制服警官らがすばやく反応し、公安の前に立ちふさがった。周囲の人混みにざわめきがひろがる。結衣はあるていど遠ざかってから背後を一瞥《いちべつ》した。公安の男は激怒していたが、制服警官らは放免しようとしない。いまのは優莉結衣だ、不審者がそううったえたところで、身元の確認が優先する。

そのうち公安が身分証を見せ、警官らも尻《しり》ごみするだろう。だがそうなるまで一分はかかる。こんな雑踏のなか、それだけの時間があれば、もう尾行の続行など不可能になる。

結衣は前方に向き直った。ところがそのとき、群衆のなかにたたずむロリータファッションと目が合った。凜香がじっと結衣を見つめている。

さすがに敏感だった。凜香は身を翻し、ただちに逃走に転じた。肩にはまだ荷物を下げている。結衣も駆けだした。人混みのわずかな隙間を見つけては、そこに飛びこむようにして先を急いだ。

凛香は竹下通りの左寄りを走っていく。結衣は真んなかを抜けていった。この道は両端が混みあう。あえて凛香に先まわりするつもりだった。すでに追い抜いていたが、数秒のあいだ群衆にまぎれた。凛香が後方を振りかえりながら走ってくる。結衣は斜め前方から駆け寄った。

場所はキュートキューブ原宿を越えたあたりだった。凛香ははっとして角を折れ、路地に逃げこんだ。

それは結衣の意図したことだった。人通りの多い表通りから脇道へ追いやった。結衣は全力疾走し、凛香の右に並んだ。また凛香を左へと向かわせるためだった。凛香が舌打ちしながら左に折れた。ふいに跳躍すると、パルクールのシーフヴォルトで鉄扉を越え、キュートキューブ真裏の非常用外階段に着地した。

かなりの身軽さだった。凛香もパルクールを練習していたらしい。結衣もすかさず同じ動作で鉄扉をクリアした。

凛香はすでに外階段を駆け上っている。ビルに入るドアを開けようとしたが、びくともしないようだった。非常口は内側からしか解錠できないのを忘れている。凛香は悪態をつきながら、さらに上へと向かった。

結衣も猛然と追っていった。この外階段の存在は把握済みだった。前にポムポムプリンカフェを訪ねたとき、入口奥のガラス越しに見たからだ。ビルは三階までだったが、そこから先にも外階段がある。凜香は逃亡しつづけていた。結衣は最後の外階段を上った。

屋上に着いた。もともと幅広のキュートキューブは、屋上も相応の面積を有する。ほとんどが花壇になっていた。初めて目にするが、やはり予想どおりだった。二〇一三年以降に建った渋谷区神宮前のビルゆえ、屋上緑化が義務づけられている。

そこにいるのは凜香ひとりだけだった。竹下通りに面する側の、ごく低い手すりに駆け寄った。凜香はそこでしゃがみ、紙袋のなかをあさった。結衣は走り、凜香の間近にまで迫った。

「来《く》んな!」凜香が怒鳴った。

紙袋のなかから装置がとりだされた。直方体のポリタンク内に液体が揺れている。一体化された噴霧装置は、やはり市販の加湿器の改造らしい。ガムテープを巻かれた外観は不格好だが、むろんそんなことは問題ではなかった。

凜香は装置側面のスイッチに指を這《は》わせた。「近づいたらサリンが噴出する」

結衣は足をとめた。凜香を見つめ、あえて冷やかにつぶやいた。「あんたも死ぬけど」

「スイッチをいれてすぐ竹下通りに投げ落とす」

「そんなことをして、ただで済むと思う？」

「わたしは結衣姉ちゃんより機敏で身軽。この荷物を携えてて、ようやく互角だったでしょ。ここから屋根づたいに逃げるのも問題なし」

「大勢殺して、なんになるの」

「ぜんぶ結衣姉ちゃんが罪を背負う。兄弟姉妹は全国民から目の仇《かたき》にされて、みんな迷惑するだろうけど、わたしは別格。別の半グレ集団でさらに昇進するから」

「まだわからないの？」結衣はため息をついてみせた。「公安があんたを殺しにきてた。姉妹そろって標的にされてた」

「そっちこそ理解力ないね。何度もいってるでしょ。狙われてんのは結衣姉ちゃんひとり」

「犯罪者がひとりじゃなくふたりだからこそ、射殺後もほかの兄弟姉妹全員が油断ならない存在とみなされる。わかんない？」

「そんなふうに思ってるのは結衣姉ちゃんだけ」凜香はしゃがんだまま、結衣に低くつぶやいた。「さがってよ」

結衣の背後にはガーデニング用物置がある。屋上にある唯一の小屋だった。そちらに後ずさった。凛香との距離は数メートルに開いた。

凛香が鼻で笑った。「偉いね。後ろから襲われないように、ちゃんと壁を背にして立つ。お父さんから習ったとおり」

よく見ると凛香の顔には、きょう結衣に殴られた痣《あざ》が残っていた。ファンデーションを塗りたくってごまかしている。厚化粧はピエロに似て、どことなく不気味だった。

夜風が汗ばんだ首すじを冷やしていく。結衣は静かにきいた。「いくらもらった?」

「なによ」凛香が笑った。「もっと払うからサリンは撒《ま》くなって? 超極貧の結衣姉ちゃんに買収は無理」

「だからいくらよ」

「気になる? 結衣姉ちゃんには想像もつかないぐらい貯金ができてる。中卒でも就職先が内定してるし、ひきつづき半グレで稼げばいいから」

「田代槇人の息がかかった会社でしょ」

「だから楽できるの。内定した以上は学校の成績関係なし。あとはサボりまくっててても、進級と卒業さえ逃さなきゃ人生の勝ち組」

「中二病の典型的な妄想」

「まだそんなこといってんの?」凛香は嘲《あざけ》るような顔になった。「結衣姉ちゃんのほうこそ、将来どうする気？　支援団体が助けてくれるのも卒業まででしょ。それからは？　履歴書に優莉結衣って書いただけで落とされるよ。生活保護で細々と暮らすの？　また気まぐれに人を殺しながら」

「自分の心配をしなよ」

「結衣姉ちゃんって、きれいなのが唯一の取り柄だよね。たぶん水商売？　どの店に入ろうと、経営元はどっかの半グレ集団だよ。脱がされてクスリ漬け。若いころから貧乏にあえぐ女たちが、みんなそうなってる」

「全員じゃないでしょ。あんたが知ってるレベルだけ」

「ならそこに結衣姉ちゃんも含まれてんじゃん。安月給の事務職になったところで、パワハラやセクハラ、過労で辞めちゃって、結局やっぱ貧困生活に逆戻り。スマホ代払えなくて、いつかは身体を売る。わたしはそんなのまっぴら」

田代槇人か、または側近の半グレに吹きこまれたのだろう。貧困は負け組という強迫観念ばかりが育ち、中二にして拝金主義に傾倒している。

結衣は半身になって立った。「きょうあんたがそれを投げ落とすとして、下で死ぬ人たちのこと、よく考えた？」

「考えない。結衣姉ちゃんこそ、きょう殺した人たちのこと考えた？」

「あいつらはクズ」

「いま竹下通りにいるのもクズ。親とかに恵まれて、小遣いがたくさんあって、友達がいて、はしゃいでるだけじゃん。同じクラスになったらいじめてくるやつらの典型。わたしみたいな人生がどんなに辛《つら》いか、まるでわかろうとしない」

「全員が性格悪いとはかぎらないでしょ」

「きょう結衣姉ちゃんが殺した半グレも、全員悪いとはかぎらない」

「銃を持った半グレと、原宿で遊ぶ女子中高生はちがう」

「どっちも人を傷つける。だからおんなじ」

理屈が通っていない。子供の喧嘩《けんか》はそんなものだった。結衣はつぶやいた。「凜香。なんで原宿が選ばれたかわかる？　あんたの犯行に見せかけるため。いかにも中二の考えだとみんなが思う」

「ぜんぶ結衣姉ちゃんのせいになる」凜香が目を怒らせた。「さっきから馬鹿にすんなよ。どうにもできないくせに」

「どうにもできない？　それあんたでしょ。噴霧装置をしかける場所も、本来はこの屋上じゃなく別にあったはず。なのにここにきてる。わたしに追いこまれたのに気づいてない？」

表情が一瞬こわばったものの、凜香は不敵に微笑した。「追いこんだってなに？こんな理想的な場所ないじゃん。そこで見てなよ、いま地獄が始まるのを」

凜香の視線が手もとにおちた。指先に力がこもり、スイッチをいれた。

やはり凜香は、結衣がなぜ半身に立っていたか、理由に気づいていなかった。隠していたほうの手で、蛇口はとっくに開栓してある。結衣は瞬時に行動した。小屋の外に吊《つ》ってあった散水ノズルをつかんだ。花壇用散水から高圧洗浄にモードを切り替え、すばやく凜香に向けレバーを握った。

噴射された猛烈な水圧を顔面に受け、凜香はのけぞった。噴霧装置は投げ落とされることなく、凜香の前に放りだされた。結衣は水の噴射を装置に向けた。とりわけ網状のダクトを狙った。スイッチが入るまでタンクは密閉されていたが、いまは開放状態にある。外からの水もタンクに浸入する。

凜香が身体を起こした。結衣はまた噴射を凜香の顔に向けた。たちまち息苦しくなって手足をばたつかせ、凜香は仰向《あおむ》けに倒れた。ふたたび装置に水を浴びせた。凜香が動きをみせたら、また噴射の標的にする。それを繰りかえした。

やがて凜香は全身びっしょりの濡《ぬ》れねずみと化した。装置のほうにも水をたっぷり浴びせた。屋上はもう水浸しだった。結衣はレバーを放した。噴射がとまった。

しばらくのあいだ凜香はへたりこんだままだった。化粧がすっかりおちた童顔が、半ば放心状態で結衣を眺める。はっとして装置のスイッチを何度もいれ直す。しだいに焦りのいろが濃くなった。凜香の目に涙が滲《にじ》みだした。呻《うめ》き声を漏らしながら、なおもスイッチを操作する。

無駄なあがきだと結衣は思った。サリンは水に弱い。与野木農業高校における自衛隊の対策と同じだ。フッ素が水分子の水素原子と結びつき、水酸基と入れ替わった結果、サリンはフッ化水素とメチルホスホン酸、イソプロピルアルコールに分解する。九歳で小学校に通いだしてから、サリンを無力化する方法を幾度となく図書館で調べた。もうひとりも死なせたくなかった。同じ九歳の少女をテレビで観たのが、すべての始まりだった。

凜香は必死で装置をいじりつづけたが、どうにもならないと悟ったのだろう、幼児のころのように泣きじゃくった。結衣を見つめながら、大粒の涙をこぼし、鼻の頭を真っ赤にして泣き声をあげた。

結衣はしばらくその顔を眺めていた。この場で殺してもかまわない。だがそれには心が冷えきっている。水のせいか、風のせいか。

踵《きびす》をかえし、結衣は散水ノズルを放りだした。「気が向いたらまた遊んでやる」

号泣する凜香をあとに残し、結衣は屋上から立ち去った。竹下通りに流れる米津玄《よねづけん》師《し》の楽曲が、かすかに結衣の耳に届いていた。

25

夜七時をまわった。竹下通りに軒を連ねる店は、まだほとんどが営業中だった。それでもたしかに人混みのピークは過ぎたようだ。いまだ賑《にぎ》わってはいるものの、ゆっくり歩いていくのに支障はない。

結衣は駅方面に向かっていた。もうぼろぼろになった指先のバンドエイドを剝《は》がしていく。サイレンの音はきこえない。竹下通りに緊急車両の乗りいれもなかった。行き交うのはデート中のカップルと女子中高生ばかりだ。平穏な日没後の原宿だけがひろがる。

ウェンディーズの看板が見えてきた。マイポーチ・バイ・マルシェとの谷間をふさぐ鉄格子フェンスの前で、結衣は足をとめた。おびただしい量の血痕《けっこん》はここからでも見てとれる。だが暗がりに死体は見あたらない。

絶命したのはまちがいなかった。にもかかわらず黒いスポーツバッグとともに、織《おり》家《いえ》の亡骸《なきがら》は跡形もなく消えていた。

特に驚くほどのことでもない。織家が所持品のいっさいを預けた仲間がいたはずだ。あの公安の男ではない。いくら手を結んでいようと、公安と半グレが仲良く一緒にドライブはしない。

同じく田代槇人の下で働く半グレがいたのだろう。ここで織家の死体を発見するや手早く片づけた。人の入るサイズの段ボール箱を台車に載せ、裏手からまわれば余裕で搬出できる。

それぐらいの後始末は当然だった。結衣の父も頻繁に死体の処理を命じていた。世間に発覚している優莉匡太半グレ同盟の犯罪は、いまでも氷山の一角にすぎない。

結衣はふたたび歩きだした。そういえば公安の男も見かけない。たとえ制服警官らの職務質問から解放されようと、法に背く行動をとる前提だった以上、長くは留《とど》まれなかったのだろう。凜香の尾行を切りあげ、早々と帰らざるをえなかったにちがいない。そこも結衣の予想どおりだった。

RUOの前に差しかかったとき、澪と沙津希が駆けだしてきた。結衣は雑踏のなかで立ちどまった。

ふたりは結衣に歩み寄り、切実なまなざしで問いかけてきた。なにをたずねたがっているか、言葉をきくまでもなかった。結衣は黙ってうなずいた。

澪が一瞬だけ悔しそうな顔をしたのは、RUOに置いてきぼりにされた、そのことに気づいたからだろう。けれども結衣にしてみれば、ふたりの身を案じてのことだった。それがわかるだけによけいに悔しい、澪の泣きだした顔にそう書いてある。

沙津希の目にも涙が光っていた。純粋な嬉《うれ》し涙だと一見してわかる。澪が結衣に抱きついてくると、沙津希も身を寄せてきた。

憂愁が結衣の胸を閉ざす。ふたりが泣いているのは、これから訪れる別れを悟っているからだろう。もう会えないのはたしかだった。ただし結衣にとって別離の理由は、ふたりの思いとは異なる。澪も沙津希も、結衣が逮捕されてしまうと信じているだろうが、現実にそうはならない。

けれどもふたりに会うのはこれが最後になる。迷惑はかけられない。優莉結衣の友達というだけで偏見の目で見られる。命にも危険がおよぶ。半グレの抗争に巻きこみたくはない。

澪が結衣を強く抱きしめてきた。「忘れないよ、結衣。絶対に忘れない」

沙津希も震える声でささやいた。「わたしも。人生をとり戻してくれた結衣さんを」

いままで冬の寒さに身をさらしていた、ようやくそんなふうに実感できた。ふたりの温かさのおかげだった。

九歳のころ、結衣はみずから命を絶とうとした。未遂に終わったのは、きっとこのときのためだった。健斗の自殺に生じた迷いは、いま振りきれた。どんな親のもとに生まれようと、死に逃げてはならない。生き方は自分できめられる。

「きいて」結衣は静かにつぶやいた。「これからもお互いに記憶のなかにいる。だから会わなくても寂しくないと思って。わたしもそう思うから」

26

夜の中央合同庁舎第2号館は、ひとけもなくひっそりとしている。駒島は十七階のロビーにつづく階段を駆け下りた。

国家公安委員会委員長の職に就いて以来、こんなあわただしい夜はなかった。会務官の笹坪がカバン片手についてくる。彼の表情も緊張しきっていた。無理もない。これでは夜逃げも同然だ。

もうひとりの男は気まずそうな顔で、駒島が振りかえっても、なおうつむきがちだった。スーツの質はいい。長髪に口髭《くちひげ》も洒落《しゃれ》ているつもりなのだろう。だが仕事も満足にこなせず、ただ尻尾《しっぽ》を巻いて帰ってくるとは。笹坪の人材発掘力を根本的に疑いたくなる。

駒島は階段を下りつづけた。「なにがあったかわからんとはどういうことだ」

尾隅という公安の刑事がおずおずと告げてきた。「原宿に優莉結衣が現れました。直後に警察官の職質を受けてしまい、行方を見失いまして」

「凜香のほうも仕留められなかったというのか」

「サリン騒動が発生しだい、そこに駆けつけようとしたんですが、なにも起きなくて」

なんという失態だ。駒島は笹坪にいった。「もはやこれまでとなったら、優莉結衣が竹又を拷問した動画を公開しろ」

笹坪は当惑をしめした。「もう削除しました」

「なんだと？　馬鹿な。優莉結衣の有罪をしめす決定的証拠じゃないか」

「お見せしてすぐ消去したんです。私の名前がでてるんですよ。公開できるわけがない」

「この小心者め。あれがどんなに重要な動画か……」

「しっ」笹坪がふいに静寂をうながした。

理由はすぐにわかった。がらんとしたロビーに、五人のスーツが立っている。中年から初老、馴染《なじ》みの顔ぶれだった。国家公安委員会の委員たち全員が居残っている。

駒島は困惑とともに階段を下りきった。「諸君、どうしたんだ。こんな時間に」

どの顔にも愛想笑いはなかった。委員のひとり、西内《にしうち》がファイルを差しだした。

「これを総理官邸から引きとってきました」

矢幡に提出した報告書だった。駒島は面食らった。「引きとっただと？」

「突きかえされる前に、私たちの手で撤回したんです。どういうことですか。委員会の名で報告書を仕立てるとは」

思わず口ごもった。駒島はうわずりがちな自分の声をきいた。「それはな、わかるだろう。優莉匡太半グレ同盟の復興という脅威は常にある。ファイルに書かれている疑惑の数々は承知済みだな？」

別の委員、谷津《やづ》が険しい顔を向けてきた。「疑惑はすべて知っています。けれども証拠がなかった」

「だから」駒島はじれったくなり語気を強めた。「証拠をつかむため、調査規模の拡大を総理に願いでたんだ」

「国家公安委員会委員長が総理に対してですか。異例中の異例ですよ。公安警察の年間予算を大幅に増額させ、上前をはねたいのではと勘ぐられる所業です」

「なんとでも思えばいい。これは国家的重要事項だぞ」

「委員長」西内が低く告げてきた。「このファイルに記載された武蔵小杉高校事変、辻舘事件、牛頭組事件、チュオニアン騒動、清墨学園事件については、優莉結衣の関与はまったくなかったと私たちは結論づけました」

「なんだと!?」駒島は愕然《がくぜん》とした。

笹坪も不服そうにいった。「関与がないなどと、どこからそんな妄言が……」

西内が首を横に振った。「妄言ではない。委員長。きょう与野木農業高校で起きた重大事件で、サリンプラントが発見されました。きっかけは優莉結衣のスマホからの通報です。携帯キャリアから提供された情報でも、位置情報が現場と重なるとのことでした」

当惑とともに笑いがこぼれる。現場で優莉結衣を射殺、被疑者死亡のまま書類送検としたかったが、思わぬ吉報が転がりこんだ。結衣がサリンプラントの在処《ありか》を自白したとなれば、すべてが計画どおりに運ぶ。

駒島は西内を見つめた。「よかったじゃないか。報告書のとおり、優莉結衣は半グレ同盟復興の中心人物だ」

「いいえ」西内が見かえした。「サリンプラントは与野木農業高校と取引のある業者のうち一社が、比留井教頭以下数名を買収し、機能を伏せたうえで建設にこぎつけました。作業員は東南アジア人が多く、化学防護服を着て武装した勢力と同一だったと考えられますが、いまのところ身元が不明です」

「そいつらが優莉結衣の一派だろう。彼女のスマホから連絡があったのが動かぬ証拠だ」

谷津が冷ややかな目つきを向けてきた。「委員長。優莉結衣のスマホはきょうの午前中、目黒駅前交番に遺失物届がだされています」

思わず耳を疑う話だった。駒島はうわずった声を発した。「いったいなんの冗談だ」

「本人が交番に届け出たんです。優莉結衣はけさの登校後、いつの間にか学校から姿を消していましたが、その足で交番に向かいました。支援団体の弁護士によれば、彼女は学校でも無視されつづけ、いじめに遭っていたと考えられるそうです。教師も彼女の声に耳を傾けず、悩んだすえにみずから交番に相談したのだろうと」

「弁護士の話などいい！　優莉の子供たちの太鼓持ちじゃないか。学校は公安の刑事たちが見張ってたはずだ。抜けだしたとなれば計画的犯行にちがいない」

「刑事の目を盗んで学校を抜けだしておきながら、まっすぐ交番に行って優莉結衣と名乗りますか？」

「あいつは公安警察と刑事警察のちがいを熟知しとるんだ！　遺失物届なんて、でまかせにきまっとる」

「そうですか」谷津が別の委員、萩原《はぎわら》に目で合図した。

萩原がスマホをとりだし、画面をタップしたうえで、それを耳にあてた。電話をかけているようだ。

静寂に着信音が鳴り響いた。駒島のなかに衝撃が走った。思わず笹坪と顔を見合わせる。

やがて尾隅があわてぎみに、両手で上着をはたいた。ポケットからとりだしたのは、鳴りつづけるスマホだった。

尾隅は泡を食いながらわめいた。「優莉結衣だ！　あいつがいれた」

谷津が軽蔑《けいべつ》したような顔できいた。「どこかで会ったのか？」

笹坪はこわばった顔で片手をあげ、尾隅の発言を制した。

弁明できるはずがない。駒島の心臓は激しく波打った。原宿ではなにも起きていない、そういうことになっている。尾隅がそこにいた理由をきかれたら元も子もない。

萩原がまた手もとのスマホをタップした。着信音はやんだ。

西内の眉間《みけん》に深い縦皺《たてじわ》が刻まれる。尾隅に顎《あご》をしゃくった。「その男は何者ですか？　なぜ委員長と一緒にいるんです？」

「彼は」駒島は息苦しくなり、思わずネクタイの結び目に手をやった。「そのう、警視庁公安部からの推薦で……」

「あなたたちはサリンプラントと優莉結衣を結びつけるため、彼女のスマホを盗んで捏造《ねつぞう》を企てた。どこから資金を調達したかわからないが、建設業者や武装勢力もグルだ」

「馬鹿をいえ！」駒島は怒鳴った。「スマホを紛失したら、持ち主は携帯キャリアに停波を申しいれるはずだろう。盗んだところで使用できん」

「結衣が交番をでてすぐ、携帯キャリアの自動受付ダイヤルに、サービス利用一時中断の申しこみがありました。ところが直後にまた電話があり、再開の操作がなされたとわかっています。彼女のスマホを入手した者によるしわざでしょう」

「優莉結衣は農業高校にいたんだ！　きょうテレビのニュースでいってたぞ。タクシー運転手が彼女を乗せた。富津の中心街から農業高校の近くまで送ったと」

委員らに動じるようすはなかった。西内が醒《さ》めた目を向けてきた。「乗客は女子高生のようだったが素性は不明。眼鏡とマスクで顔を隠していた。ドライブレコーダー非装着車のため確認もできない」

「別人だったとでもいうのか」

「本人みずから優莉結衣と名乗り、農業高校に殴りこみにいくと話した。そんなことがありうると本気で思いますか」

駒島は思わず絶句した。笹坪に救いを求める。だが笹坪も狼狽《ろうばい》をしめしていた。尾隅に至ってはいわずもがなだった。目がしきりに泳ぎ、動揺をまるで隠しきれていない。

すべて優莉結衣の計算のうちか。午前中から遺失物届をだしたということは、その時点でもう先手を打っていたことになる。タクシー運転手にわざわざ名乗って、替え玉の可能性を残した。現地からスマホで通報したのも意図的な行為だ。やがて首謀者につながる人間を見つけしだい、スマホをこっそり押しつけようと、虎視《こし》眈々《たんたん》と機会をうかがっていたにちがいない。

だが断じて認めるわけにいかない。駒島はいった。「優莉結衣が農業高校にいた証拠が、どこかにあるはずだ」

谷津が冷徹な声を響かせた。「駐在所の巡査が死亡。近くの診療所も爆破され、医師と看護師が死亡。教頭がきょうの下校時間を早めており、生徒たちはなにも見ていない。教職員に三名の死者がでているものの、それ以外の全員が同意見です。目撃者は皆無です」

「指紋は？」駒島は谷津に詰め寄った。「科警研も科捜研も送りこめ。毛髪や汗、血液、皮膚細胞は？」

「すでに報告を受けています。可能なかぎり指紋採取に努めたものの、優莉結衣の指紋はひとつも確認できず。校内のすべての建物は、サリン除去のため消防車の放水により徹底的に洗浄。毛髪、汗、血液、皮膚細胞の採取は不可能です」

やられた。そこも優莉結衣の読みどおりにちがいない。サリンプラントがあるとわかった時点で、結衣はこうなると確信していたのだろう。駒島は声を荒らげた。「彼女のスマホの通話記録は？」

萩原が応じた。「午後三時四十分。武蔵小杉高校の元クラスメイトで、きょう見学に与野木農業高校を訪ねていた濱林澪の母親、菜子に電話をかけた記録があります」

「みろ！　不審な連絡だ」

「濱林菜子によれば、娘の友達を名乗る人物から、県道256号線上のある地点に呼びだしがあったそうです。そこへ向かったものの、誰とも会えなかった」

西内がため息まじりにつぶやいた。「濱林夫妻のスマホはそこで位置情報が途絶えている。着いたら電源を切るようにいわれていたからです。夫妻は娘になにかあったのではと思い、指示どおりにしたが、娘は都内に遊びにいっていただけだった」

駒島は声を張った。「通話内容の録音は残ってないのか」

「スマホの通話は暗号化され傍受できません」

「一般論をいっとるのではない！　優莉結衣の場合は……」

「公安警察が特別に傍受していたのは知っています。ただし優莉の兄弟姉妹どうしの通話にかぎられます。通信傍受法の傍受令状にない通話は、傍受が不可能ですので」

「通話内容がわからなければ、夫妻の証言などあてにならん」

「いいえ。何者かが優莉結衣のスマホを用い、夫妻を農業高校近くに呼びだすことで、逃亡の手助けをしたように見せかけようとした可能性があります」

「なにが何者かだ。夫妻のクルマがどこへ行ったか、詳しく調べたのか」

「夫の濱林宏孝氏によれば、娘を迎えがてら買い物のため都内にでかけたとか」

「Nシステムは？　ナンバーで追跡できるだろう。都内に向かったのならアクアラインに乗ったんだな？　カメラに車内の優莉結衣が映ってるかも……」

「いいえ。Nシステムが読みとるのはナンバーだけです。速度違反でオービスに撮影されないかぎり、車内など映りません」

「委員長」萩原が静かにいった。「夫妻がどこへ行こうが関係ないでしょう」

原宿という言葉が喉《のど》もとまででかかったが、かろうじて自制した。駒島は震える声でうったえた。「どこかの繁華街の防犯カメラに、優莉結衣が映ってるはずだ」

「そうかもしれません。しかしそれがどうしたんですか。農業高校にいなかったという証明になるだけです」

「スマホの位置情報は？　優莉結衣のスマホがどこへ移動したか、つぶさにわかるはずだ」

「ここです」萩原があっさりといった。「だから私たちもここにきたんです。濱林菜子に電話をかけて以降、ずっと途絶えていた位置電波が夕方ごろ復活し、原宿の明治通り付近にいるとわかりました。その後、霞が関二丁目のこのビルに向かったんです。委員長、経緯をご承知でしょうか」

頭のなかで重低音が鳴り響いた。寺院の鐘の音に似ていた。

原宿の防犯カメラ映像に、結衣が映っている可能性は高い。だがそれだけではなんの意味もなさない。尾隅のポケットにスマホを滑りこませる瞬間を、カメラにとらえさせたとも思えない。というよりその前後に、尾隅も現地のカメラに映っているだろう。そんな映像こそ発見されたらまずい。尾隅は上司の許可も得ず、勝手に拳銃《けんじゅう》を持ちだしたうえで、結衣と同じ場所に居合わせたことになる。いっそう捏造に関与した疑惑が深まる。

八方ふさがりとは、まさにこのことだった。駒島はさらなる弁解をひねりだそうとしたが、なにも頭に浮かばなかった。もう対抗手段はない。身体の震えがおさまらなくなった。

西内が額に青筋を浮かべ、ファイルを床に叩《たた》きつけた。「刑事から暴行を受ける動画により、優莉結衣に対する疑惑の数々は、公安のでっちあげではないかと内外でささやかれるようになった。きょうその事実が裏づけられた。サリンプラントを建設してまで事件を捏造するとは、いったいどういうおつもりか。テロの危機が迫っているから被疑者の口を割らねばならない、そんな理由で暴行の正当化を図ったのもあきらかだ。これではっきりした。報告書に載っているすべての疑惑は、あなたの仕組んできた絵空事だ」

「ちがう！」駒島はたまりかねて怒鳴った。「少なくとも、そのう、ファイルに載ってることは事実だ。武蔵小杉高校で総理は優莉結衣をかばっていた。彼女は辻舘親子を殺し、牛頭組を全滅させ、チュオニアン騒動でも……」

「誰が信じるというんですか！」西内が憤りをあらわにした。「あなたは委員会の名を騙《かた》り、嘘で固めた報告書を総理に提出した。私たち全員の顔に泥を塗った。もうここにおられる資格はない。自宅待機を願います。今夜のうちにも警察が訪ねるでしょう」

駒島は笹坪を見つめた。笹坪は顔面蒼白《そうはく》になり、いまにも卒倒しそうに見えた。自分も同様にちがいないと駒島は思った。

五人の射るような視線が突き刺さる。駒島はそそくさとエレベーターに向かいだした。それ以外になにもできない。

「きみ」萩原の声が響いた。

はっとして振りかえった。しかし萩原が声をかけたのは、駒島や笹坪ではなかった。萩原は尾隅に歩み寄り、右手を差し伸べた。「優莉結衣のスマホを預かる。遺失物は持ち主に返さなきゃならんからな」

尾隅がすっかり降参した態度でスマホを差しだした。駒島は笹坪とともに、逃げだすようにその場をあとにした。

自然に歩が速まる。冷や汗をかきながら駒島は思った。もう頼れるのはあの男しかいない。委員たちの詰問にも、田代槇人の名だけは口にせず通した。彼ならきっと力になってくれる。

27

田代槇人は闇に沈んだ埠頭《ふとう》に立っていた。冷たい夜気の向こう、都心の煌《きら》びやかな光の集合体を眺める。白く染まる吐息も趣があっていい。日中は周りを埋め尽くすコンテナや、作業用機械が目について仕方ない。この時間は美しいものだけが濾《こ》され視野に届けられる。

とはいえせっかくの情緒に、今宵《こよい》は酔いしれられない。初老と中年男のだみ声で風情が吹き飛んでしまう。埠頭に連なるセダンのわきで、駒島と笹坪が必死の抵抗をしめしていた。東南アジア系の半グレが群れをなして包囲し、ふたりの首にロープを巻こうと試みる。だが駒島は両手で頭を抱え、笹坪もしきりに身をよじる。なかなか絞殺の体勢が整わない。

時間がかかりすぎだ。優莉結衣ならきっと迅速に殺すだろうが、どうするのがいちばん適切なのか。天才のわざの手本を見たくなる。

駒島が断末魔の悲鳴に近い声を発した。「田代！　こんな真似はよせ。私が帰らなかったら、顧問弁護士に預けてある手紙が警察にいく。おまえの関与も書いてあるぞ」

槙人はやれやれという気分で、ひどく騒がしい一角に向き直った。懐から封筒をとりだす。「これのことか?」

ふいに駒島が凍りついた。目を剝《む》いて槙人を凝視してくる。死を悟った動物と同様、瞬《まばた》きを忘れていた。

「なあ駒島さん」槙人は封筒ごと中身の便箋《びんせん》まで細かく破いた。「政治家が不自然に事故死したり失踪《しっそう》したり、そんなことは日常茶飯事だ。あなたの依頼も何度か受けてきたよな。なのに自分がそういう目に遭うとは思わなかったか」

駒島がしどろもどろにいった。「私ときみの仲じゃないか」

「国家公安委員会委員長との仲だ。せめて晩節を汚すな。絞殺が無理なら、文明の利器に頼るとする」

「田代」駒島は目に涙を浮かべ、鼻水を垂らし、顔面を紅潮させながらわめきちらした。「この罰《ばち》あたりなベトナムマフィアめ、地獄に墜《お》ちろ!」

罵声《ばせい》はなおもつづいていたが、上空を低く飛ぶ旅客機の轟音《ごうおん》が、耳障りな声を搔《か》き消した。半グレたちも心得たものだった。減音器《サプレッサー》をつけた拳銃でも、銃声は落雷に等しい。およそ百三十デシベルにも達する。だが飛行機の響かせる音圧もそれと同レベルだ。銃火が二回、連続して閃《ひらめ》いたが、音はほとんど気にならなかった。駒島と笹坪はばったりと倒れた。

夜空に旅客機のナビゲーションライトが遠ざかる。埠頭に静寂が戻ってきた。

隣りに立つチェスターコートを着た痩身《そうしん》が、冷静な声を響かせた。「子供のころ、夜中にパーンって音をきいたりしたけど、案外こういうことだったのかもな」

やや長めの髪に色白の細面、すっきり通った高い鼻。端整な男の横顔がある。伊賀《いが》原璋《はらあきら》、年齢は三十代半ば。理科系が専門の高校教師だった。

槇人は鼻で笑った。「あれはクルマのバックファイヤーだろ。ポンコツ車が減った最近じゃあまりきかない」

「ならいいんだけどね」伊賀原も苦笑した。「防鳥網は三十ミリ目かな?」

「指示どおりの物を用意したと思う。果樹園にも使うやつ……」

「ああ。それなら合ってる」

半グレたちはクルマから大きなロールを運びだしてきた。防鳥網でできた袋だった。人体がすっぽりとおさまる。それぞれ死体にかぶせたうえで、バーベルをいくつも放りこんだ。

伊賀原がつぶやいた。「歯や骨は本当に丈夫だ。リン酸カルシウムでできてる。特に歯は水酸燐灰石《りんかいせき》がエナメル層を構成してる。過硫酸《かりゅうさん》で煮こんだところで、おいそれと溶けるもんじゃないし」

同感だと槙人は思った。「いつも苦労させられるよ。死体がぼろぼろに朽ち果てても、歯で身元が割れることが多い。神様の嫌がらせかな。人体が跡形もなく消滅させられるものだったら、世の犯罪史はずいぶんちがってただろう」槙人は半グレたちの作業を見守りつつ伊賀原にきいた。「本当に防鳥網が適してるのか?」

「頑丈で腐らない。三十ミリ目ならアナゴやコハダが人肉を食える。骨だけになってもバーベルと一緒に防鳥網に包まれたまま、海底のヘドロに深く埋もれる。発見はまず不可能だよ」

「ふうん。さすが先生。もっと早く相談したかった」槙人は作業中の半グレに声を張った。「おい! 防鳥網は三十ミリ目だろうな?」

ひとりが快活な声で応じた。「はい。ホームセンターじゃ四十五ミリ目ばかり売ってたんですけど」

「三十ミリ目が手に入ったのか?」

「農業高校とつきあいがあったんですよ? そっちから問題なく発注できました」

一同に笑い声が沸き起こった。槙人も思わず笑い、伊賀原にいった。「連中は機転がきく」

伊賀原は澄まし顔になった。「電子レンジでEMP爆弾を作ったり、消火器をミサイルに変えたりするほどじゃないけどな」

「ああ」槇人のなかに暗雲が垂れこめだした。優莉匡太の次女、恐ろしく厄介な女子高生だった。

またシビックに損失補塡《ほてん》の事業計画書を求められる。国内における利益率が前年度と比較し三十四・七パーセントの低下。合法と非合法の両方を生業とする半グレとしては致命的な数字といえる。

槇人はため息をついてみせた。「ガキのころ米軍の空爆で村を焼かれたときも、ここまでお先真っ暗じゃなかった」

「都の教育委員会に働きかけるだけの力はあるんだろ?」伊賀原は踵《きびす》をかえし、立ち去りぎわにいった。「優莉結衣のいる学校に赴任させてくれたら、殺してきてやる」

チェスターコートの背が後方に遠ざかる。槇人は思わず口もとをゆがめた。

すぐにというわけにはいかない。だが結衣に肉迫し喉もとを掻《か》っ切る、まさしく一瞬にすべてを賭ける決戦となると、おそらく教師にしか可能にならない。

それにしても、優莉結衣。恐るべき十七歳だ。

周到な罠《わな》に嵌《は》めたつもりが徒労に終わった。ずっと弟の死についてよくよく悩んでいたはずが、思春期の感情と犯罪の才能は別だった。窮地を難なく千載一遇のチャンスに変えてしまった。政府の動向までは知らなかっただろうが、直感的に罠を察知し、状況を根底からひっくりかえした。過去の疑惑すべてを捏造《ねつぞう》のごとく信じさせた。もはやほとんど潔白の身だ。

完敗を悟って以来、ずっと感じてきた空虚さが、いまではあきらめに似た笑いを誘う。槇人は愉快な気分で歩きだした。優莉匡太を凌ぐ凶暴さ、市村凜を超える奸智《かんち》。さすが悪の申し子だった。国家公安委員会委員長ごときが暗殺を図ろうなど、しょせん夢物語でしかなかった。人に殺戮の天使の首は刎《は》ねられない。

28

原宿の騒動から一週間が過ぎた。きょうも日が暮れた。

優莉結衣は下校ついでの買いだしを済ませてきた。レジ袋を提げながら恩恵荘に戻った。

なぜか騒々しい。玄関のドアを開けると、靴脱ぎ場がいっぱいになっていた。ダイニングルームは大勢の子供たちで賑《にぎ》わっている。施設で暮らす子だけでなく、近所の親子まで集合したようだ。職員も総出だった。座る椅子も足りず、ほとんどが立っていた。

施設のなかでは、わりと言葉を交わすほうの小三、春美《はるみ》が笑顔を向けてきた。「あ、優莉さん。おかえりなさい」

ほかの子供たちは菓子を頬張りながら、無邪気に笑いかけてくるていどだった。大人たちは露骨に視線を逸《そ》らした。職員の態度も総じて冷やかだったが、きょうに始まったことではない。

それより気になるのは、この予期せぬパーティーの主役だった。賑わいの中心人物、田代勇次がテーブルについている。学校帰りにここまで足を延ばしたのだろう、カーディガンにネクタイの制服姿で、子供たちと和気あいあいと戯れる。勇次は戸口の物音に気づいたらしい、笑顔のまま結衣に目をとめた。

虫唾《むしず》が走る。結衣はレジ袋とリュックを床に投げだし、すぐに背を向けた。ふたたびドアを開けにかかる。

「あ」勇次の声が呼びかけた。「まってよ。せっかく帰ってきたのに」

職員の藍田睦美が声高にいった。「いいんですよ、あの子は。勇次君、じきにピザも届くから、ゆっくりしていらして」

だが勇次は立ちあがると、ダウンジャケットを手にとった。部屋を埋め尽くす子供たちに、ごめんね、またねと声をかけ、隙間を縫うように玄関へと急いでくる。

睦美はなおも追いすがってきた。結衣を一瞥《いちべつ》した。さっさと外にでるよう目でうったえてくる。追い払いたがっているのはあきらかだった。求められるまでもない。結衣はドアを開け放ち、外の暗がりに歩みでた。

ドアが閉じきる前に、勇次が手で押さえた。靴を履きにかかっている。すると睦美が引き留めようとした。「じきに施設長も帰ってくるんです。あつかましいですけど、まだサインをもらっていない子もいますし」

勇次は明るく応じた。「ほんとに申しわけありません。また今度の機会に」

「どうかそうおっしゃらずに、お茶だけでも……」

次の瞬間、勇次は鋭い眼光を放ち、ぼそりと告げた。「邪魔すんなっていってるだろ」

睦美の顔は冷凍したように固まった。その慄然《りつぜん》とした表情が、閉じるドアの向こうに消えた。勇次は外にでるや、結衣を追いかけてきた。

人通りもない住宅街の路地で、結衣は勇次と向かいあった。醒《さ》めた気分で結衣はいった。「こんなところまで来ないで」

勇次はまた屈託のない笑いを浮かべた。「まいったな。みんな歓迎してくれたのに、肝心のきみに嫌われたんじゃ意味がない」

「せいぜい基金の宣伝活動を頑張って、お父さんの損失を補ってあげたら？」

「基金はそんな用途に使わないよ。濱林澪が希望どおり都内の普通科高校に通えるよう、基金から援助することになった。梶沙津希さんもね。彼女は武蔵小杉高校事変の被害者じゃないが、いま在籍してる私立に今後も通学できるんだよ」

沈黙したものの、どうしても気にかかる。結衣は静かにきいた。「都内の普通科高校ってどこ？」

「さあ。本人が希望してるところだろう」勇次がふと思いついたような顔で見つめてきた。「結衣、よかったね」

「なにが」

「ネットで優莉結衣の名を検索すると、ずっと補助ワードが心ない言葉で埋め尽くされてたのが、僕にとっても憂鬱《ゆううつ》でね。でもこの一週間で見かけなくなった。現にほら、公安の監視もいないだろ」

結衣は黙って空を仰いだ。路地など気にしていないという意思表示だった。夜空は低い雲に覆われている。月も星も見えない。

勇次がつぶやいた。「笹坪が証拠の動画を削除することも、きみには予想がついてたんだな。世の悪党はみんな小物だよ、きみにくらべたら」

「さあ。なんのことだか」

「公安警察の隠蔽《いんぺい》体質は、閣僚からも世間からも袋だたき。これを機に組織の浄化が進むんだとしたら、やっぱりきみのおかげだね」

「あなたも自分を浄化したら」

「凜香が落とし前をつけるため拷問を受けてる。ひどく落ちこんでるよ。一緒にきて慰めてくれないかな」

失敗すれば折檻《せっかん》がまつ。幼少のころと同じだった。結衣はつぶやいた。「兄弟姉妹は会えない規則だから」

「ああ、そっか。てっきり何度も会ってるかと思ってた」

結衣は施設の玄関を眺めた。押しかけていた近所の親子らがでてこない。勇次は手になにも持っていなかった。通学カバンがわりのスポーツバッグを、ダイニングルームに残している。まだ勇次が戻ると、みな信じているのだろう。しだいに警戒心がこみあげてくる。

勇次が肩をすくめた。「心配しなくても、爆弾を置いてきたりしてないよ。もちろんサリンも」

「悪い冗談」

「だいじょうぶ、バッグには子供たちへのプレゼントが入ってる。バッグごと進呈すると、きみから説明してあげてくれないか」

そういうと勇次が歩み寄ってきた。結衣の肩に手をやる。距離を縮めても、ただちに身構えられるわけではないとわかったからだろう、ほっとしたような態度をしめした。勇次は耳もとでささやいた。「父は本気できみを殺しにかかる。僕とつきあえば、きみを守ってあげられるよ」

「あなたたちは根絶やしにする」

「なら近いうち、どっちかが悲しい結末を迎えるね。きみと同じぐらい殺してきたといったけど、じつは僕のほうが多く殺してる」

「こういう言葉を知ってる?」結衣はきいた。「奴隷でいることに慣れると、足枷《かせ》の自慢を始める」

「自分の枷のほうが光ってるとか、高そうだとか。さらには枷を嵌《は》められていない人を嘲《あざけ》りさえする」

「でも枷は枷。鎖は鎖」

「奴隷は奴隷にすぎない。アミリ・バラカの言葉だね」勇次が真顔になった。「会えてよかったよ、結衣。おかげできみの覚悟をたしかめられた」

勇次はぶらりと離れた。街路灯の光の下、勇次の後ろ姿が遠ざかる。照射範囲の向こうに達すると、ほどなく闇に溶けこむように消えていった。

辺りに誰もいなくても、勇次に手をだせるわけがない。バッグの中身がなんなのかあきらかでない。勇次もそれで身を守れると踏んだのだろう。

結衣はひとり路地にたたずんだ。どれだけ時間が経ったのだろう、顔に冷たいものがそっと降りかかった。空を仰ぐと雪がちらついていた。羽毛に似た軽やかな白い結晶が舞い降りる。結衣は手を伸ばした。積もるとは思えない都心の雪が、てのひらに触れたとたん消えていくのを、結衣はじっと見守った。

解　説

タカザワ　ケンジ（書評家）

『高校事変』シリーズを初めて手に取った方には、すぐに五冊まとめてお買い上げになることをおすすめする。この「V」では、シリーズ最初の『高校事変』（以下「I」）の登場人物が再び登場し、一つの区切りを迎えている。「I」から始まる各巻で張られた伏線が、見事に回収される快感を「V」で味わえるだろう。

主人公は優莉《ゆうり》結衣《ゆい》という十七歳の女子高生。父は七つの半グレ集団を率い、稀代《きたい》の悪党と呼ばれた優莉匡太《きょうた》。デパートの地下にサリンをまき、多くの死傷者を出した「銀座《ぎんざ》デパート事件」で仲間たちとともに逮捕され、すでに死刑が執行されている。結衣は九歳まで父のもとで育てられ、過酷な戦闘訓練を受けていた。その結果、常識では考えられないほどの高い身体能力と、痕跡《こんせき》を残さずに現場から去る完全犯罪の知識を身につけていた。

凶悪犯罪の首謀者の娘という烙印《らくいん》に世間の目は冷たい。表向きは施設でほかの子供たちと平等に扱われ、高校に進む教育の機会を得ているものの、国家権力からは危険人物と見なされ、公安警察の監視が続いていた。しかし、結衣はその目をかいくぐりながら、密《ひそ》かにトレーニングを怠らなかった。その成果が現れたのが、「Ⅰ」で描かれた武蔵小杉《むさしこすぎ》高校の〝高校事変〟だった。タワーマンションが建ち並ぶ新興ベッドタウンの高校で、首相が視察に来たタイミングを狙って起きた、武装勢力による校舎占拠事件である。結衣はここでたった一人で軍隊さながらの戦闘能力を見せる。

続く「Ⅱ」では舞台が東京の東側、葛飾《かつしか》へと移る。葛飾東高校の生徒がJK専門の売春業者に絡め取られ、姿を消すという事件が起きる。結衣は消えた嘉島奈々未《かしまななみ》とその妹を助け出すため、単身、暴力団のアジトに向かう。「Ⅲ」は熱帯林の島が舞台。生徒児童たちが拉致《らち》され、チュオニアンという学校を模した場所で教育を受けていた。やはり拉致されてきた結衣は、ほかの学生たちとともに、脱出を試みる。「Ⅳ」は、東京の中学生たちがスキー教室で訪れた新潟で、バスの転落事故に巻き込まれるところから始まる。事件の裏に韓国系の半グレ集団パグェがいることを知った結衣は、彼らと戦うことになる。パグェは父の半グレ集団の宿敵でもあった。そしてパグェの背後に、本当の「敵」がいることが明らかになる。

事変とは「事件」よりも規模が大きく、警察力では対処しきれない騒乱のことだ。

軍隊が出動する事態、いってみれば「戦争」である。そこでは平時の常識は通用しない。登場する武器や格闘技はいずれも実在するものであり、世界各地で実戦で使われてきた。私たちが生きている世界には、たしかに大規模な暴力が存在している。『高校事変』を絵空事だと笑ってはいられないのだ。

以上の四作を踏まえたこの「V」では、冒頭でまず結衣の父が逮捕された「銀座デパート事件」が描かれる。二〇一一年、つまり東日本大震災が起きた年の夏、それは起きた。デパートの地下でバタバタと人が倒れ、防火シャッターが閉まり人々を閉じこめていくという悪夢のようなできごと。それが、九歳の森沙津希《もりさつき》の目を通して臨場感たっぷりに描かれる。のちにサリンが散布されたとわかるこの事件の被害は甚大だった。

「銀座デパート事件」が起きたとき、結衣もまた九歳だった。半グレ集団が経営するクラブのバックヤードで暮らしていた結衣と異母兄弟たちは、日常的にひどい暴力にさらされていた。大人でも命を落とす戦闘訓練に参加させ、ついてこられなければ激しい体罰を受ける。まるで消耗品のような扱いだ。

だが、このような虐待が決して絵空事でないことをもまた私たちは知っている。平成から令和にかけて次々に起きた虐待死事件の中には、子供たちに理不尽な命令を与えて、達成できない罰として暴力を加えるケースがあった。実際の事件は家庭で起きたが、こちらは集団生活の中で、法をものともしない連中が徹底して子供たちを追い詰める。濃縮された虐待とでもいうべき世界であり、同時に、反社会的な思想を成長期の脳に注入する洗脳のプロセスでもあった。

少女期が描かれたことは、結衣というヒロイン像を理解するうえで大きな意味がある。彼女の孤高ともいえる生き方は、生まれてから九年間、異常な世界しか知らなかったことと関わりがあるとわかるからだ。半グレ集団から解き放たれ、辛い環境から救い出されたはずの結衣が、医師の前で取った行動をぜひ読んでほしい。この行為には、彼女の心の傷の深さが象徴されている。

それから八年。現在の結衣は、目黒《めぐろ》区の児童養護施設にいた。あいかわらず公安警察からマークされながらも、高校に通い、表面上は穏やかな生活を送っている。ただし、ときにはクズのような人間に容赦なく牙《きば》を剝《む》く。結衣は自身の中に暴力的な衝動があることを意識している。

「人殺しの衝動には逆らえない。そこにしか己れの存在意義を感じない。ただこんな生き方は自分ひとりだけでいい」

父は半グレ集団をつくり、組織的な犯罪を行った。しかし結衣は父の影響下で育ったという自覚を持ちながらも、そこから抜け出ようともがいている。たった一人で。

だが、その結衣が初めて心を許した人物がいる。武蔵小杉高校の同級生、濱林澪《はまばやしみお》だ。そもそも澪と出会い、彼女を助けようとしたことが、結衣が能力を発揮するきっかけになった。二人はその後会っていなかったが、澪から一通のラインメッセージが届いたことが再会のきっかけになる。しかも、そのときに澪と一緒にいたのは、「銀座デパート事件」で両親を失った森沙津希だった。

「V」に澪が登場し、銀座デパート事件の被害者と結衣が出会ったことは、物語が一つの環を閉じたことを示している。なぜ、結衣が戦いの中に身を投じていくのか。そこに「人殺しの衝動」以外の何かがあることが澪との再会で明らかになる場面は、このシリーズの重要な転回点である。

結衣は孤独なヒロインとして読者の前に現れた。誰も信じず、誰にも頼らず、公安警察をはじめとする国家さえ欺いて、たった一人で危機に立ち向かってきた。しかし、その最初の戦いが、澪を守ることから始まったように、結衣はつねに「守る」側に立ってきたのである。「II」では同じ施設にいた嘉島姉妹のために、「III」ではチュオニアンで同じ境遇にある生徒たちのために。その中には久々に再会した異母妹の凜香《りんか》もいた。

結衣は少しずつ他人と関わり、輪を広げつつある。しかし、皮肉なことに、その輪の広がりを大人たちは好ましいものだと見ていない。半グレ同盟の復活という危惧《きぐ》があるからだ。それどころか、その危惧を利用しようとする輩《やから》までが現れる。「V」ではその陰謀との戦いがシリーズ最大級のスケールで展開している。

ところでこのシリーズの特徴は、刊行のタイミングでまだ生々しいできごとがさりげなく織り込まれていることだ。「V」では、「桜を見る会」や、武蔵小杉の台風被害に触れている。古くは近松門左衛門《ちかまつもんざえもん》が起きたばかりの心中事件を人形浄瑠璃《じょうるり》に仕上げたように、フィクションにリアリティを持たせるために有効な手段であり、作者も読者も同じ時代に生きているという実感が得られる。作者もまた、読者と併走しながらこの作品を書いているという証でもあるだろう。

結衣はなぜ戦うのか。誰が本当の敵なのか。巻を追うごとにその答えが鮮明な輪郭を持ち始めている。同時にその戦いの困難さも。それでも彼女は戦うだろう。本当に大切なものを守るために。

本書は書き下ろしです。

高校事変《こうこうじへん》 V

松岡圭祐《まつおかけいすけ》

令和2年 1月25日　初版発行

発行者●郡司 聡

発行●株式会社KADOKAWA
〒102-8177　東京都千代田区富士見2-13-3
電話　0570-002-301（ナビダイヤル）

角川文庫 21997

印刷所●株式会社暁印刷
製本所●株式会社ビルディング・ブックセンター

表紙画●和田三造

ISBN 978-4-04-109010-7　C0193

◇◇◇

角川文庫発刊に際して

角川源義

第二次世界大戦の敗北は、軍事力の敗北であった以上に、私たちの若い文化力の敗退であった。私たちの文化が戦争に対して如何に無力であり、単なるあだ花に過ぎなかったかを、私たちは身を以て体験し痛感した。西洋近代文化の摂取にとって、明治以後八十年の歳月は決して短かすぎたとは言えない。にもかかわらず、近代文化の伝統を確立し、自由な批判と柔軟な良識に富む文化層として自らを形成することに私たちは失敗して来た。そしてこれは、各層への文化の普及滲透を任務とする出版人の責任でもあった。

一九四五年以来、私たちは再び振出しに戻り、第一歩から踏み出すことを余儀なくされた。これは大きな不幸ではあるが、反面、これまでの混沌・未熟・歪曲の中にあった我が国の文化に秩序と確たる基礎を齎らすためには絶好の機会でもある。角川書店は、このような祖国の文化的危機にあたり、微力をも顧みず再建の礎石たるべき抱負と決意とをもって出発したが、ここに創立以来の念願を果すべく角川文庫を発刊する。これまで刊行されたあらゆる全集叢書文庫類の長所と短所とを検討し、古今東西の不朽の典籍を、良心的編集のもとに、廉価に、そして書架にふさわしい美本として、多くのひとびとに提供しようとする。しかし私たちは徒らに百科全書的な知識のジレッタントを作ることを目的とせず、あくまで祖国の文化に秩序と再建への道を示し、この文庫を角川書店の栄ある事業として、今後永久に継続発展せしめ、学芸と教養との殿堂として大成せんことを期したい。多くの読書子の愛情ある忠言と支持とによって、この希望と抱負とを完遂せしめられんことを願う。

一九四九年五月三日

日本の「闇」を暴くバイオレンス文学シリーズ

——修学旅行中に生じた最大の危機

『高校事変 VI』

角川文庫

松岡圭祐

2020年3月24日
発売予定

神奈川県立 武蔵小杉高等学
あの日
私の学校は
〝戦場〟に
なった

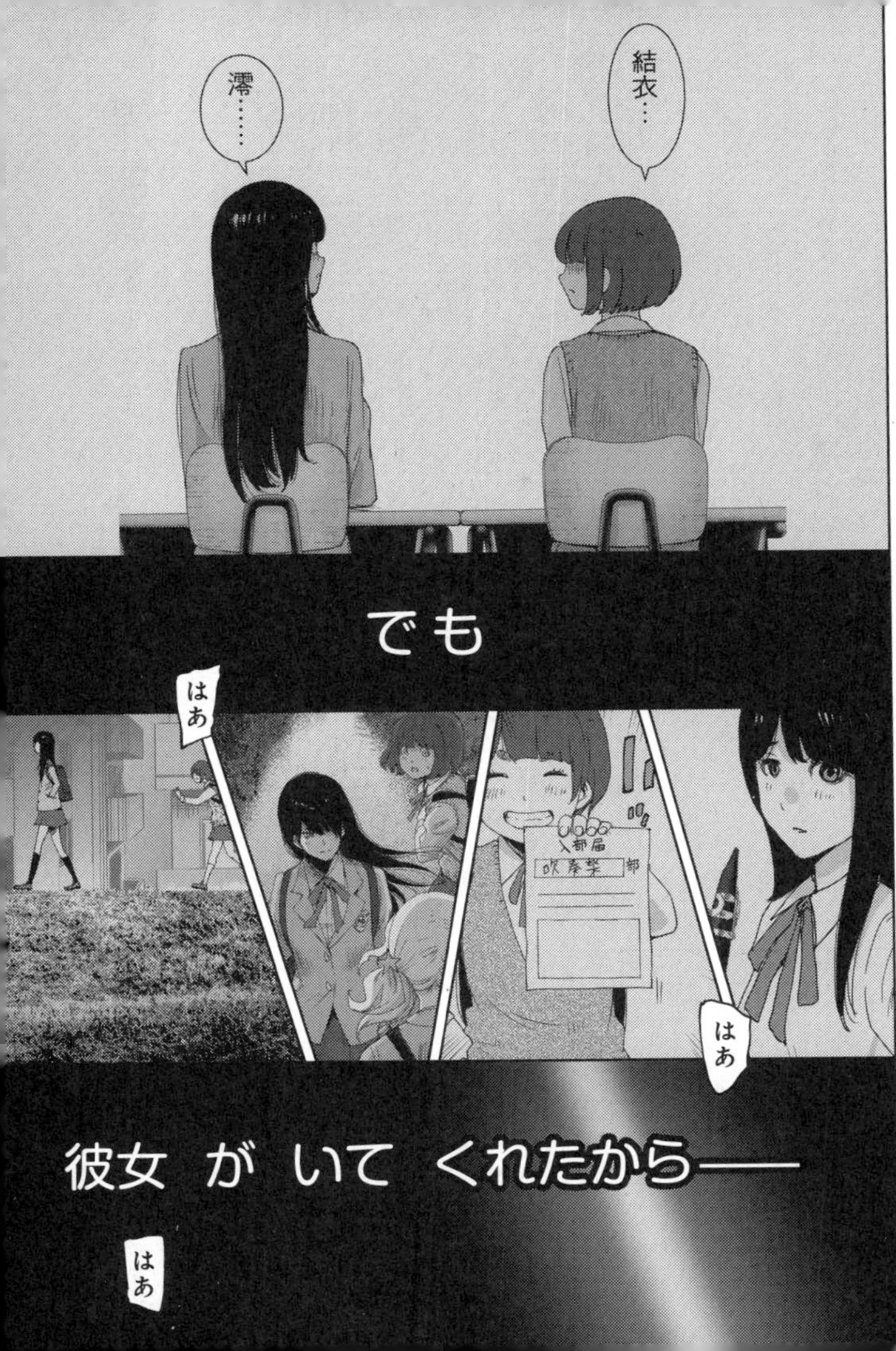
結衣…
澪……
でも
はあ
入部届
吹奏楽 部
はあ
彼女 が いて くれたから——
はあ

澪 無事？
無事じゃ ないよ
ガク ガク ガク ガク
敵が たくさん…
もう 大丈夫
結衣が いてくれたから

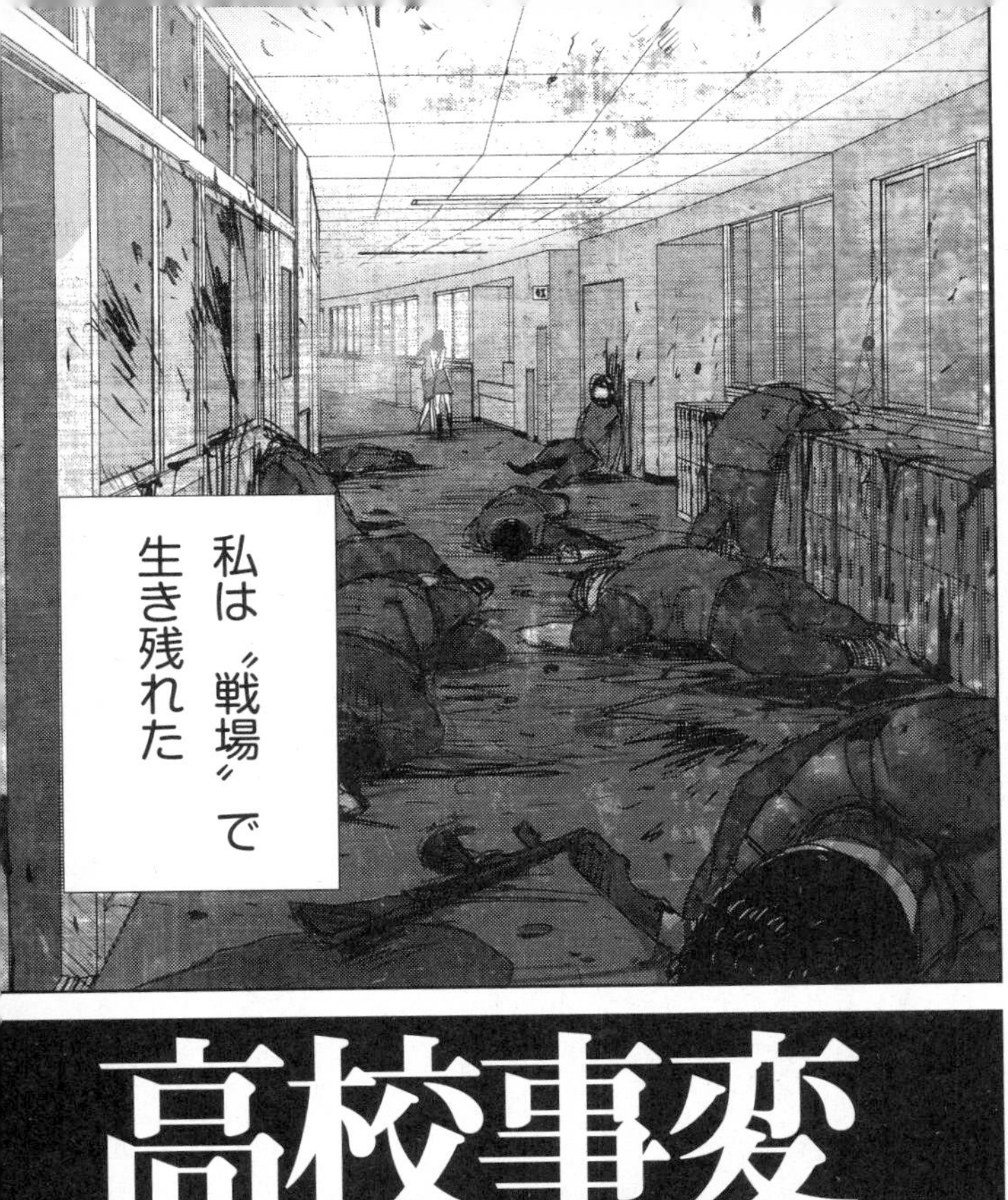
私は〝戦場〟で生き残れた

戦下の日独映画界で展開する
衝撃と感動の物語

松岡圭祐の、これが新たな代表作だ――吉田大助（文芸ライター）

『ヒトラーの試写室』

著・松岡圭祐

ナチス宣伝大臣ゲッベルスの悪魔的陰謀に立ち向かった日本人技術者がいた！　意外すぎる史実に基づく、愛と悲喜に満ちた事件の熱き真相。

角川文庫

小さな島の大きな奇跡。
興奮、涙の感動実話！

世界的映画ロケ誘致活動の夢と現実

『ジェームズ・ボンドは来ない』

著・松岡圭祐

2004年、瀬戸内海の直島が挑んだ世界的映画のロケ誘致活動に、島を愛する女子高生の遥香も加わった。手作りでスタートした活動は、やがて8万人以上の署名が集まるほど盛り上がる。夢は実現するのか？　それでも立ちはだかる壁、そして挫折……。遥香の信念は奇跡を生むのか⁉

角川文庫

角川文庫ベストセラー

万能鑑定士Qの事件簿（全12巻）　松岡圭祐

23歳、凜田莉子の事務所の看板に刻まれるのは「万能鑑定士Q」。喜怒哀楽を伴う記憶術で広範囲な知識を有す莉子は、瞬時に万物の真価・真贋・真相を見破る！　日本を変える頭脳派新ヒロイン誕生!!

万能鑑定士Qの推理劇　Ⅰ　松岡圭祐

天然少女だった凜田莉子は、その感受性を役立てるすべを知り、わずか5年で驚異の頭脳派に成長する。次々と難事件を解決する莉子に謎の招待状が……面白くて知恵がつく、人の死なないミステリの決定版。

万能鑑定士Qの推理劇　Ⅱ　松岡圭祐

ホームズの未発表原稿と『不思議の国のアリス』史上初の和訳本。2つの古書が莉子に「万能鑑定士Q」閉店を決意させる。オークションハウスに転職した莉子が2冊の秘密に出会った時、過去最大の衝撃が襲う!!

万能鑑定士Qの推理劇　Ⅲ　松岡圭祐

「あなたの過去を帳消しにします」。全国の腕利き贋作師に届いた、謎のツアー招待状。凜田莉子に更生を約束した錦織英樹も参加を決める。不可解な旅程に潜む巧妙なる罠を、莉子は暴けるのか!?

万能鑑定士Qの推理劇　Ⅳ　松岡圭祐

「万能鑑定士Q」に不審者が侵入した。変わり果てた事務所には、かつて東京23区を覆った〝因縁のシール〟が何百何千も貼られていた！　公私ともに凜田莉子を激震が襲う中、小笠原悠斗は彼女を守れるのか!?